JN080642

落語と小説の近代

文学で「人情」を描く

大橋崇行
Takayuki Ohashi

青弓社

落語と小説の近代——文学で「人情」を描く

目次

第2部 落語と小説のあいだ

第6章　講談・落語・小説の境界——快楽亭ブラック「英国実話 孤児」

第7章　落語を「小説」化する——談洲楼燕枝「西海屋騒動」

第3部　「人情」と言文一致

第8章　翻訳と言文一致との接点

カバー装画――錦絵『東京自慢名物会』から、二世梅素玄魚（案）「談洲楼燕枝」「ビラ辰」「魚問屋　伊勢吉」「新ばし小松屋ゑん　川瀬のぶ」「見立、模様駿河町染」、福田熊次郎、一八九六年（明治二十九年）。東京都立図書館蔵
装丁――神田昇和

凡例

［1］引用は、特に注記がない場合、初出紙・誌に拠るものとし、丁付、ノンブルは引用元の原資料のものをそのまま使用した。その際、序文など、丁付、ノンブルの記載がない別刷りのものや新聞などは引用ページを省略している。

［2］引用文中の漢字は基本的に現行の字体に改め、旧仮名遣いは原文どおりに表記している。また、ルビは適宜省略している。

［3］引用文中の（略）は省略を表す。

［4］引用に際しては、書名は『 』に、新聞・雑誌名、記事のタイトルは「 」で統一している。

［5］本文中の年代に関する表記は、西暦と和暦を並記している。ただし、和暦のうち平成と令和は省略した。また、注の書誌、図版のキャプション、欧文で示した作品、主要参考文献一覧は西暦だけを明記している。

［6］明治期以降の書籍の書誌には出版社を明記し、それ以前の書籍は出版社を省いている。

序章　落語の近代

――アダプテーションの視点から考える

1　本書の目的と初代三遊亭円朝についての研究状況

明治初年代から二十年代にかけての落語について考えることで、この時期の落語のあり方を日本近代文学研究の立場を踏まえて再考する。また、そうすることで同時代のメディアのあり方や、日本で小説と呼ばれている表現メディアがどのようにして形作られていったのかを、落語と小説との関わりという視点から再検討する。これが、本書の目的である。

これまでの落語の研究では、初代三遊亭円朝（一八三九〔天保十年〕―一九〇〇〔明治三十三年〕）が大きく取り上げられてきた。鈴木行三（古鶴）による速記本の本文校訂と春陽堂版の『円朝全集』刊行（一九二六―二八年〔昭和元―三年〕）に始まり、正岡容『円朝』（三杏書院、一九四三年〔昭

和十八年〕）や小島政二郎『円朝』上・下（新潮社、一九五八―五九年〔昭和三十三―三十四年〕）などの評伝的な小説の刊行を経て、越智治雄『近代文学成立期の研究』（岩波書店、一九八四年〔昭和五十九年〕）で「真景累ヶ淵」「塩原多助一代記」について言及され、あるいは永井啓夫による評伝研究『三遊亭円朝』（青蛙房、一九六二年〔昭和三十七年〕）がおこなわれた。また、関山和夫は『安楽庵策伝――咄の系譜』（青蛙房、一九六一年〔昭和三十六年〕）以降、落語について数多くの研究を進めるなかで円朝についてもたびたび言及している。

図1　初代三遊亭円朝
（出典：鈴木行三編『円朝全集』巻の1、春陽堂、1926年、口絵〔国立国会図書館蔵〕）

越智治雄は六代目笑福亭松鶴と親交があったことで知られるが、⑴四代目柳家小さんや三代目桂米朝などとも親しく、落語界によく出入りしていたという一面もある。⑵一方で、たとえば「塩原多助一代記」について「創作までに円朝の体験したのは日本の近代化の時間だった」⑶としているように、越智による円朝研究は、江戸から明治にかけての文学と文化に断続を見いだそうとする問題意識で日本の近代文学を考えようとしたものだったと言える。

また、これと同じ時期に前田愛は、速記本の「言」と「文」とのあいだにある問題を論じ、⑷やや時期が下がると山田有策が円朝の速記本を「話者が聴き手に話をするという〈語り〉の文体」⑸として位置づけている。こうした言文一致や語りの問題への注目は、本書の第3部第10章「キャラクターからの離脱——坪内逍遥『小説神髄』「小説の裨益」「主人公の設置」」で触れるように、いわゆる〈近代文学史〉で二葉亭四迷「余が言文一致の由来」(「文章世界」一九〇六年〔明治三十九年〕五月号、博文館)や坪内逍遥による『怪談 牡丹灯籠』第二版(一八八五年〔明治十八年〕)の序文が注目され、四迷の「浮雲」(一八八七―九〇年〔明治二十―二十三年〕)での言文一致体や坪内逍遥の「人情」論に三遊亭円朝が影響を与えたという枠組みが形成されていたことを受けてのものだろう。一方でこれらの研究は、片岡良一が自然主義文学の成立と言文一致体の成立に「個人主義文学」の誕生を見いだし、⑹教え子の小田切秀雄などによって「近代的な口語文体」としての言文一致体の達成が人間の「心理や感情」を描くことを可能にしたという議論として引き継がれた、⑺いわゆる〈近代自我〉史観に対して疑義を呈するという意味合いをもっていた。

しかし、こうした先駆的な研究が近代文学の領域でおこなわれて以降、円朝の研究は江戸文学を専門とする研究者による、実証的な検証が中心となった。たとえば興津要による『怪談 牡丹灯籠』の註釈[8]や延広真治による一連の研究がそれにあたる[9]。近年では、佐藤かつら[10]や宮信明[11]、日置貴之[12]らによる歌舞伎研究・演芸研究の立場からの論考や、佐藤至子[13]、神林尚子[14]らによる幕末から明治期にかけてのメディアを視野に入れた研究が発表されている。そのなかで最も大きな成果として挙げられるのは、なによりも倉田喜弘・清水康行・十川信介・延広真治編『円朝全集』(岩波書店、二〇一二―一六年)の刊行だろう。このほか、近世史の須田努が、円朝の事績をまとめたものもある[15]。

一方で、近代文学研究の側に目を戻すと、尾崎秀樹が大衆文学として円朝を取り上げた研究[16]や、山田俊治[17]、中丸宣明[18]によるものをはじめとして個別的な論考はあるものの、まとまった研究はおこなわれていない。

2 落語と〈近代〉

それでは、近代文学研究の立場から、これまでの研究で示されてきたものとは別の視点で、三遊亭円朝をはじめそれ以外の噺家も含めた明治期の落語について考えることはできないのだろうか。またこの時期の落語は、近代の小説とどのように関わっていたのだろうか。

たとえば最初に円朝の速記本として刊行された『怪談 牡丹灯籠』は、瞿佑『剪灯新話』(実際には滄洲訂正、垂胡子集釈の『剪灯新話句』〔一五五九年〔永禄二年〕〕をもとにした一六四八年〔慶安元年）の和刻本）に収められた「牡丹灯記」を翻案した、浅井了意『伽婢子』の「牡丹灯籠」（一六六六年〔寛文六年〕）をさらに翻案したものである。このように、中国明代の怪異小説に材を採ったもののほか、『死霊解脱物語聞書』[19]（一六九〇年〔元禄三年〕）に端を発し、三遊派の噺家に「累草紙」の噺として受け継がれていたものを作り直した「真景累ヶ淵」、本書の第1部第3章「「見えがたきもの」を見えしむる――三遊亭円朝「怪談乳房榎」」で触れる十返舎一九『深窓奇談』（一八〇二年〔享和二年〕序）を種本とした「怪談乳房榎」が代表的な噺として知られている。これらの噺を見ていくと、円朝は江戸期以前の古典的な題材から噺を作っていた伝統的な物語の担い手であるように見える。

図2　三遊亭円朝演述、若林玵蔵筆記『怪談牡丹灯籠』第1篇、東京稗史出版社、1884年（初版本、国文学研究資料館蔵、CC BY-SA4.0）

一方で円朝は、アレクサンドル・デュマ『ポーリーヌ』(Alexandre Dumas père, *Pauline*, 1838) を翻案した「松の操美人の生埋」、ジャコモ・プッチーニのオペラ『トスカ』(Giacomo Puccini, *Tosca*、初演は一九〇〇年) の原作であるヴィクトリアン・サルドゥ『ラ・トスカ』(Victorien Sardou, *La Tosca*、初演は一八八七年) の翻案である「錦の舞衣」、関田朋子がウィルキー・コリンズ『新・堕ちた女の物語』(Wilkie Collins, *The New Magdalen*, 1872-73) との関係を論じた「蝦夷錦古郷の家土産」[20]など、西欧の戯曲や小説を種とした噺をいくつも手がけている。円朝が活躍したのと同じ時期に柳派の頭取だった初代談洲楼燕枝にも、チャールズ・ディケンズの小説『クリスマス・キャロル』(Charles John Huffam Dickens, *A Christmas Carol*, 1843) を翻案して一八八八年 (明治二十一年) に「読売新聞」に連載された饗庭篁村「影法師」をさらに翻案した「元旦の快談」や、ヴィクトル・ユゴーの小説『レ・ミゼラブル』(Victor-Marie Hugo, *Les Misérables*, 1862) を福地桜痴が翻案した同名の戯曲 (一八九七年〔明治三十年〕) に基づく「あはれ浮世」などがある。

これらの噺は、実際に残っているテクストや現代に高座にかけられた場合を見ると、あくまで落語として位置づけられるものである。一方で、西洋の小説や戯曲を落語に置き換える際には、西洋から新しく入ってきた物語のテクストをどのように理解するのか、それを日本にすでにあった物語の形式に書き換えていくためにはどのようにすればいいのかといった問題を含んでいた。西洋から新しく入ってきた文化の受容を日本の〈近代〉の一つの重要な要素として位置づけるのであれば、この時期の落語は間違いなく、そうした〈近代〉の渦中にあったことになる。

また、関根黙庵が安楽庵策伝を落語の祖として位置づけたことはもちろん[21]、現代に残っている落語の滑稽噺でも、江戸期の咄本に由来するものは少なくない。一方で、落語は決して固定された形を演じ続けるものではなく、様式化していく部分もあるものの、時代ごと、噺家ごと、さらには高座ごとに常に変化していく演芸である。そのなかで、落語の噺で語られている江戸の世界は、必ずしも実際にあった江戸時代の風景そのものではない。それらはむしろ、近代以降の価値観によって形成されたファンタジーとしての江戸という側面を少なからずもっている。晩年の七代目立川談志は「江戸の風」を論じたが、それは結局「明治の、生き残りの講釈師」に求めざるをえなかった。(22)「江戸」がなくなった、あるいはなくなりつつある時代では、「江戸」を思わせる残滓を拾い集め、そこからイメージとしての「江戸」を再構築するしかない。そのようにして感じ取られる「江戸」は、過去として振り返られる理想化された想像上の「江戸」になっていく。

もちろん、落語について考えるためには、江戸文学の研究者によっておこなわれてきたような精密な典拠研究や上演記録の調査を欠かすことはできない。一方で、現在テクストとして残されている噺の様態や、そこに組み込まれている文化のあり方を考えていくためには、江戸文学の側から落語を見ていくだけでなく、近代の側から落語を再考していくのも欠かすことができない視点である。

3　アダプテーションの理論とテクスト

それでは、近代文学の視点から明治期の落語を再考するとき、どのような枠組みで研究を進めることが可能なのだろうか。ここで一つの手がかりとしたいのが、リンダ・ハッチオン（Linda Hutcheon）が示したアダプテーションの理論である。

二〇〇六年に刊行され[23]一二年に邦訳されたこの理論[24]は、英米文学研究だけでなく日本近代文学研究でも、一〇年代後半から高い注目を集めている。ハッチオンは文学テクストを「原作」とした映画でどのように「翻案（Adaptation）」されたのかを見ていくことで、アダプトされた映画が「原作」よりも「劣った」ものとしてみなされることが多い現状に対して、映画化されたテクストを自律的な映画として評価する方法を探ろうとした。「原作」の映画化という視点ではなく映画と小説との対話的な関係性を分析しようとするこの方向性は、数多くのテクストが映像化されるようになった二十世紀以降の文学について考えるうえできわめて重要な発想と位置づけられた。そのため、特に映画と文学との関わりについての研究のなかでこの理論は参照され、国内でも多くの成果が生み出されている。

しかし重要なのは、この理論が決して映画だけを問題にしているわけではないという点である。そもそもハッチオンは、オペラや絵画の研究から出発してこの発想にたどり着いている。

> If you think adaptation can be understood by using novels and films alone, you're wrong. The Victorians had a habit of adapting just about everything——and in just about every *possible direction;* the stories of poems, novels, plays, operas, paintings, songs, dances, and tableaux vivants were constantly being adapted from one medium to another and then back again

(Linda Hutcheon, *A Theory of Adaptation*, Routledge, 2006, p. xi)(25)

テクストを具体的に分析する際には現代の文学と映画、あるいは現代のメディアで展開されているテクストを中心に取り上げているものの、序文（Preface）の冒頭では、アダプテーションの発想がヴィクトリア朝時代にメディアを次々に越境していたテクストの諸相から得られたものであり、映画と文学との関わりに限らず、あらゆる表現メディアがこの研究の対象になることを示している。たとえば小川公代・村田真一・吉村和明編『文学とアダプテーション――ヨーロッパの文化的変容』（春風社、二〇一七年）がミュージカルや漫画、オペラなどの多様な表現メディアを対象としたのも、この発想を受けてのものだろう。

このように考えた場合、本書で中心に取り上げる十九世紀のテクスト群は、まさにもともとハッチオンが想定していた研究対象であるヴィクトリア朝期と同時代の日本で編成されていたものだと言える。さらに言えば、明治初年代から二十年代にかけての時期は、小説、落語、歌舞伎、講談がそれぞれ別々の表現ジャンルとして差異化されている現代の状況とは異なり、一つの物語が容易にメディアを越境し、拡散し、同時多発的に展開されることが当たり前のようにおこなわれていた。

たとえばメディアミックスの研究という場合には、どうしても一九七六年（昭和五十一年）に公開された横溝正史原作『犬神家の一族』（監督：市川崑）に端を発する角川書店の商業戦略の問題に焦点が当たることが多い。この場合、メディアミックス研究では、特にテクストが相互に広告としての役割を果たし、より多くの観客や読者を集めることで利益を生み出そうとするビジネスとしての側面が取り上げられることになる。しかし、このように物語がメディアを越境していくとき、江戸期から明治期にかけてでは、作り手たちが現代以上に密接な関係を保っていたのである。

もちろん明治期について考えるうえでも、メディアを越境するテクストにビジネスとしての側面があったことは欠かせない要素である。一方で、メディアを越境していくテクストが、それぞれどのようにメディアを横断し、差異と変容とを生み出しているのかを分析するための方法を確立することは、明治期に限らず近代以降の文化について考えていくうえで重要な視点となるはずである。

一方で、ハッチオンが示した枠組みでどこまでテクストの分析を進めることができるかについては、多くの問題が浮かび上がってくる。たとえば、ハッチオン自身が第三章「Chapter 3 Who? Why? (Adapters)」の後半を「The next section traces the changes in one particular narrative through a series of media and genres as one way to explore precisely all of these economic, legal, cultural, political, and personal complexities of motivation and intention in the process of adaptation.」(Hutcheon, *op. cit.*, p. 95)[26]と位置づけているように、アダプテーション研究で具体的なテクストを分析するにあたっては、原作となるテクストと、アダプトされた結果としてのテクストとを比較して、それぞれのメディアの特性を踏まえて差異を意味づけたり、それぞれのメディアごとに事実関係を羅列したりするという、きわめて基本的な手続きに収まってしまうことが少なくない。また、波戸岡景太のように、アダプテーション研究を標榜していながら、むしろ「原作」としての文学を再権威化する方向に論が進められる言説も見られる。[27]すなわち、アダプテーション研究の隆盛が招いたのは、メディアを横断するテクスト相互の関係を立体的・複層的に分析することがいかに難しいかということを、むしろ浮き彫りにするという事態だったようにも見える。

4　アダプテーションの、その先へ

それでは、アダプテーションの理論に基づく研究は、もはやこれ以上は新しい研究の発想を生み出すことができないのだろうか。

一つの方向性として考えられるのは、ハッチオンが第四章で触れている「受容者（Audience）」の問題を扱うというものだろう。

たとえば現代の読者にとって、映像化されたテクストを見ることはごく日常のことになっている。小説を「原作」として読んでから映像化テクストに入るよりも、むしろ映像化されたテクストに触れたことで、小説のほうも読んでみるという受容の形式になることが少なくない。また、小説を「原作」としていたり、映画を「原作」としてノベライズされたりしたテクストをグッズ的に売り出すだけでなく、複数のメディアで同時多発的にテクストが発信されていくこともある。このとき、たとえば活字テクストから入って映像テクストを見た場合と、映像テクストから入って活字テクストを読んだ場合とでテクストの読みが異なるのか、映像テクストがもつイメージの訴求力が、活字テクストを読解する際にどのように作用するのかは、現代の読者における受容のあり方を考えるうえで欠かせない視点である。また、活字テクストから入って映像テクストに触れ、再び活字テクストを読んだときに、テクストの読みが変容するということも考えられる。こうした読書のあり方は、映像テクストと活字テクストのあいだでだけ起こることではない。挿絵や口絵、表紙絵といった図像テクストでも生じるはずである。

先に述べたとおり、明治初年代から二十年代にかけての娯楽としての読書でも、これと同じような事態が生じていた。小説が口絵、挿絵を伴っていることは現代以上にごく当たり前のことであり、そこで示された図像イメージを念頭に置きながら本文を読むという日常があったのである。[28] また、特に都市部では、一つのコンテンツが芝居、落語、講談と次々にメディアを越境していくことになるため、読者はメディアとメディアとのあいだを往来し続けることになる。

一方で、それではこうした読者によるテクストの読解のあり方や、メディアに触れていくなかでそれがどのように変容したのかについてを研究対象とすることは非常に難しい。たとえば新聞や雑誌などへの読者による投稿などからその形跡を探したとしても、それが本当に読者の手になるものだという保証はない。また、テクストから読者がそれをどのように読むかを導き出す論で見いだされるのは、結局は論者の主観によるモデルとして理想化された、実体を伴わない読者にすぎない。

このように読者という視点から再考することには多くの問題が伴う以上、アダプテーションの発想に新たな可能性を見いだすとすれば、一つには、理論のなかで示されたテクストの位置づけについて再検討することだろう。そもそも、ハッチオンが「To interpret an adaptation *as an adaptation* is, in a sense, to treat it as what Roland Barthes called, not a "work," but a "text," a plural "stereophony of echos, citations, references"(1977: 160)」(Hutcheon, *op. cit.*, p. 6)[29] とし、ロラン・

バルトの「作者の死」(Roland Barthes, *The Death of the Author*, Aspen, 1977) の「テクスト」概念からアダプテーションとしてテクストを扱うことを意味づけたり、第一章の「Adaptation as Process」のなかに「*The Audience's "Palimpsestuous" Intertextuality*」(p. 21) という項目を立てたり、あるいはジュリア・クリステヴァ (Julia Kristeva) やジラール・ジュネット (Gérard Genette)、ミシェル・フーコー (Michel Foucault) に言及したりしていることからもうかがわれるように、アダプテーションの理論はロラン・バルト以降のテクストをめぐる議論を踏まえたもの、あるいは間テクスト性の議論そのものであり、そのうえで言説研究の手法を取り込んだものである。したがって、文字や映像、図像、芝居や高座といったさまざまなメディアで発信される物語それぞれをテクストとして捉え、それらがどのように編成されているのか、あるメディアにほかのメディアで発信された情報の痕跡がどのように組み込まれているのかを分析していくことが、一つの方向性として考えられる。

また、ハッチオンの発想がもたらした枠組みをより生かして応用するのであれば、アダプテーションを「specifically translations in the form of intersemiotic transportation from one sign system (for example, words) to another (for example, images)」(Hutcheon, *op. cit.*, p. 16)[30] と位置づける必要がある。メディアを移し替えるときには、単にもとのテクストが別の記号体系に移し替えられるだけではない。それぞれの記号体系がもつ約束事があり、それに従って翻案する必要があるという。たとえば、小説を映画に翻案するときには、映画がもっている物語の展開や映像表現、あるいは時間的な制約も含めながら、メディアにおいて共有され様式化されたシステムに合わせて全体を書き直す必要がある。したがって、キャラクターはメディアを容易に越境することができる一方で、物語のほうは、大枠では別のメディアに置き換えられたように見えながら、実際には再解釈によって書き換えられるという。

このような視点は、明治期の落語の物語のあり方について考えるときに、非常に有効に機能する。なぜなら、三遊亭円朝や談洲楼燕枝によって作られた西洋種の噺が落語らしく見えるということは、西洋の戯曲や小説を翻案するにあたって、マクラからサゲへと至る噺の構造や、身ぶり、語り口など、さまざまに様式化された落語というメディアがもつ要素に、物語がアダプトされているということでもある。落語は、現代の映画や小説に比して様式性の顕在化の度合いがきわめて高いため、物語がメディアを越境する際に、どのように再解釈され、翻案され、書き換えられるのかといった様相が如実に示されることになるのである。

また、間テクスト性や言説研究を踏まえて考える場合には、これまでの研究でおこなわれてきた典拠研究の成果が有効に機能するだろう。この場合、もちろん作者が直接参照したテクストだけが問題となるわけではない。ある文化的環境のなかに存在する書き手、作り手が、その文化のなかに遍在している文字以外のものも含めた多様なテクストを浴びながら生活していて、そうしたテクスト群が意識的／無意識的に引用されていく。その様相を具体的に分析していくことが必要となる。一方で、明確な典拠が明らかになっている際には、引用元となるテクストの濃淡をうかがうことができ、結果として紡ぎ出されたテクストの様態がより明確に見えるようになるはずだ。

これまでのアダプテーション研究を踏まえながらテクストにアプローチするための次の方法をど

のように形作っていくのか。明治期の落語について分析することは、その方向性を得るために有効な視座を示してくれるように思われる。

5　本書の構成

以上のような問題意識のもと、本書は初代三遊亭円朝だけでなく、初代談洲楼燕枝、初代快楽亭ブラック、初代（三代目）三遊亭円遊などの同時代の噺家による落語を視野に収めながら、分析を進めていく。そのうえで、特に三遊亭円朝が「人情噺」を得意としていたことや、いわゆる言文一致の問題との関わりで論じられてきた問題を再考し、坪内逍遥『小説神髄』（松月堂、一八八五―八六年〔明治十八―十九年〕）を再読することで、そこで論じられた「人情」論と落語との関わりについて考察を進めていく。

まず第1部「人情噺と怪談噺のあいだ」では、円朝の代表作である「怪談　牡丹灯籠」「真景累ヶ淵」「怪談乳房榎」という、三つの怪談噺を取り上げる。

第1章「「人情」を語る怪談――三遊亭円朝「怪談　牡丹灯籠」」では、「怪談　牡丹灯籠」の速記本から、落語のジャンルとしての人情噺がもっていた物語の様式性そのものを問題とする。そのうえで、人情噺の物語で「人情」がどのように語り出されるのかを析出する。

第2章「「幽霊」と「神経病」――三遊亭円朝「真景累ヶ淵」」では、拙著『言語と思想の言説（ディスクール）

——近代文学成立期における山田美妙とその周辺』（笠間書院、二〇一七年）でも用いた言説研究の方法によって、「真景累ヶ淵」という噺のなかに明治期のどのような枠組みが組み込まれているのか、それが一つの噺として形作られたとき円朝の落語にどのような問題が見いだされるのかについて考えていく。

第3章「「見えがたきもの」を見えしむる——三遊亭円朝「怪談乳房榎」」は、「怪談乳房榎」の種本を十返舎一九『深窓奇談』（一八〇二年〔享和二年〕序）巻五「尾形霊艶奸曲智（おがたのれいかんきょくのちをたふす）」と認めたうえで、種本が落語の噺に翻案されるときにどのような変容を生じるのかを具体的に分析していく。こうした基礎的な作業を通じて、落語の様式性が原話を翻案する際にどのように機能するのかについて考えていきたい。

次の第2部「落語と小説のあいだ」では、初代三遊亭円朝「錦の舞衣」、初代快楽亭ブラック「英国実話 孤児」という西洋の小説と戯曲を落語に翻案した二つの噺と、当時の新作落語である初代（三代目）三遊亭円遊「素人洋食」、そして「唐土模様倭粋子（からもようやまとすゐこ）」をもとにした談洲楼燕枝「西海屋騒動」を取り上げる。

第4章「メロドラマの翻案——三遊亭円朝「錦の舞衣」」は、種本であるヴィクトリアン・サルドゥ『ラ・トスカ』がメロドラマであるということを踏まえ、特定の様式を伴ったジャンルのテクストとして作られた物語が表現メディアを越境するだけでなく、それに伴って落語の仇討物、人情噺などジャンルそのものが変換されていく過程について考える。

第5章「小説を落語にする——三遊亭円遊「素人洋食」」で扱う「素人洋食」は、山田美妙が三遊亭円遊のために書いたものである。しかし、原作のテクストは、決して落語の噺として出来がいいものではなかった。それが円遊によってどのようにして落語としての質を高められたのかについて分析し、美妙が書いたテクストと落語との関係について考える。

第6章「講談・落語・小説の境界――快楽亭ブラック「英国実話 孤児」」では、チャールズ・ディケンズ『オリバー・ツイスト』(Charles John Huffam Dickens, *Oliver Twist: or the Parish Boy's Progress*, 1838) を落語の噺に翻案した、「英国実話 孤児」を読む。その際、角書きにある「実話」という枠組みがどのように与えられているのか、「実話」を建前として語られる講談と落語とがどのように関わるのかを考えていく。

第7章「落語を「小説」化する――談洲楼燕枝「西海屋騒動」」では、円朝と同時代に活躍し、柳派の頭取となった談洲楼燕枝を取り上げる。談洲楼燕枝についてはは研究がほとんど進んでいないため、燕枝の噺が円朝の噺とは異なってほとんど速記で伝わっていない要因について検証するとともに、活字で刊行されていた噺があくまで「小説」として位置づけられていた問題について述べる。

最後に第3部「「人情」と言文一致」では、落語の人情噺で描かれた「人情」のあり方と坪内逍遥の「人情」論との関わり、そして速記本と言文一致の問題について再考する。

第8章「翻訳と言文一致との接点」は、言文一致について再考したものである。翻訳と言文一致との関係を見ていくことで、口語としての言い回しや語彙として口頭語を取り入れたり、〈内面〉を表現したりすれば言文一致が達成されるわけではなく、語の概念規定によって思考をどのように言語化していくのかという問題や、言文一致と同時代のほかの文体との関係性が重要であるという点を指摘する。

第9章「『源氏物語』と坪内逍遥の「人情」論」では、坪内逍遥の「人情」論が、西洋から輸入された心理学だけでなく、本居宣長『源氏物語玉の小櫛』（一七九六年〔寛政八年〕稿）を参照していた問題について考える。

終章にあたる第10章「キャラクターからの離脱――坪内逍遥『小説神髄』「小説の裨益」「主人公の設置」」は、これまでの議論を踏まえて『小説神髄』を再読する試みである。特に、従来の『小説神髄』についての研究ではあまり取り上げられてこなかった「小説の裨益」「主人公の設置」を読み解くことで、「人情」論の位置づけや落語と小説との関わりについて考え、本書全体の議論をまとめる。

以上のように本書は、落語のテクストや落語と小説との関わりについて分析することを通じて、近代文学成立期にあたる明治初年代から二十年代にかけての文学を再考するための手がかりを探ることを企図している。このことで、近代以降の小説が、江戸期まで「小説」と呼ばれていたものからどのように姿を変え、現在の形態へと至る礎が編成されたのか、その様相を探っていくための契機としたい。そのなかでテクストやアダプテーションをめぐる文学研究の現状を踏まえながら、近代そして現代の文学や文化について考えていくための新しい視座の獲得を目指す。本書をきっかけに、明治期の文学と落語により注目が集まり、これらをめぐって多様な議論が生み出されることを心から願っている。

注

（1）たとえば、「松鶴、ブギの女王に闘志——上方落語の苦境、手紙に」（「朝日新聞」二〇一八年十二月七日付夕刊）で、学生時代から親交があった越智のもとに松鶴が送った書簡を、天満天神繁昌亭の恩田雅和が保管しているという内容を報じている。

（2）大西信介『落語無頼語録』（芸術出版社、一九七四年）一九六ページに、越智治雄が「一高の落語研究会の越智さんで、四代目小さんの葬儀に白線の入った旧制高校の制帽をかぶって立派な弔辞を読んだ人」と書いている。この記述は柳瀬善治氏のご教示による。

（3）越智治雄「もう一人の塩原多助」「文学」一九六九年五月号、岩波書店、四九ページ

（4）前田愛「三遊亭円朝」、至文堂編「国文学——解釈と鑑賞」一九六九年一月号、ぎょうせい、四九—五四ページ

（5）山田有策「美妙ノート・3　口語文体の発想とその理論——円朝・逍遥・美妙」、「文学史研究」編集委員会編「文学史研究」第三号、「文学史研究」編集委員会、一九七五年、七六ページ

（6）片岡良一「現代文学諸相の概観」、東京大学国語国文学会編「国語と国文学」一九二九年四月号、明治書院。特に言文一致については、「言文一致の表現が、極めて自由な、柔軟性や屈折性の豊富なものであるために、従来の文語体などでは表現できなかつたやうな微妙さや複雑さが、苦もなく表現出来るやうになつた」（二〇五ページ）ことが、「個人主義文学」の特質に関わるものと位置づけている。

（7）片岡良一監修、小田切秀雄編集『日本近代文学の成立——明治 上』（「講座日本近代文学史」第一巻）、大月書店、一九五六年、一四三ページ。当該の第四章「近代文学の生誕と文壇形成」の第二節

「二葉亭四迷『浮雲』の登場・中絶」の項目執筆者が小田切秀雄だったことが、同書の「あとがき」(二六三―二六四ページ)からわかる。

(8) 興津要解説、興津要/前田愛注釈『明治開化期文学集』(「日本近代文学大系」第一巻)、角川書店、一九七〇年

(9) 延広真治には『落語はいかにして形成されたか』(〔叢書演劇と見世物の文化史〕、平凡社、一九八六年)、『江戸落語――誕生と発展』(〔講談社学術文庫〕、講談社、二〇一一年)などの著作のほか、円朝に限らず落語についての論考が多数ある。

(10) 佐藤かつら「円朝作品の劇化――五代目菊五郎以前」「鶴見大学紀要」第四十五号、鶴見大学、二〇〇八年、同「舞台の塩原多助」「文学」二〇一三年三・四月号、岩波書店、同「「御狂言師」の誇り――『ラ・トスカ』と三遊亭円朝『名人競』をめぐって」、青山学院大学比較芸術学会委員会編「パラゴーネ」第一号、青山学院大学比較芸術学会、二〇一四年

(11) 宮信明には「素噺との出会い――三遊亭円朝『真景累ヶ淵』論」(立教大学日本文学会編「立教大学日本文学」第百三号、立教大学日本文学会、二〇〇九年)、「三遊亭円朝と落語の「近代」」(立教大学博士論文、二〇一一年)をはじめ、円朝を中心に明治期の落語についての多くの論考がある。

(12) 日置貴之「三遊亭円朝「英国孝子之伝」の歌舞伎化」、日本近世文学会編「近世文芸」第九十五号、日本近世文学会、二〇一二年

(13) 佐藤至子「円朝と類型」、前掲「文学」二〇一三年三・四月号、同「円朝の噺における夢と怪談」「文学」二〇一四年七・八月号、岩波書店、同「三遊亭円朝『七福神参り』の白鼠について――動物の擬人化に関する考察」、東海近世文学会編「東海近世」第二十八号、東海近世文学会、二〇二一年

(14) 神林尚子「三遊亭円朝遺稿・円喬口演『烈婦お不二』――もう一つの「操競女学校」」、鶴見大学日

本文学会編「国文鶴見」第五十五号、鶴見大学日本文学会、二〇二一年
(15)須田努『三遊亭円朝と民衆世界』有志舎、二〇一七年
(16)尾崎秀樹は小島政二郎、池田弥三郎とともに角川書店版の『三遊亭円朝全集』(一九七五―七六年)に関わったのをはじめ、この時期の演芸についてたびたび言及している。
(17)山田俊治「三遊亭円朝の流通——傍聴筆記の受容と言文一致小説」、日本文学協会編「日本文学」二〇一二年十一月号、日本文学協会、同「新聞改良と円朝速記」、前掲「文学」二〇一三年三・四月号
(18)中丸宣明「幽霊たちの時間——円朝怪談咄試論」、同誌
(19)『死霊解脱物語聞書』については、小二田誠二「解題」(小二田誠二解題・解説『死霊解脱物語聞書——江戸怪談を読む』所収、白澤社、二〇一二年)九―二〇ページに詳しい。
(20)関田朋子「三遊亭円朝による翻案落語「蝦夷錦古郷の家土産」種本の同定——Wilkie Collins作 The New Magdalen」、日本大学文理学部人文科学研究所編「研究紀要」第九十六号、日本大学文理学部人文科学研究所、二〇一八年
(21)関根黙庵編『江戸の落語』古賀書店、一九六七年、六―一一ページ
(22)立川談志『江戸の風』dZERO、二〇一八年、一四二ページ
(23)Linda Hutcheon, *A Theory of Adaptation*, Routledge, 2006.
(24)リンダ・ハッチオン『アダプテーションの理論』片淵悦久／鴨川啓信／武田雅史訳、晃洋書房、二〇一二年
(25)同書viiページでは以下のように訳されている。「アダプテーションを小説や映画だけを用いて理解可能であるともしもお考えなら、それは誤りである。ヴィクトリア朝時代の人たちには、まさにあら

ゆる物語を翻案する――しかも考えられるあらゆる方向に作りかえる習慣があった。詩や小説、戯曲やオペラ、また歌や踊りから活人画にいたるまで、物語と呼べるものはすべて絶えずひとつの媒体から別の媒体へと適合させられ、そしてまた逆にもとの媒体へと戻されたのである」（片淵悦久訳）

(26) 同書一一九ページでは以下のように訳されている。「次のセクションでは、翻案過程における動機と意図をめぐる、こうした経済的、法律的、文化的、政治的、個人的な複雑性のすべてを的確に検討するひとつの方法として、複数のメディアやジャンルに翻案されたひとつの物語の変遷をたどることにする」（武田雅史訳）

(27) 波戸岡景太『映画原作派のためのアダプテーション入門――フィッツジェラルドからピンチョンまで』彩流社、二〇一七年

(28) 明治期の小説の挿絵の問題については出口智之に多くの論考があり、安藤宏・出口智之監修による日本近代文学館での展示「明治文学の彩り――口絵・挿絵の世界」（二〇二二年一月八日―二月二十六日）に、大きな成果があった。この展示は、日本近代文学館編、出口智之責任編集『明治文学の彩り――口絵・挿絵の世界』（春陽堂書店、二〇二二年）にまとめられている。

(29) 前掲『アダプテーションの理論』八ページでは以下のように訳されている。「アダプテーションをアダプテーションとして解釈するということは、ある意味で、ロラン・バルトが言うように、「作品」ではなく「テクスト」として扱うこと、複数の「模倣、引用、言及の立体音響」（一九七七年 一六〇）として扱うことに等しい」（鴨川啓信訳）

(30) 同書二〇―二一ページでは以下のように訳されている。「ひとつの記号体系（たとえば言語）から別の記号体系（たとえば映像）へ間記号的に置き換えられる形態での翻訳」（鴨川啓信訳）

第1部　人情噺と怪談噺のあいだ

第1章　「人情」を語る怪談
――三遊亭円朝「怪談　牡丹灯籠」

はじめに

三遊亭円朝「怪談　牡丹灯籠」（以下、「牡丹灯籠」）は、円朝自身の回想を信じるのであれば一八六一年（文久元年）ごろに作られた噺[1]であり、明治十年代にほぼ現在残されている型になったと考えられる。孝助を中心に進められる仇討ちの物語、新三郎とお露とのあいだで繰り広げられる怪談の物語、そして伴蔵を中心とした因縁をめぐる物語と、三つのストーリーが錯綜したこの噺は、「塩原多助一代記」「真景累ヶ淵」と並んで、円朝が作った傑作と位置づけられている。

しかし、中丸宣明が「速記のかたちで残された話芸、それをあたかも一編の「作品」に見立てて論ずることの危うさ[2]」について指摘しているように、現代で高座にかけられたり、論じられたりしている速記本をもとにしたテクストは、たとえば小説のように一つの「作品」として安易に扱うことができるものではない。落語は高座にかけられるたびにさまざまな演出が試みられ、改変され、そのときの聴衆によっても演じ方が変わっていく。それに加え、たとえば鏑木清方が『築地川』(書物展望社、一九三四年〔昭和九年〕)に所収の「年方先生に学んだ頃」で「円朝翁の話を速記するのには折節三時間位やるので、其の場所は都下の静かさうな茶屋を選び、時には私の宅でやることもあった」(一〇〇ページ)と回想しているように、一八八六年(明治十九年)十月に創刊された「やまと新聞」に掲載されている速記は、条野採菊(山々亭有人)の自宅など静かな座敷で演じられ、書き取られた。また、勝本清一郎が円朝の速記本について「口語体で書かれた文章だった」[3]と早々と指摘しているが、速記として書き取る段階で文章語が入り込んだ可能性が多分にあることはもちろん、円朝自身もこうした場では意識的に内容を変えたとされていることから[4]、必ずしも高座にかけられた噺をそのままに残しているわけではないと言える。

一方で、山田俊治が指摘するように[5]、速記本に書かれている本文は独特な様式をもっていて、傍訓によって記述される俗語を用いた「言」の部分と、漢語を多く用いた「文」としての要素とが二重性を帯びて混在する。もちろんここで傍訓によって記述される「言」には、円朝自身の言葉も含まれていただろう。しかし、たとえば明治期の合巻で用いられていたような漢語に熟字訓を次々に当てはめていく文体を想起すれば、当然そのなかには円朝による語りで用いられた言葉ではない、漢語における日本語としての意味を記述するものとしての訓も含まれていたと考えるのが妥当である。

以上のように考えると、速記本によって残されている円朝の噺は、落語そのものの再現として考えたり、言文一致について考えるための口語資料として単純に位置づけたりできるものではない。むしろ速記が活字化され、流通し、読者が手に取るというメディアとしての側面から考えたとき、円朝の落語速記本には多様な問題が見えてくる。一方で活字メディアで展開されるテクストは読者の手に渡った瞬間、同時代に編成されていた小説と同じように、読み物として受容される対象になる。たしかにその本文から円朝の語りが想起されることはあるものの、それを読むという行為では、一回的なテクストとなりうるのである。

また、この時期の読者が読み物を受容する際には、文体そのものが、目の前にある文章がどのジャンルに属するのかを考える手がかりとなっていたことを念頭に置く必要がある。なぜならこの場合、速記本で用いられた文体が、速記本に独特な文体として同時代ですでに認識されていたのか、あるいは同時代に出版されていた他ジャンルの文体と類縁的に認識されえたのかということが、読者によるテクストの受け取り方、位置づけという点で非常に大きな問題を含みうるからである。

本章ではこうした視点から、円朝の「牡丹灯籠」が活字化されて読者に受容されるときに、どのような問題が立ち上がってくるのかについて考えていきたい。そのうえで、特に坪内逍遥が円朝の速記本を「俗語（ぞくご）」による「人情（にんじやう）」の表現と接続させたことにどのような意味があったのかについても考察を進めていくことにする。

1　人情噺としての「牡丹灯籠」

まず、先行研究で「牡丹灯籠」がどのように言及されてきたのかについて、もう少し具体的に確認しておきたい。

たとえば永井啓夫は、伴蔵による完全犯罪を怪談噺の形式によって巧みに隠し、主人殺しの苦悩を描いている点に着目し、近代の「立派に筋の通った推理小説」としての要素を認めている。(6) また前田愛は、「牡丹灯籠」の「第四回」を為永春水『春色梅美婦禰』（一八四一年〔天保十二年〕）の趣向を転じたものとして人情本からの影響を指摘したうえで、現実と非現実との境界で聴衆（読者）を眩惑する語りの構造そのものがもつトリックに、「牡丹灯籠」の「近代怪談」としての側面を読み取った。(7) 入口愛はこれらの議論を受け、前田愛が指摘した人情本としての要素は断片的にすぎないと指摘し、版本の挿画に幽霊が描かれることで「牡丹灯籠」が「文明開化期にいかに怪談を語るかという問題」に応えたものと位置づけている。(8)

一方、前掲の論文で中丸宣明は、「因縁」「悪縁」は類型としてストーリーに外在するものとし、それによって複数の物語が並立する構造を合理的なリアリズムの枠組みによっては読み取れないものとした。(9) また佐藤至子は、読本（よみほん）や合巻（ごうかん）をよく読んでいた円朝の噺について、それが典拠なのか類型的発想を共有しているのか判然としないものだとして、浅井了意『伽婢子』（一六六六年〔寛文六

図3　「ほたむとうろう」
（出典：月岡芳年『新形三十六怪撰』松本平吉、1898年〔国立国会図書館蔵〕）

年』）第四巻「船田左近夢のちぎりの事」や『剪灯新話』「渭塘奇遇記」との関係を再検討している。[10]

これらの先行研究は、それぞれに重要な指摘だと思われる。一方で確認しておきたいのは、二代目三遊亭円生門下で三遊派の再興を担い、三遊派に伝わる「累草子」の類話として「真景累ヶ淵」を二十歳代はじめの若さで作った円朝の、同時代的な位置づけである。

余曩に余が従事する所の速記法の効用を世に示さんが為め三遊亭円朝子の人情話中最も著

> 名なるものを筆記し冊子として世に公けふ為せし所意外の喝采を蒙り毎編数千部を発売するに至れり
>
> （若林玵蔵〔序文〕、三遊亭円朝演述、若林玵蔵筆記『西洋人情話 英国孝子ジョージスミス之伝』初編所収、速記法研究会、一八八五年〔明治十八年〕）

> 当怪談牡丹灯籠は名にし負ふ落語家の泰斗と仰がるゝ三遊亭円朝子の得意の人情噺を速記法を以て言葉の儘を直写せし新奇の冊子なれば大に諸君の御意に適ひ発售の部数日に益々多きを加ふ
>
> （「広告」、三遊亭円朝演述、若林玵蔵筆記『怪談 牡丹灯籠』第九編所収、東京稗史出版社、一八八四年〔明治十七年〕）

若林玵蔵が述べる「三遊亭円朝子の人情話中最も著名なるもの」とは、「牡丹灯籠」のことである。また、『怪談 牡丹灯籠』第九編の広告文では、この噺が怪談噺としてではなく、あくまで「三遊亭円朝子の得意の人情噺」として位置づけられていた。このとき、「牡丹灯籠」が「人情噺」だという発想を示している点には、注意が必要である。

講釈「皿屋敷」をもとにした「お菊の皿」や、洪邁『夷堅志』（一一九八年〔慶元四年〕ごろ）に所収の「餅を買う女」を素材にした「子育て幽霊」、笑話本『軽口蓬莱山』（一七三三年〔享保十八年〕）の「思いの他反魂香」をもとに上方落語の「高尾」を経て成立した「反魂香」など、志怪小説や滑稽噺をもとにした怪談噺は、文化・文政期から明治期にかけて隆盛し、初代の林屋（ママ）正蔵と桃川如燕によって落語と講談を横断して、滑稽噺、人情噺と並んで一つのジャンルとして認識されていた。特に落語では多くの場合、音曲（ハメモノ）を交えて芝居噺として仕立てる演出に特徴があった。

　こうした状況から考えると、「牡丹灯籠」は本来であれば、人情噺としてよりもむしろ芝居噺による怪談噺として位置づけられてもおかしくなかったことになる。特に円朝は安政期に鳴り物入り道具仕立ての芝居噺で名を上げていて、扇子一本の素噺に転じたのは一八六九年（明治二年）ごろだと考えられる。したがって、「牡丹灯籠」が作られたとされる六一年（文久元年）から明治のはじめまで、この噺が高座にかけられる際は芝居噺による怪談噺としての要素が少なからず伴っていたはずなのである。

　そのなかで「牡丹灯籠」があくまで人情噺として位置づけられたことには、さまざまな要因が想定できる。第一に、「牡丹灯籠」の速記本で残された物語そのものがもつ内容的な問題だろう。「牡丹灯籠」が『剪灯新話』や『伽婢子』の翻案として「怪談」の要素をもつのは「第十二回」で伴蔵が「百両（りやう）」の金銭と引き換えにお米とお露を萩原新三郎のもとへ引き入れようとするところまでであり、残りの「第二十一回ノ下」までの物語は、人情噺として位置づけられても不思議はない。一方で、先述のとおり円朝が素噺で「牡丹灯籠」を高座にかけるようになっていたことで、怪談噺として位置づけにくくなっていたという事情もあったはずである。また、円朝と並び称された初代談洲楼燕枝（柳亭燕枝）が晩年は「作物（つくりもの）でなく実話（じつわ）でいきたい」（三木竹二／青々園「柳の一葉」「歌舞伎」一九〇〇年〔明治三十三年〕三月号、東京画報社、二五ページ）と実録物を高座にかけ、「燕枝が三題咄の上手だつたことは今更いふまでもないのですが、私共には続物の重つくろしいのよりか、此方が軽くて好うございました」（二六ページ）と評されたのに対し、三遊派の円朝といえば人情噺だという同時代の認識を踏まえて打たれた広告だったことも想定できる。

2　円朝の談話における「人情」

しかし同時代に編成された人情噺をめぐる言説に目を向けてみると、「牡丹灯籠」がそのように位置づけられたとき、ある重要な枠組みが機能していたことが見えてくる。

一般に人情噺とは、長篇で続き物の形式をもつことが多く、滑稽噺と違ってオチ（サゲ）がなく、「人情」を描くことに主眼を置いた形式だとされる。

> 円朝師の人情噺は、よく人を魅するの力があつた、牡丹灯籠や、塩原多助など、人情の極致を穿つた傑作と称されて居る、本書の収むる三篇は比較的短篇ではあるが、円朝師独特の得意な読物で、其存生中口演されたものである、
>
> （筆者不詳「はしがき」、三遊亭円朝『円朝人情噺』所収、日本書院、一九一三年〔大正二年〕）

ここでの認識では、人情噺はあくまで「人情の極致を穿った」という条件を満たしていればそのように称されるというものであり、そのなかに「牡丹灯籠」も含まれていたことになる。一方で、この本に実際に収められているのは「人情噺 闇夜の梅」「怪談噺 怪談阿三の森」「心中噺 心中時雨傘」の三編である。したがって、人情噺には、「人情」を描いたものであればそのように位置づけられるという広義の枠組みと、怪談噺、心中噺と並ぶ一つのジャンルとみなされる狭義の枠組みとが、そのときどきによって使い分けられていた可能性が示唆されている。

こうした素朴な枠組みに対し、円朝自身は晩年の談話で「人情」「情」を語ることの重要性を説く際に、これとは異なる発想を示している。

> 併し面白い筋合のお話でも、西洋（あちら）と東洋（こちら）とそれ〴〵風俗人情が違ひますから、実際に翻案（なほ）して、日本（こちら）の人の情に適合ふやういたさなければ折角の面白いところも、失（な）くなつて、仕舞ひますやうな訳合でございます。
>
> （「情話名人（三遊亭円朝と語る）」「世界之日本」第九号、一八九六年〔明治二十九年〕、六〇ページ）

聞き手である「錦街生」から受けた「得意とせらるゝ情話には、色々の苦心丹精もあるべきが、如何にや」という問いかけに対して、円朝が応じた箇所である。「西洋」の「人情」とあるのは、前掲の『西洋人情話 英国孝子ジョージスミス之伝』や三遊亭円朝口述、石原明倫筆記『欧洲小説黄薔薇』（金泉堂、一八八七年〔明治二十年〕）などを想定したものだろう。「情話」すなわち人情噺では「筋合」以上に「人情」「人の情」を語ることこそが噺の面白さを支えていて、これらの西洋種の噺では、その「人情」を日本の聴衆でも理解できるように語るにはどうするかが重要だという、円朝の認識を示している。

一方、円朝が別の談話で問題にしていたのは、誰の「人情」を、どのように語るのかという点だった。

> 人情噺は固より人情を穿つを専一と致しますが、講釈は人情よりは事実の方に重きを置きます、云はば人情噺が細かで講釈は疎う在います、併し感情を惹起すの点に就きましては、講釈は何ぼ疎いと云ひましても、名人になりますれば訳もない所で大層感じさせる事が在います、マア私が覚えてから講釈の名人と思ひましたのは先代の伯円で在います、義士伝を読みましても文句の上では泣かせるやうな所ではないが、そこが夫名人の違ふ所でして、私が未だに其文句を覚え居りますが、是は菅野十平次の伝で「竹の柱に茅の屋根、菱形になりし上総戸を押開けて菅野十平次が戻らるゝ」斯んな所でホロリと涙を落させて何にもみすぼらしい浪宅へ宛も菅野十平次が悄々と立戻るやうに聞えました、
>
> （「芸人叢談 三遊亭円朝（六）」「伯円の講釈」「毎日新聞」一八九九年〔明治三十二年〕八月二十日付）

ここでは、落語と講談で「人情」を語るときの差異について言及している。円朝の認識では、講談では一般に、たとえ「人情噺」であっても「事実」を語ることが優先されるのだという。「事

実」という概念の含意は円朝の発言だけからでは判断しにくいが、講釈師によって語られる出来事としての物語そのものと解していいと思われる。

そのなかで「先代」の初代松林伯円は、「人情」を巧みに語ることができたという。しかしこのときに円朝が示したのは「竹の柱に茅の屋根、菱形になりし上総戸を押開けて菅野十平次が戻らるゝ」という箇所である。したがって、講談ではあくまで講釈師による地の語りによって、「人情」が表現されると位置づけていたことがわかる。

こうした講談のあり方に対し、落語の「人情」は、次のように語られている。

> 総て咄は情がなければ面白くないもので豊臣太閤の御前で滑稽た事計り申した策伝と云ふ人が拵へた咄に
>
> 或冬の事で極寒い日に肴屋が大鯛と小鯛を二枚担いでお得意へ行くと其処のお内宝がマア肴屋さん寒いじやアありませんか……お前さんも今でこそ斯様やつてお歩きなさるけれど以前は定めし由緒ある方の零落の果でお在でなさらうイヽエサお隠しなさツても自然と其処はネ解ります者ですよマアお寒からうに此方へ来ておあたんなさいと云ふと肴屋はズイと立て大鯛を縁側へ投出して行かうとする袂をお内宝が採て肴屋さん此鯛はエ。肴屋はグツと澄して、先祖頼朝の命日ぢや
>
> ッてんですが如何にも肴屋の情があるでは厶いませんか
>
> （紫嬌「三遊亭円朝（下）」「毎日新聞」一八九六年〔明治二十九年〕九月二十五日付）

円朝は「落語のはじめ」（「名家叢談」一八九六年〔明治二十九年〕六月号、談叢社）三五ページでも安楽庵策伝『醒睡笑』（一六二三年〔元和九年〕ごろ）が落語の祖だという認識を示していて、ここでも同じことを繰り返している。一方で円朝は、策伝の「情」の語り方という問題に目を向けている。かつては武士の家柄だったがいまは肴屋の身となっている男に対し、「お内宝」は「定めし由緒ある方の零落の果」だろうと推察する。それに対して男が大鯛を放り投げ、澄ました表情で「先祖頼朝の命日ぢや」と述べたその言葉と態度のあり方にこそ、「情」が表現されているとしたのである。

3　語る「人情」、演じる「人情」

以上のように円朝の談話を読み解くと、円朝は地の語りによって「情」を描き出す講談に対し、作中人物の描き方や台詞によって「情」を演じるのが落語の「人情噺」だと考えていたことが見えてくる。このとき、こうした作中人物の台詞と地の語りについての認識が、同時代で少なからず共有されていたことは看過できない。

予生来音律講談落語等を聴きて胸間の鬱憂を晴しもて之を娯楽と為すものなり故に時々は寄

席に遊び義太夫常磐津長唄清元或は講談落語を聴く然れども多くは其音調の能く脳裡に感動せず却て睡眠を催ふすか又は嫌悪を来たすの類ありて真に之が感動を発起しむるはなし独三遊亭円朝翁は然らず其口演に係る説話を聴に勧懲の意至れり尽せり言語の挙動或は笑ひ或は泣き或は怒る男女老若其説話に出る者各々之を異にせり予大に感じて曰く翁の演ずるものは能く時世に適し能く情態に合ふこと実に絶妙と云つべし

（夢廼家主人さむる「熱海土産温泉利書序」、三遊亭円朝口演、酒井昇造速記『熱海土産温泉利書』所収、一八八九年〈明治二十二年〉）

夢廼家さむるは、金泉堂から出た『月謡荻江一節』（一八八七年〈明治二十年〉）以降、円朝の速記本の序文を多く手がけている。序文に書かれている賞誉はある程度差し引いて考える必要があるが、「言語の挙動或は笑ひ或は泣き或は怒る男女老若其説話に出る者各々之を異にせり」というように、円朝が「情態」を語るときの特徴は、作中人物を巧みに演じ分けたことにあるとし、『忍ヶ岡義賊の隠家』（一八九二年〈明治二十五年〉）の序文などでも同様の発言を繰り返している。

同時代に同じ評価をしていたのが、宇田川文海である。

円朝氏固より小説家ならねば談話の結構に於ては或は間然するところ有るも話中出るところ夥多の人物老若男女貴賤賢愚一々身に応じ分に適ふ態を尽し情を穿ち喜怒哀楽の状目前其人を見るの興味有らしむるに至りては実に奇絶妙絶舌に神ありと言ふ可し

（宇田川文海「美人の生埋の序」、三遊亭円朝口述、小相英太郎速記『侠骨今に馨く賊胆猶ほ腥し　松の操美人の生埋』所収、駸々堂、一八八七年〔明治二十年〕）

文海は、「情を穿ち喜怒哀楽の状目前其人を見るの興味有らしむる」というように、これこそが円朝の噺の神髄であり、それは「話中出るところ夥多の人物老若男女貴賤賢愚一々身に応じ分に適ふ態を尽」すこと、すなわち人物それぞれによって巧みに演じ分けることによって達成されるとした。このように、作中人物の台詞を演じ分けることによって「情」を描き出すという点で円朝の人情噺が優れているという評価は、少なからず定着したものとなっていたのである。

また次の引用では、これとはやや視点の異なる評価の枠組みが示されている。

彼は同所同演に於て、貞女ともなり得たり、忠僕ともなり得たり、老臣ともなり得たり、田婦野人ともなり得たり、子供とも、老婆とも、丁稚とも、番頭とも、文明人とも、仙人ともなり得たり、やゝ難きは英雄豪傑なりしが、之も亦た一と通りは演じ得たり。則はち、彼の同情と、彼の同化とは、団洲よりも広く且つ大なりき。

（「嗚呼円朝子」「女学雑誌」第五百二十二号、女学雑誌社、一九〇三年〔明治三十六年〕、五―六ページ）

円朝が亡くなった直後に「女学雑誌」に掲載された追悼文である。「団洲」とあるが、これは初代談洲楼燕枝のことだろう。「同情」「同化」というのは、これまでの文脈から考えると、作中人物と「同化」し、そこに「情」を寄せて心情を再現することで、その人物の「情」を描き出すということだと考えられる。円朝は同じ落語家として並び称される燕枝と比べたときにも、とりわけ作中人物の演じ分けで評価されていたのである。

以上のように、落語と講談の「人情」をめぐっては、地の語りで語るか、作中人物として演じていくなかで「人情」を表現するかに違いを見いだす見方があった。そのなかで円朝の人情噺は、作中人物を演じ分けることで「人情」を表現できるという点で高く評価されていた。

たとえば昭和期になって三代目桂米朝は人情噺について、「講談がすべて説明口調でゆくのに対して、非常にリアルに感情をいれながらしゃべってゆく」ものとし、講談のように地の語りによって「人情」を語るのではなく、登場人物そのものに「人情」を吐露させるのが落語の人情噺だとしている。[11]これは人情噺の狭義な見方であり、現代では落語家によって、人情噺には多様な捉え方があると思われる。しかし、少なくとも円朝自身の談話や同時代の円朝に対する評価では、人情噺をめぐって、こうした米朝の認識に近いものが少なからず共有されていたと考えるべきだろう。

円朝の人情噺をこのように考えた場合、「牡丹灯籠」では、たとえば次のような場面が「人情」を描いたものとして想定されていたことになる。

飯島「馬鹿な事を申すな手前に切腹させる位なら飯島は斯まで心痛はいたさぬは左やうの事を申さず早く往け若し此事が人の耳に入りなば飯島の家に係はる大事悉しい事は書置に有るから

早く行かぬかコレ孝助一旦主従の因縁を結びし事なれば仇は仇恩は恩よいか一旦仇を打たる跡は三世も替らぬ主従と心得てくれ讐同士でありながら汝の奉公に参りし時からどふ云事か其方か我子のやうに可愛くてナアと云れ孝助はオイ〳〵と泣ながら　孝「ヘイ〳〵これまで殿様の御丹誠を受まして剣術といい鎗といひなま兵法に覚へたが今日却て仇と成り腕が鈍くは斯迄に深くは突かぬものであつたに御勘弁なすつてくださいましと泣き沈む

（三遊亭円朝演述、若林玵蔵筆記『怪談 牡丹灯籠』第六編「第十三回」、東京稗史出版社、一八八四年〔明治十七年〕、四十二丁ウ）

これは「第十三回」で孝助が宮野辺源次郎と誤って、主君の飯島平左衛門を鎗で突いてしまう場面であり、歌舞伎でいうクドキにあたる人情噺に特徴的な「泣」の場面である。のちに「書置」によって、平左衛門が孝助に父の仇討ちを達成させるために意図したものだったことが明らかにされるわけだが、この場面では平左衛門が孝助に対して向けていた「我子のやう」に思う愛情と、自身がその孝助にとっては親の敵であることから生じた「心痛」とを語っている。それに対して孝助は忠心を誓った平左衛門を鎗で突いてしまったことに対し、その腕前が平左衛門によって授けられた「剣術」と「鎗」とによってもたらされたことを悔いる。こうした二人の様子を、地の語りでは「オイ〳〵と泣ながら」「泣き沈む」という最小限の描写に押しとどめ、「人情」を作中人物の言葉として直情的に語らせている。たとえば、初代三遊亭円生作とされる「宮戸川」が通しで高座にかけられる際の後半部分で、半七がお宮を殺したらしい船頭に向かって芝居がかりで憎悪を語る場面

図4　歌川豊斎（三世歌川国貞）『怪談 牡丹灯籠』1892年（東京都立図書館蔵）。歌舞伎による「怪談 牡丹灯籠」の錦絵

を想起するとわかりやすい。

　同じような登場人物の台詞による「人情」の吐露は、幽霊となったお露が萩原新三郎の家に入れず「かわりはてたる萩原様の御心が情ない」と嘆く場面（第三編「第八回」、四十九丁オ）や、飯島の「書置」を読んだ孝助が飯島平左衛門のところに戻ろうとするのを相川新五兵衛が押しとどめる場面（第七編「第十五回」、四丁ウ）、孝助が母親と再会したものの自害してしまう場面（「第二十一回ノ下」、二十六丁ウ）と、特に怪談噺としての要素が終わって人情噺としての側面が強くなる物語後半の要所で繰り返される。

　もちろんこうして語り出される「人情」は、あくまで台詞として言葉にできる領域にとどまるものである。したがって、たとえば人間の内部に秘匿された真実として内面があり、その一部が言葉によって表現されるというものではない。あくまで演芸として作中人物を演じる様式的な枠組みのなかで表現されたものである。

　一方で、先の引用で夢廼家さむるが「予大に感じて」と述べ、宇田川文海が「喜怒哀楽の状目前其人を見るの興味有らしむる」としていたように、こうした「人情」の表現は声色や動作といった演技を介することで聴衆に共感を呼び起こし、涙を誘っていた。円朝が語った作中人物の演じ分けによる「人情」のあり方や、それに対して向けられた同時代の評価は、こうした文脈と価値観のなかで編成されていたのである。

4　坪内逍遥の「人情」論と人情噺の関係

以上のように円朝の人情噺を考えたとき、坪内逍遥による次の評価が、一つの意味を帯びてくる。

> 通篇俚言俗語のみを用ひてさまで華ありとも覚えぬものから句ごとに文ごとにうたゝ活動する趣ありて宛然まのあたり萩原某に面合はするが如く阿露の乙女に逢見る心地す相川それの粗忽しき義僕孝助の忠やかなる読来れば我しらず或は笑ひ或は感じてほと〳〵真の事とも想はれ仮作ものとは思はずかし（略）単に叟の述る所の深く人情の髄を穿ちてよく情合を写せばなるべくただ人情の皮相を写して死したるが如き文をものして婦女童幼に媚むとする世の浅劣なる操觚者流は此灯籠の文を読て円朝叟に恥ざらめやは
>
> （春のやおぼろ「牡丹灯籠序」、三遊亭円朝演述、若林玵蔵筆記『怪談 牡丹灯籠』第二版所収、文事堂、一八八五年〔明治十八年〕）

『小説神髄』「小説の主眼」を中心に展開された「人情」論との関係でこの序文を読もうとすると、どうしても「深く人情の髄を穿ちてよく情合を写せば」という記述に目が向いてしまう。この問題については本書の第3部第10章でもう一度検討したい。

一方で円朝の人情噺をめぐる同時代の文脈から考えた場合、「宛然まのあたり萩原某に面合はするが如く阿露の乙女に逢見る心地す」など、作中人物の「人情」を感じ取り、それが「真の事とも想はれ仮作ものとは思はずかし」という印象を抱かせたことが、逍遥にとってきわめて重要だったことがわかる。

さらに注目されるのは、こうした円朝の落語についての評価が、作中人物の台詞で「俚言俗語」が用いられていることを前提になされている点である。この発想と通底するのが、『小説神髄』の「文体論」の「俗文体」をめぐる議論である。

> 俗文体は通俗の言語をもてそのまゝに文をなしたるものなり故に文字の意味平易にして啻に解しやすきの徳あるのみかい（ママ）別に活動の力あるから所謂華文に必要なる簡易の品格明晰の品格はいへばさらなり峻抜雄健なる勢力あり追懐愛慕の相念をも惹起しつべき品格あり加之時としては文字の音調気韻と共に頗る情趣に適応してよく心底の感情をば表しいだすに妙なることあり此をもて泰西の諸国はいふもさらなり漢土の如きも小説には地の文章を除くの外はなるべく通俗の語を用ひて事物の形容をうつすなりけり

（坪内雄蔵『小説神髄』下、第五冊「文体論」、七丁ウ）

逍遥は「俗文体」が「よく心底の感情をば表しいだす」としながら、一方でその使用を「地の文章を除くの外」に限定していく。そのうえで、引用のあとの箇所で「更に行衛のしれざりしかバ」という例文をもとにして俗文体が「語法」として規範化されていないことを述べ、地の文（「地」）での「俗文体」の使用を否定していくことになる。

> 故におのれは断じていへらく俗言をもて物語の詞（物語中に現はれたる人物の言語をいふ）を写すは妨害なし但し地の文にいたりては（我国の俗言に一大改良の行はれざるあひだは）俗言をもて写すべからず蓋しこれが為に物語の進歩をさまたげんかと恐るればなり
>
> （「文体論」、九丁ウ）

したがって『小説神髄』「文体論」の論理では、「よく心底の感情をば表しいだす」ことが可能なのは「俗文体」を用いた「詞」のほうであり、逆に「雅俗折衷文体」で書かれる「地」では、それがまだ十分におこなえないということになる。

そして逍遥は、こうした「詞」と「地」での文体の使い分けという論理を、「為永派の人情本」に横滑りさせることで文体観を形成していく。

左に為永派の人情本の抜文をあぐ一読して其得失を窺ふべし

○（前略）孝道無二のますらをながらなまじ情に引されてそがまゝ長者が許に戻り義理ある父と忠太夫にせめて一筆かきのこさんと硯ひきよせ摺ながす墨も泪ににじみがち様子しらねば娘のお梅唐紙あけて手をつかへ　梅「こんちはお寺参りからどちらへお往遊しました　源「おふくろの仏参から久しぶりで諸方あるいて来ました（略）源「ヲヽでかす〳〵それでこそ武士の妻卑怯未練の源太左衛門何程の事があらう本望とぐるはまたゝくうち必ず吉左右待ていやれといひつゝ雨戸を細目にあけ外面をながめて　源「思ひの外に夜もふけた様子今から出掛るから父上と忠太夫に此書置をさしあげて猶くわしくはおまへから能うくおはなし申ておくれ　梅「それではモウお出かけあそばしますか随分お身を大切に　源「お前もからだに気をつけてト（すこし声をひくゝなし）　源「お牧さんが被下物をうつかりと喰ないやうに其外お牧さんから父上さんにあげる物にも気を附て身を大事に時節をまちな　梅「ハイといらへて取いだす刀ならねど若し此まゝにきれもやせんかと柄糸の唯つかのまも忘られす割笄のわかれてもいつか下緒の結ばるゝ時こそあれと両の眼に浮む泪をみせじとて云々（松亭金水）

（『小説神髄』下、第五・六冊「文体論」、九丁ウ―十丁ウ）

まず、亀井秀雄が指摘したとおり、ここで逍遥が松亭金水と記して引用した小説は、実際には松亭金水の遺稿を山々亭有人が書き継いだ『鶯塚千代の初声』の錯誤である点は、確認しておく必要がある。[12]そのうえで逍遥はこの部分について、直後の箇所で「詞」と「地」の文体が異なることが

「為永派の人情本」や同時代の読本の文体にとって最も難しい部分だと位置づける。一方で、「詞」で「俗語」を用いることで「七情」を表現できることを認め、引用の直後の部分で「言は魂なり文は形なり俗言には七情ことく〱化粧をほどこさずして現はるれど文にハ七情も皆紅粉を施して現はれ幾分か実を失ふ所あり」という発想に至ることになる。その意味で、引用箇所のような「詞」を用いた作中人物による「情」の吐露は、「為永派の人情本」の「得失」の「得」にあたり、逍遥がむしろ評価していた部分だったと読むべきだろう。

このときに重要なのは、こうした作中人物による心情の吐露を用いた表現を評価する発想が、逍遥が円朝の人情噺を論じたときの枠組みとまったく同じものだった点である。このことは、『小説神髄』「文体論」で示された「人情」と「俗語」、またそれらと円朝の落語速記本との接続について、二つの問題を示している。

第一に、活字として出版される落語速記本を、どのように捉えるのかという問題である。

本章の最初でまとめたように、従来の円朝に関する先行研究では、江戸期の物語に特徴的な趣向の類似性や物語の類型、それらを複層的に重ねていく物語の構造の問題に注目がなされてきた。この点から考えると、たしかに前田愛や入口愛が指摘したように、円朝の人情噺と人情本とのあいだには断片的な類縁性しか見いだせない[13]。しかし、同時代の読本、人情本、滑稽本などの小説ジャンルは、内容だけではなく、文体そのものもそれぞれのジャンルごとに様式性を帯びていたと考えられる。したがって、逍遥が円朝の人情噺に与えていた評価と「為永派の人情本」に与えていた評価が同じ論理をもっていることは、言い換えれば、「為永派の人情本」の文体と円朝の人情噺の速記本の文体とのあいだに文体様式としての共通性を見いだしていることになる。逍遥はこれら双方を接続させることで、『小説神髄』「文体論」での小説文体の論理と、そこで「俗語」を用いることによる「人情」の表現という枠組みを構築していた。すなわち『怪談 牡丹灯籠』の序文で「句ごとに文ごとに」と述べていたように、逍遥は速記本をあくまで口語を反映した文章テクストである「文」として受容し、そのうえで「為永派の人情本」と内容ではなく文体様式の位相で対照することで、小説文体の問題に接続させていたのである。

第二に、このように作中人物の「詞」によって表現される「人情」の内実をめぐる問題である。逍遥は『小説神髄』で「言は魂なり文は形なり」としたが、この部分はたとえば人間の内部に言葉にならない「魂」としての内面があることを必ずしも想定しているわけでない。「人情」は「俗言」によって「詞」として表現することで、「文」としての「魂」と同等のものを表現することができるという発想に基づいていたことになる。

しかしこうした表現で落語と小説とを結び付けて考えてみると、落語そのものには、人物を演じるうえでの声色や動作といった言外の要素が加わっている。しかし、落語の速記本を文章メディアとして受容する以上、そうした要素はすべて削ぎ落とされる。『小説神髄』のなかにそれを補う枠組みがあるとすれば、次のような論理だろう。

> 演劇にては山水草木遠近の景色家屋調度の位置あるひは画をもて之を示しあるひは道具をもて之をあらはす其他雷電風雨のたぐひも総じて器械のしかけによりて観者の視聴の官にうつた

> ふ小説にてはこれらの事をも悉皆美妙の文にものして読者の心の眼に訴ふさるからに小説にては読者の想像の精疎によりて得る所の興おのづから異なりあるは文外の佳境に入りあるは文面のみの佳境にいる
>
> （『小説神髄』上、第二冊「小説の変遷」、十七丁ウ）

『小説神髄』で「演劇」と「小説」とを差異化するのは、「想像」の機能である。小説の「詞」だけでは表現しきれない「人情」を、読者が「想像」によって「文外の佳境」に入ることで、書き手と読者とが共同的に感じ取ることができるという論理である。

ここで「想像」とあるのは、たとえばウィリアム・ダグラス・コックスの修辞学で「Fiction」について「Fiction consists in the narration of incidents either wholly on in part imaginary.」(W.D.Cox, *The Principles of Rhetoric and English Composition for Japanese Students part2*, Z.P. Maruya, 1882, p. 292) とあるように、同時代の英語圏の修辞学で「Fiction」「Novel」における「imaginary」「imagination」の問題を論じたものを受けたのだろう。このとき、逍遥が落語の速記本に見いだしていたのは、もともと演じられていたものが活字テクストに変換されたことで失われた言外の要素を読者の想像力へと転換していくという発想だった。それと同じように「人情」を読み解く「想像」を「小説」の読者に求めていたのである。すなわち、『小説神髄』で書き手、語り手と読者とがこうして共感的に「人情」を描き、読み解いていくという相互の運動的な関係性の論理を作り出す土台の一つになったのが、円朝の速記本の位置づけについての枠組みだったと考えられる。

5 小説表現への接続

そして逍遥は、『小説神髄』で示された理論の実践である『一読三嘆 当世書生気質』（一八八五―八六年（明治十八―十九年））で、あたかも円朝の人情噺のように作中人物の言葉によって「情」を吐露させるという方法を志向していくことになる。

女はあはてゝ押とめながら。覚えずワッとなかんとせしが。手拭かみしめ。身をふるはし。（女）粲さん○解らんとはあなたの事。御修行なさる其間に呼んで下さいといふのじやなし。六年でも七年でも。辛抱しますといひますものを○何も欲徳を目あてにして。斯なッたといふ中じやアなし。貴方も大概わたしの心を○考へれば考へるほど。飛鳥山がうらめしい○あなたは邪見にどうあつても。（トすがる女をつれづれと面うち守りやゝしばし男も心のよわりしやうす）

（春のやおぼろ『一読三嘆 当世書生気質』第十一号「第十三回」、一〇七丁ウ。（ ）内は草紙地）

「第十三回」で小町田粲爾と田の次が密談する様子を、語り手が障子越しに聞き取る場面である。直前で「今断縁てさへ呉れるなれバ行末までも妹と思ッて。交際もできるわけだけれど。それができなけりやア是迄だヨ」と絶縁を申し出た小町田に対し、田の次は彼に縋り付きながら自らの心情を訴える。

逍遥は『一読三嘆　当世書生気質』で、このようにして語り手による「地」とは切り離された作中人物の「詞」の部分で「人情」を描き出そうとしている。このときに「詞」の「俚言俗語」を用いた「俗文体」の使用を可能にしたのが、「為永派の人情本」の文体であり、同時に円朝の人情噺の文体を小説に持ち込もうとする発想だった。しかし、こうした方法は、必ずしも十分「人情」を描き出せるものではなかった。

作者いはく。以下の話譚は。小町田粲爾が。守山への話なれども。小町田の言葉をもていはしめては。充分に其情実を。述つくしがたきおそれあり。殊には。文の冗長に。なり行かむかと。おそるゝ故に。わざと平常の物語のやうに写しいだしぬ。見る人其心して読ませたまへ。

（春のやおぼろ『一読三嘆　当世書生気質』第四号「第四回」、二十七丁オ）

『一読三嘆　当世書生気質』での逍遥の苦心は、「小町田の言葉」によってその「情実」を描き出そうとしながら、結局それだけでは「情実」を写し取ることができないということにあった。そのため第四回で早々にこの方法を放棄し、地の文の語りによって小町田粲爾の「情実」を語ろうと試みる。しかし、直後の地の文によって語られる内容は、「平常の物語」そのものとしての小町田燦爾の来歴にすぎず、「情」とはかけ離れたものだった。

結局、逍遥は『新磨　妹と背かゞみ』（一八八五―八六年〔明治十八―十九年〕）では水沢の独言を

「詞」として書き取るように「人情」を描出し、また「種拾ひ」（一八八七年〔明治二十年〕）ではそうした独言そのもので構成された一人称小説を試みることによって、小説で「人情」をどのように描き出すかという問題を持ち越していくことになる。その意味で、小説で「人情」をどのように表現するかをめぐる逍遥の苦闘は、「人情本」と人情噺から共通して見いだされてしまった「詞」に用いられる「俗語」によって「人情」を語ろうとする文体を、どのように改良するのかという枠組みのなかでおこなわれていた。すなわち、逍遥は実作を試みるなかで速記による人情噺と「為永派の人情本」の文体様式の発想を保持し続けていたのであり、物語の内容や趣向の類型以上に、文体とそこにまつわる「人情」の表現としての類型をたどりながら小説改良をおこなっていたのである。

おわりに

ここまで考えてきたように、三遊亭円朝の人情噺は作中人物の台詞によって演じ分けて、それによって「人情」を表現することを評価されていた。坪内逍遥『小説神髄』の「文体論」と、そこで論じられた「俗語」による「人情」の表現、さらには「小説」の読者の「想像」の問題は、速記本として流通した落語をあくまで活字テキストとして受容するなかで、落語と「為永派の人情本」とが並置され、論理化されていったと考えられる。また、こうして作られた論理の枠組みのなかで、それをどのように作り替えていくかが、『一読三嘆 当世書生気質』以降の逍遥の実作での試みだったのである。

一方でこの問題が、逍遥から円朝の速記本を参考にするように助言を受けたという二葉亭四迷「浮雲」（一八八七―八九年〔明治二十―二十二年〕）や、「円朝子の人情噺の筆記に修飾を加へた様なもの」と「緒言」で述べた山田美妙「風琴調一節」（「いらつめ」第一号、成美社、一八八七年〔明治二十年〕、一五ページ）に引き継がれていくかどうかについては、慎重に扱う必要があるだろう。たとえば美妙は、「俗文体」の使用を「詞」に限った逍遥に対し、世話物の地の文でどのようにして言文一致を実現するかに取り組んでいくことになった。一方で四迷のほうは、たしかに言文一致の問題に足を踏み入れることになったものの、三遊亭円朝の落語とは必ずしも接続しない。

このような同時代の言文一致をめぐる状況と、逍遥が「詞」による「人情」の表現を達成できなかったことを踏まえると、あらためて「深く人情の髄を穿ちて」（『怪談 牡丹灯籠』第二版序）をどのように読み解き位置づけるかという問題が前景化してくる。逍遥は同時代の心理学を参照することでこの問題を乗り越えようとするわけだが、この問題については、円朝のほかの噺のあり方、同時代のほかの噺家による落語に見られる表現、あるいは言文一致の位置づけといった問題が複層的に関与している。したがってそれらについて検討したうえで、本書の第3部であらためて考えていきたい。

注

（1）「芸人叢談 三遊亭円朝（五）」（「毎日新聞」一八九九年八月十七日付）に、「是れを拵えましたのは私が恰当二十三歳の時で在いました」とある。
（2）前掲「幽霊たちの時間」五八ページ
（3）柳田泉／勝本清一郎／猪野謙二編『座談会 明治文学史』岩波書店、一九六一年、一九ページ
（4）越智治雄「円朝追跡」、東京大学国語国文学会編「国語と国文学」一九六八年四月号、明治書院、一〇ページ。越智治雄は小島政二郎『円朝』上・下（新潮社、一九五八―五九年）を根拠に「円朝が意識的に速記のおりの口演を変えた」とし、速記本で現在残っているものとは異なるプロットがあったとしている。
（5）前掲「三遊亭円朝の流通」四ページ
（6）永井啓夫「三遊亭円朝――明治期人情噺の限界」、芸能史研究会編『寄席――話芸の集成』（「日本の古典芸能」第九巻）所収、平凡社、一九七一年、二四四ページ
（7）前田愛「怪談牡丹灯篭まで」、学燈社編「国文学――解釈と教材の研究」一九七四年八月号、学燈社
（8）入口愛「二人の幽霊、二つめの怪談、怪談の行方――三遊亭円朝『怪談牡丹灯籠』を読む」「愛知淑徳大学国語国文」第三十号、愛知淑徳大学、二〇〇七年、八〇ページ
（9）前掲「幽霊たちの時間」六〇―六一ページ
（10）佐藤至子「円朝と類型」、前掲「文学」二〇一三年三・四月号、三八―四一ページ
（11）三代目桂米朝『落語と私』（ポプラ・ブックス）、ポプラ社、一九七五年、九五ページ

(12) 亀井秀雄『「小説」論――『小説神髄』と近代』岩波書店、一九九九年、二一一ページ
(13) 前掲「怪談牡丹灯籠まで」、前掲「二人の幽霊、二つめの怪談、怪談の行方」に同じ。

第2章 「幽霊」と「神経病」
——三遊亭円朝「真景累ヶ淵」

はじめに

三遊亭円朝「真景累ヶ淵」は、もともと「累ヶ淵後日怪談」という演題で、一八五九年(安政六年)に芝居噺による怪談噺、人情噺として高座にかけられたものだと考えられる。この演題については、延広真治が「師の「怪談累草紙」「早川雨後の月」を継承し、開化の世にふさわしい素咄の怪談「真景累ヶ淵」を創造した」[1]とするように、円朝の師にあたる二代目の円生がすでに「累草紙」を作っていたと考えられ、その「後日」として位置づけられたものと思われる。

この噺が作られた経緯については、一八九〇年(明治二十三年)十月十一日付の「読売新聞」に掲載された朗月散史の記事「三遊亭円朝の履歴」がしばしば引用される。これによれば、当時、芝居噺で評判を得ていた円朝は、書き割りや道具、鳴り物などを、あらかじめ高座に準備しておく必要があった。しかし師である二代目の円生が、円朝とは別の噺をすると打ち合わせていたにもかかわらず、円朝が準備していたものと同じ噺を先にかけてしまうという事態が毎晩のように続いたという。同様の内容は、一八九九年（明治三十二年）八月十五日付の「毎日新聞」に掲載された「芸人叢談 三遊亭円朝（三）」でも、円朝自身の談話として残っている。

朗月散史が指摘するように円生が円朝を「励まさんとの心」をもっていたのかどうかは不明だが、

図5　三遊亭円朝『真景累ヶ淵』薫志堂、1888年（鶴見大学図書館蔵）

そこで円朝は「師匠の未だ知らざる噺」を高座にかけてしまおうとして噺を作り、それが明治期に入って「真景累ヶ淵」となったとされている。

「円朝は狂言作者を抱へて飼ひ殺しにしてゐた」[2]という証言もあるため、創作での円朝の関与については留保が必要である。一方で落語の場合、一度できあがった噺をどのように演じるかは噺家の手に委ねられる。「累ヶ淵後日怪談」の場合もさまざまな改変を経て、特に明治期に入ってからは素噺によって演じられるようになった。それが、一八八七年（明治二十年）九月九日から翌八八年（明治二十一年）三月一日にかけて「やまと新聞」紙上に小相英太郎と酒井昇造によるこの噺の速記が掲載されたあと、同年五月に井上勝五郎を発行人、表紙に蔵版元として「薫志堂」と記載したボール表紙本の版権登録がなされ、刊行されたと考えられる。

現在速記として残っている噺は、大きく前半部分と後半部分とに分かれている。前半部分では、旗本の深見新左衛門が高利貸しをしていた皆川宗悦を斬り殺してしまったことをきっかけに生じた、新左衛門の長男である新五郎と宗悦の娘であるお園、新左衛門の次男・新吉とお園の姉・豊志賀（お志賀）との関係を中心とした因縁譚が展開される。後半は、名主となった惣次郎が富五郎の手引きによって殺されたことに始まり、弟の惣吉が仇討ちを達成して名主・惣右衛門を襲名するまでを描いた物語となっている。

前半で怪談噺を、後半で仇討ちの物語を中心に展開するのは、「牡丹灯籠」とよく似た構成である。一方で「真景累ヶ淵」は、「牡丹灯籠」以上に複雑な内容になっている。

この「真景累ヶ淵」については、先行研究では「仮名草子本『死霊解脱物語聞書』の影響を受けて創作された」[3]と指摘されることがある。『死霊解脱物語聞書』を「仮名草子」とした三浦の指摘についてはさまざまな問題があるが、たしかに『死霊解脱物語聞書』と同じ設定は散見される。一方で、もともと累の物語は『古今犬著聞集』巻十二「幽霊成仏之事」に収められたものであり、曲亭馬琴『新累解脱物語』（一八〇七年〔文化四年〕）や、鶴屋南北『法懸松成田利劍』（一八二三年〔文政六年〕）から独立して演じられる「色彩間苅豆」だけでなく、永井啓夫が「けっして荒唐無稽な幽霊噺ではなかった」[4]とし、越智治雄が「累物と呼ばれる作品の系譜」[5]について詳細に検討しているとおり、「累草紙」を中心に多くの「累物」を踏まえていたと考えるのが妥当だろう。したがって、単純に『死霊解脱物語聞書』の「影響」と位置づけるよりは、岩波書店版『円朝全集』の「後記」で延広真治が「五十余作を数える」[6]と挙げているように、『古今犬著聞集』『死霊解脱物語聞書』以降に流布し、円朝の身近なところで語られていた「累物」の類型をたどりながら、多様な物語の類型も要素として組み込んだものと位置づける必要がある。

このように考えた場合、この噺に登場する人物について考えるときにも注意を要する。たとえば、新吉を「愛されることしか知らない」男だと位置づけた塚本和夫の論[7]を受け、佐藤香織はそれぞれの作中人物について考察している[8]。また、幣旗佐江子は、『常陸国風土記』や『日本霊異記』で蛇と雷とを同一視する枠組みや、『死霊解脱物語聞書』に描かれた因果応報という枠組みからこの噺を読み解いている[9]。

しかし第1部第1章で指摘したように、速記本をもとにしたテクストやこの時期の落語は、小説のように一つの作品として扱ったり、それを創った個人としての作家という近代的な枠組みから考えたりすることができるものではない。同時代の読書状況や、落語や講談、歌舞伎、草双紙などに描かれたさまざまな人物との関係のなかで、それらの作品群に現れる人物がどのように編成され、そこで「真景累ヶ淵」に描かれた人物がどのように位置づけられるものなのかという視点から考えられるべきものだろう。

一方で本章で問題にしたいのは、「第一席」のマクラに見られる「怪談」をめぐる円朝の語りである。

> 今日より怪談のお話しを申上升るが怪談話しと申すは近来大きに廃りまして余り寄席で致す者も御坐いませんト申すものは幽霊と云ふものは無い全く神経病だと云ふ事に成りましたから怪　談は開化先生方はお嫌ひ成被事で御坐い升
>
> (「真景累ヶ淵」「第一席」一ページ。以下、引用は薫志堂版〔一八八八年(明治二十一年)〕による。)

前掲の『漫談明治初年』に収められている初代三遊亭一朝の回想「円朝の死」(五六三ページ)によれば、「真景」の文字を標題に冠したのは条野採菊(山々亭有人)と信夫恕軒の発案だとされている。あらためて指摘するまでもなく、「開化先生方は」とあるため、このマクラは江戸期にはなかったものであり、明治期に入って加えられた内容である。ここでは、「幽霊と云ふものは無い全く神経病だと云ふ事に」なってしまい、そのため近年では怪談が廃れてしまったという認識が示されている。

三浦正雄は前掲の論文で、この問題を円朝の「怪異観」という視点で論じている。[10]しかし、「真景累ヶ淵」に見られる人物像の問題と同様、三遊亭円朝個人の思想として「怪異観」が示されているると位置づける読解は同時代の物語編成のあり方から考えると実態から大きくかけ離れている。むしろ「幽霊」の出現をそれを見る人間の「神経病」だと位置づける枠組みが同時代でどのように編成されたのか、そうした枠組みが「真景累ヶ淵」とどのような関係にあり、噺のなかに入り込んでいたのかを考えていくべきだろう。

以上のような問題意識から、本章ではまず、「幽霊」を「神経病」だと位置づけるという枠組みの問題について具体的に考えていきたい。そのうえで、明治初年代から十年代にかけての言説空間のなかで「累ヶ淵後日怪談」に「真景累ヶ淵」という演題が付されたことにどのような意味があったのかについて、考察を進めていくことにする。

1　「幽霊」と「神経病」

「真景累ヶ淵」で「幽霊」を「神経病」だと位置づけた枠組みについては、さまざまに議論がなされてきた。たとえば宮信明は、一八八〇年（明治十三年）十一月に新富座で上演された河竹黙阿弥『木間星箱根鹿笛』が「神経病の二番目」[11]と呼ばれたことや、高畠藍泉『怪談深閨屏』（一八八四年〔明治十七年〕）、一竿斎宝洲『神経闇開化怪談――勧懲十八番』（一八八四年〔明治十七年〕）などを挙げて、こうした枠組みを明治十年代後半に流行したものとして捉えている。[12] このとき、その背景として井上哲次郎抄訳、大槻文彦校訂『倍因氏 心理新説』（一八八二年〔明治十五年〕）や、井上円了による言説があったと指摘している。

『倍因氏 心理新説』については、亀井秀雄も「真景」の演題が「『心理新説』の延長・発展の線から生れてきたもの」という認識[13]を示していて、「真景累ヶ淵」のマクラについて考えるときの一つの定説となっている。一方で岩波書店版『円朝全集』第五巻の「後記[14]」では、度会好一の指摘を根拠として、[15]「神経病」の初出が宇田川榛斎『遠西医方名物考』だとしたうえで、「神経」と「真景」とが掛けられるかたちで演題とされた種として『木間星箱根鹿笛』第四幕を挙げている。

しかし、『遠西医方名物考』での「神経病」は、「幽霊」との関係について述べたものではなく、井上円了による妖怪についての言説は円朝のマクラができるよりも遅い時期のものである。また、『倍因氏 心理新説』「恐怖ノ情」では、記述されているのは次のような内容である。

（二）恐怖ハ、身体上ニ於テハ、神経力ノ損失及ビ運輸ヲ表現ス、蓋シ有機作用ノ勢力、一時ニ暴脱シテ、知力上ト身体ノ行動上トニ集マルニ由ルナリ、

恐怖スルトキノ状貌ハ、弛暢ト強張トノ二様ヲ呈露ス、

（井上哲次郎抄訳、大槻文彦校訂『倍因氏 心理新説』巻之三、十九丁ウ[16]）

明治初期に日本に入ってきた心理学は、生理的・身体的側面から人間の心理を説明するというも

のだった。ここでも、「恐怖」（Terror）という感情を「神経力ノ損失」（a *loss* and a *transfer* of nervous energy）という観点から捉え、「弛暢」（relaxation）、「強張」（tension）という身体的反応が現れるのを診ることによって、人間が恐怖感を抱いていることを判断することが可能になるとしている。そのうえで、こうした「恐怖」は「知力」（*Intellect*）の面にも「苦痛」を与えるのだという。このときに、「妖怪」との関係が論じられている。

知力ニ就キテ之ヲ言ヘバ、此情ノ資性ハ、甚ダ著シ、蓋シ気力ヲ知覚上ニ用フルトキハ、非常ニ外物ニ感ジ易キ者ニテ、若シ妖怪出ヅト云ヒ伝ヘタル家ニ入ルトキハ、如何ナル音響ト雖モ、之ヲ聞取セント欲シ、風ノ吹キ来ルコトアレバ、乃チ恐ルベキ妖怪ノ来リ近ヅクナラント思惟ス、（同巻之三、二十一丁ウ）[17]

もし誰かが「妖怪出ヅ」と聞いてしまった家に入ったときには、たとえば風の音が聞こえたときに「妖怪ノ来リ近ヅクナラン」と考えてしまうなど、人間の「知力」に錯誤が生じる。言い換えれば、こうした錯誤こそが人間に「妖怪」を感じさせているのであり、これらはすべて人間の「恐怖」に端を発するものだというのが、『倍因氏 心理新説』で示された枠組みである。

『倍因氏 心理新説』はアレクサンダー・ベインの『精神の科学——心理学大全』（Alexander Bain, *Mental and Moral Science: A Compendium of Psychology and Ethics*, 1868）を底本とした翻訳だと考えられ、「若シ妖怪出ヅト云ヒ伝ヘタル家ニ入ルトキハ」という部分は、原文では「In a house believed to be haunted」（二三四ページ）と書かれている。したがって、ここでの「妖怪」は、「haunted」の翻訳語である。

「haunted」は、ジェームス・ヘボン（James Hepburn）『和英語林集成』「英和の部」の初版（一八六七年〔慶応三年〕）四五ページと再版（一八七二年〔明治五年〕）八一ページで、「Haunt」の翻訳語として「Tsuku」を挙げたうえで「Haunted house」を「bake-mo-no-yashiki」としているほか、柴田昌吉・子安峻『附音挿図 英和字彙』（日就社、一八七三年〔明治六年〕）四六九ページでは「Haunt」を「常ニ到ル処（トコロ）。隠所（カクレバ）」としたうえで「Haunted house」を「妖怪館（バケモノヤシキ）」としている。また、青木輔清『英和掌中字典』（青木輔清、一八七三年〔明治六年〕）二一一ページで「タビスミマハレル〇ツキシタガハレル」、西山義行編、露木精一訂『英和袖珍字彙』（三省堂、一八八四年〔明治十七年〕）二四三ページで「タビスミマハレル。ツキシタガハレル。ワヅラハサレタル」としたうえで、「Haunted house」は『附音挿図 英和字彙』と同様に「バケモノヤシキ」とされているなど、「haunted」という語は取り憑かれる、あるいは何かがずっと気になっている様子を表現する言葉として理解され、特に「Haunted house」が化け物屋敷として翻訳されていた。したがって、井上哲次郎が「妖怪出ヅト云ヒ伝ヘタル家」と訳したのは、この語感を強く反映したものだと考えられる。

「haunted」を「妖怪」と結び付けるのは、「誰にも気の付く様な可なり明瞭な差別が、オバケと幽霊との間には有つたのである」（柳田國男「妖怪談義」「日本評論」一九三六年〔昭和十一年〕三月号、日本評論社、二〇一ページ）と柳田國男が述べた「オバケ」を「妖怪」と解釈する枠組みが一般的になり、「幽霊」と「妖怪」とを切り分けて「haunted」を「幽霊」と訳すことが多い現代では違和感があるかもしれない。しかし、たとえば東江楼主人編『童蒙弁惑 珍奇物語――初編』上（東江楼、一八七二年〔明治五年〕、一丁ウ）では、「妖怪（おばけ）の説（はなし）」として「雨夜（あめよ）には。幽霊（ゆうれい）の出（いだ）しこと往々（たびたび）ありし」（二丁ウ）と記述されている。また、加藤鉄太郎がさまざまな書物に現れる「妖怪」をまとめた『一読一驚 妖怪府』（駸々堂、一八八五年〔明治十八年〕）一―一〇ページの冒頭には『剪灯新話』から引いてきた「牡丹灯」を挙げているほか、木村登代吉編『啓蒙字類』上（木村登代吉、一八八七年〔明治二十年〕、二十丁オ）では「妖怪変化（バケモノ）」のなかに「幽霊（ユウレイ）」が含まれている。したがって、この時期の言説では柳田國男が示したような「妖怪」と「幽霊」とのあいだの切り分けはなく、「幽霊」は「妖怪」のなかに含むものとして語られることが多かった。

こうした「幽霊」と「妖怪」との関係は、井上円了『妖怪学講義緒言』（哲学館、一八九三年〔明治二十六年〕）を見るとわかりやすい。「然らは妖怪とは何そや其意義茫然として一定し難し或は曰く幽霊即ち妖怪なりと或は曰く天狗即ち妖怪なりと或は曰く狐狸の人を誑惑する是れ妖怪なりと」（二―三ページ）とあるように、円了にとっての妖怪学の端緒は「妖怪其者の解釈に至りては蓋し誰れも確然たる定説を有せざるべし」（三ページ）という状況を批判的に対象化することだった。すなわち、「幽霊」と「妖怪」とが同一視される状況を踏まえ、双方の概念をより具体的に規定し、それぞれを切り分けていくことが、円了の妖怪学では重要だったのである。

しかし、円朝が「幽霊（いうれい）と云（い）ふものは無（な）い全（まつた）く神経病（しんけいびやう）だ」と述べたときの「神経病（しんけいびやう）」という枠組みと、井上哲次郎『倍因氏 心理新説』や井上円了が示した「妖怪」とのあいだには、少なからず距離がある。そこで注目されるのは、次のような言説である。

> 癲癇ハ其発作ニ先テ前徴ヲ現ス者太タ罕ナリト雖ドモ時トシテ頭痛、眩暈、恐怖、妖怪ノ幻見或ハ本病固有ノ感覚ナル「オーラ」ヲ発スル者アリ即チ此「オーラ」ハ譬ヘハ虫ノ匍フカ如ク或ハ風ノ戦々(ソヨグ)タルカ如キ感覚ニシテ其意宛モ空気或ハ水アリテ体中ヲ流通シ手足ヨリ起リテ軀幹ニ昇騰スルヲ覚ユル者是ナリ
>
> （ヘンリー・ハルツホールン、島村鼎閲『華氏 内科摘要』桑田衡平訳、巻十一、島村利助、一八七二―七五年〔明治五―八年〕、八丁オ）[18]

『華氏 内科摘要』は、津田梅子の親友だったアナ・コープ・ハーツホンの父親であるチャールズ・ヘンリー・ハーツホンの『医学に関する原理と実践の本質』(Charles Henry Hartshorne, *Essentials of the Principles and Practice of Medicine*, 1867) を翻訳したものである。原典と対照すれば、「癲癇」は「Epilepsy」の翻訳語であり、「妖怪の幻視」は原文で「spectral illusions」とあるのを翻訳したものだとわかる。

「spectral」は『和英語林集成』「英和の部」初版と再版では見出し語として採録されていないものの、「spectre」が「Bake-mono; yurei」となっている。同様に、『附音挿図 英和字彙』一〇九九ページで、「spectral」が「怪物(バケモノ)ノ、幽霊(ユウレイ)ノ」、「spectre」が「怪物、幽霊」とある一方で、『英和掌中字典』四四一ページでは「spectral」が「ユウレイノヨウナル」と「spectre」、佐々木庸徳編『明

治大成英和対訳字彙』（伊藤岩次郎、一八八五年〔明治十八年〕）四九三ページで「Spectre」だけが採用されて「幽霊」と翻訳されているなど、この系統の語に対する翻訳語では「怪物」「化物」の翻訳語が消失し、「幽霊」だけが残されていく傾向がある。

したがって、『華氏 内科摘要』の時点で「妖怪」と翻訳されていたのは明治初年代に見られる認識であり、これが明治十年代に入ると「幽霊」に限定されていった可能性が高い。そのうえで「真景累ヶ淵」に目を戻せば、語りのなかで特に「神経病」という用語を使っていたことを考えても、円朝のマクラにより近いのは『華氏 内科摘要』に関わる言説だったと考えるべきだろう。

2　「神経病」言説の流行

ここで特に『華氏 内科摘要』が重要なのは、この本の刊行が終了する一八七五年（明治八年）前後に、「幽霊」「妖怪」を幻視することを「脳及神経系諸病」の一つである「癲癇」の症状として位置づけるハーツホンによる言説が、広く流布したためである。たとえば「読売新聞」紙上には、これに依拠したと思われる投稿が何度も繰り返し掲載されている。

一八七五年（明治八年）一月二十四日付の「読売新聞」では、「久世賀抜内」を名乗る人物が当時の新聞記事になっていた山形や栃木で起きた狐憑きの事件について「神経病を狐附と見做して御符だの祈禱だのと夫がため病を重くする事も間々あります」と述べている。これを契機として、

「幽霊」や「化物」を「神経病」とみなす発想についての論争が展開されていくことになる。まず、二月五日付に「湖面堂」の筆名で狐憑きはやはり「神経病」にちがいないという反応があり、それに対して三月三日付の投書欄で「久世賀抜内」が、「神経病」であれば十人が十人別々の幻視をするはずだが、同じような症状が出るのは「神経病の上の所業ではない」と反論している。

また、頻繁に新聞に投稿していた人物である中村一能が、「読売新聞」に次のような文章を投書している。(19)

> 当時専ら流行する諸新聞一枚摺の錦画の中には折々幽霊や妖怪の姿が見えますが開化を導く新聞の画に化物の姿はチト不似合な様に思はれます（尤も彼やうな事は神経病だとの御諭が頭書に記載てあるにもせよ）
>
> （「読売新聞」一八七五年〔明治八年〕十二月二十七日付）

中村一能は、「幽霊や妖怪の姿」を錦絵新聞が多く取り上げていることを批判的に記述している。新聞の使命は「開化を導く」ことにあり、その観点から考えて、「幽霊」や「妖怪」の類いの出現を事件として取り上げることは、ふさわしくないというのだろう。一方で、これらの記事には、こうしたものを見てしまうのは「神経病」のためであるという「御諭」が「頭書に記載てある」という指摘も重要である。

たしかに一八七四年（明治七年）ごろから発刊が始まり、七五年（明治八年）から七六年（明治九年）にかけて一気に広まった錦絵新聞では、刃傷沙汰や色恋沙汰に交じって、「幽霊」「妖怪」の出現に関する怪異現象の記事が大きな要素になっていた。

　そのなかで「神経（心経）」や「神経病」と関連づけて書かれた記事は、「絵画百事新聞」一八七六年（明治九年）八月十二日付のおゆきという女性が夫である次助の「幽霊」を見たという記事、同紙で瀬戸物屋・村田利八の娘が嫁ぎ先で亡くなったあと仲睦まじい隣の家をうらやんで人魂が出たのを「神経といふ気の迷ひ」とした記事、「大阪錦画新聞」第八号で一八七五年（明治八年）三月二十日に長崎の建蔵という男に追い出された妻が後妻に取り憑いたという事件を建蔵の「神経病」だとする記事などが確認できる。

　錦絵新聞の場合は日付の記載がないことが多いものの、創刊時期や日付がある号との関係から考えると、「幽霊」に関する記事は錦絵新聞が刊行されていた時期を通じて見られる一方で、これを「神経病」と結び付けた記事は一八七五年（明治八年）から七六年（明治九年）にかけて集中している。したがって、『華氏 内科摘要』の翻訳や、「読売新聞」で「幽霊」と「神経病」との関係について言及された時期と重なっていて、こうした言説が七五年（明治八年）前後に小新聞や錦絵新聞紙上で編成されたものだったことがわかる。

　このほか、一八七六年（明治九年）十二月十三日付の「仮名読新聞」では、名古屋の古渡町に住む大工・工藤藤九郎の妻であるお辰が、姑と仲が悪かったが、その姑が病のため亡くなったという記事を掲載している。その後、藤九郎が夜にお辰の顔を見ると、自分の母親の最期のときとそっくりに見えるということが何日も続き、それを妻に言ったところ、妻が発狂してしまった。その後、お辰を実家の大乗院へ戻らせたところ、父が穴を掘って娘をそこに放り込み、狂い死にさせてしまい、そのあとにはお辰の「幽霊」が出るようになったという。

> 毎例よく云神経病か伝染すると気の小さい女達は病附いてあたら命を種なしにしますから幽霊などは跡方もないものだと記者が牡丹餅ほどの印を捺て確乎に保証致します
>
> （「仮名読新聞」一八七六年〔明治九年〕十二月十三日付）

ここでは「幽霊」を「神経病」とみなし、これが「伝染」するという発想が「毎例よく云」ことだと規定される。すなわち、「幽霊」の出現を「神経病」とみなす枠組みは、一八七六年（明治九年）末の時点で少なからず定着していたのである。

また、これまで挙げてきた小新聞や錦絵新聞紙上で語られた「幽霊」と「神経病」の言説は、怨恨を伴う刃傷沙汰や病死といった事件を三面記事的に面白おかしく語るなかで、文明開化の世で「幽霊」は「神経病」とみなされるようになるべきだと論じ、あるいは「神経」の病として「幽霊」の出現を揶揄するような語り口になっている。こうした言説状況に対し、円朝の「真景累ヶ淵」は異なる文脈にある。

> 是が則はち神経病と云つて自分の幽霊を脊負つて居る様な事を致します例へば彼奴を殺した時に斯ふ云ふ顔付をして睨んだが若しや己を怨んで居やアしないかと云ふ事が一つ胸に有つて胸に幽霊を拵らへたら何を見ても絶えず怪しい姿に見えます又其執念の深い人は生て居ながら

> 幽霊に成事が御坐います勿論死でから出ると定まつて居るが円朝は見た事も御坐いませんが随分生ながら出る幽霊が御坐います彼の執念深いと申すのは恐ろしいもので能く婦人が嫉妬の為に散し髪で仲人の処へ駆けて行く途中で巡査に出会しても少しも巡査が目に入りませんから突当る機に巡査の顔にかぶり付く様な事ざ（ママ）御坐います（「真景累ヶ淵」「第一席」、二―三ページ）

「生ながら出る幽霊」とはいうものの、実際にここで語られているのは生き霊の類いではなく、嫉妬のために髪を振り乱して町中を走る女が「巡査の顔にかぶり付く」という状況である。したがって、ここで円朝が語っているのは、「幽霊」よりも生きている女の「執念」のほうがよっぽど怖いという内容である。

第１部第１章で考えたように、このような人間の情に焦点を当て、怪談噺と銘打ちながらも実際には人情噺を語っていくことこそが、円朝による落語の特徴だった。このように「真景累ヶ淵」を人情噺の一つだと考えたとき、「神経病」の「神経」を「真景」と掛けた条野採菊と信夫恕軒の発想との関係性と、そこから与えられた「真景累ヶ淵」という演題の意味が見えてくる。

3　「真景」「真情」としての「執念」

まず「真景」という用語について、岩波書店版『円朝全集』の「後記」では、もともと山水画にまつわるものだとされている。[20] また、幕末から明治期にかけては、初代歌川広重『東海道五十三次』（一八三三―三四年〔天保四―五年〕）の「今切真景」、二代目歌川広重『諸国名所百景』（一八五九―六一年〔安政六―文久元年〕）の「雲州広瀬真景」や「阿波鳴戸真景」、小林清親『東京五大橋之一両国真景』（一八七六年〔明治九年〕）などのように、本当の景色という意味合いで名所図会で使われることが多かった。

一方で漢語としての「真景」は、唐代以前にはあまり用例が確認できないため、比較的新しい語彙だったと考えられる。そのなかで道教の用語として使われる場合があり、たとえば諸橋轍次の『大漢和辞典』（大修館書店、一九五五―六〇年）には、「真景」の用例として一つだけ、宋代の張君房『雲笈七籤』巻八十「符図部二」で「幽冥生真景、煥落敷霊文」と「神仙真道混成図」の「上部第七真気頌」を説明した文章のなかの一文を挙げている（第八巻、一九九ページ）。また、『太平御覧』「道部三・真人下」には、「太極真人」が、「后南真人」から「中岳真人王仲甫」に向けて発せられた言葉を引用したなかに、「雖接真景以餐霞故未為身益」（六百六十一巻、六丁ウ。引用は国立国会図書館蔵本、一五七四年〔萬暦二年〕跋）とある。清代に黄元吉が書いた『楽育堂語録』巻一「十八」にも用例が見られるが、これらの「真景」は、ともに目の前にあるありのままの光景、本来の姿という意味をもっていると考えられる。

このほかにも、唐代の詩人・賈島の五言律詩「劉景陽東斎」（『全唐詩』巻五百七十一）に「景陽公幹孫　詩句得真景」という一節が見られるが、「真景累ヶ淵」の「真景」について考えるときにより注目されるのは、曹雪芹・高鶚『紅楼夢』に見られる用い方である。

他曾有幾首四時即事詩雖不算好却是真情真景［他曾て幾首四時即事の詩有り。好に算えずと雖も却て是れ真情真景なり。］

（曹雪芹／高鶚『紅楼夢』「第二十三回」「西廂記妙詞通戯語　牡丹亭艶曲警芳心」、五丁オ）[21]

怡紅院に住むことになった賈宝玉は、毎日のように宝釵や黛玉と、本を読んだり、琴を奏でたり、歌を歌ったりして遊んでいる。そのなかで宝玉が作った「春夜即時」「夏夜即時」「秋夜即時」「冬夜即時」の四首の七言律詩について、語り手は「真情真景」が率直に表現されたものだと評価している。

「春夜即時」以下四首は、たとえば「春」は、夜回りの拍子木が外から響いてくる夜、絹の夜具を敷いた帳のなかに横たわり、夢の中に現れた人に思いを寄せているという歌である。また「冬」は、寒気が入り込んでくる部屋で眠れぬ夜を過ごすうち、侍女がお茶（「茗」）に詳しいために、それを一緒に選んで煎じる喜びを詠んだものである。それぞれの季節に映し出される室内の情景と、そこで生じた心情とが折り重なるようにして詠まれている。このように、「真景」は「真情」と一体のものとして用いられる場合があり、その際の「真景」とは、目の前の光景をそれを見ている主体の心境と重ね合わせることで、文学の表現を創り出していくものだった。

「真景累ヶ淵」という演題を円朝に提案したのが条野採菊と信夫恕軒だったことを考えれば、『紅楼夢』のような中国白話小説についての教養は、おそらくもっていたと考えるべきだろう。また、同時代の講談や落語と合巻、中国白話小説の関係を考えても、「真景累ヶ淵」の「真景」は、こうした白話語彙からもってきたと考えたほうが自然である。

この場合、「真景累ヶ淵」の「真景」は、「真情」と関わるものだからこそ、「神経」の洒落として成立したことになる。「幽霊」は「神経病」という同時代に流行していた枠組みだけで説明できるものではなく、累の物語に描かれた人間の「真景」、そしてそこにある「真情」を語ることに、文明開化が進んだ明治の世でも怪談噺を高座にかける根拠があると考えられた。この点にこそ「累ヶ淵後日怪談」を「真景累ヶ淵」という標題に改めた意味があったのではなかったか。

> 只今では大抵の事は神経病と云て仕舞つて少しも怪しい事は御坐いません明かな世の中で御坐い升が昔しは幽霊が出るのは祟りが有からだ怨の一念三世に伝はると申す因縁話しを度々承まはりました事が御坐い升豊志賀は実に執念深い女で前申上た通り皆川宗悦の惣領娘で御坐い升
>
> （「真景累ヶ淵」「第二十一席」、六八―六九ページ）

「第二十一席」のマクラでの円朝の語りは、やはり明治に入ってから加えられたものだろう。ここでは「幽霊」を「神経病」と考える「今」と、「因縁話」が語られていた「昔」とを対比的に語っているが、これは単に「昔」をノスタルジックに回顧しているわけではない。「第一席」のマクラでも語っていた「幽霊」と「神経病」の枠組みを繰り返しながら、豊志賀の「執念」の話題へと移すことで、噺の焦点を組み替えているのである。

こうした豊志賀をはじめとする女の「執念」は、「フーウン執念深へえ女だナ」（「第二十六席」、八五ページ）という甚蔵が新吉に向かって豊志賀について評した言葉や、「小さいって是が何うも何と二十六年祟つたからネー執念深へ阿魔も有るもので」（「第三十七席」、一二三ページ）と、作蔵がお賤にお累の墓を案内する場面などで繰り返される。その意味で「真景累ヶ淵」は、人間の「執念」という情をめぐる物語なのであり、この点については「累ヶ淵後日怪談」のときも大きくは変わらなかったはずである。

しかしこのとき、特に「第三十七席」では、その直前で新吉を「所謂只今申す神経病で御坐い升から」（一二二ページ）、「神経病だから段々数を掃除するに従つて気分も快く成て参り升」（一二三ページ）と、「第二十一席」と同じように女が抱えた「執念」と対比させて、新吉が「神経病」だという語りが差し挟まれている。このように円朝は、条野採菊と信夫恕軒から与えられたであろう「神経病」という枠組みを、語りやそれぞれの高座のマクラにたびたび差し挟むことによって、この物語が人間の「執念」をめぐる人情噺であることを前景化する演出に巧みに利用している。

ここで重要なのは、「神経病」になってしまった「幽霊」よりも人間の「執念」のほうがよっぽど怖ろしいという発想そのものが、決して円朝の人間観、怪談観ではなく、すでに同時代言説として編成されていたものだという点である。

今日は幽霊の出序に今一ツ申ましやう先ごろより牛込細工町の和田鈴木といふ餅やへ毎ばん幽霊が出て嫁を喰ひつくとか咽喉をしめるとかいひ堪えかねるとて嫁がかけ出しましたが其後

嫁は離縁に成り此度は四ッ谷辺の川島某の娘を嫁にいたしたるに幽霊の幽の字も出ないといふが是は先の嫁が悪いものゆゑ離縁をいたすといふ相談をすると悔しがッて嫁が有りもしない事を世間へいひふらした事で有るといふ此幽霊より嫁の了簡の方がよほど怖い

（「読売新聞」一八七五年〔明治八年〕五月二十四日付）

この「読売新聞」に掲載された記事は、「大阪錦画新聞」第二十六号にも掲載されていて、浅草並木町にある蝶屋という菓子屋の主人が向かいにある伊勢屋という天麩羅屋から借金をし、蝶屋の主人が店を借金のかたに取られた逆恨みをしながら亡くなってしまった直後から、伊勢屋の主人が体調を崩したという事件を扱っている。ここでは、伊勢屋が体を壊したのは、蝶屋の主人に悪いことをしたという思いから「神経病」を患って「幽霊」を見たのであり、よりいっそう文明開化が進んで「心が開けて来る」と、「幽霊」を信じる者もいなくなるだろうという文脈が示されている。

しかし引用箇所では、蝶屋と伊勢屋の話から「序」として「牛込細工町の和田鈴木」という餅屋の話に転じ、「幽霊」が嫁を食う、嫁の首を絞めるという噂話があったという内容になる。しかしこの噂は、嫁が夫から離縁されそうになったのを「悔しがッて」、夫の悪い評判を世間に流したものなのだという。それに対して記事の書き手は、「此幽霊より嫁の了簡の方がよほど怖い」という認識に至る。すなわちこの記事は、文明開化が進めば「幽霊」を信じる者はいなくなるだろうという認識だけでなく、本当に怖ろしいのは「幽霊」などではなく生きている人間の所業であり、そのなかで特に女性が抱えた怨恨に焦点を当てる書き方がなされている。

円朝が「累ヶ淵後日怪談」を「真景累ヶ淵」と改めた時期とこの記事との前後関係は不明である。一方で山本進[22]や一柳廣孝が指摘するように[23]、怪談噺では観客を怖がらせたあとに「ハテ恐ろしき執念じゃナア」(「大阪朝日新聞」一八八一年〔明治十四年〕三月三十一日付)と結ぶのは、遅くとも明治初期にはすでに一つの様式として成立していた。「真景累ヶ淵」はこうした「執念」をめぐる怪談の様式を、一八七六年(明治九年)ごろに流行していた「神経病」についての言説と対照させて用いることで、江戸期以来の怪談を文明開化の世に再び持ち込むことを可能にしていたと言える。その意味で「神経病」としての「幽霊」よりも女性の「執念」に焦点を当てようとする「真景累ヶ淵」は、西洋から入ってくる新しい知識と、それ以前の日本の文化がもっていた様式性とがせめぎ合うなかで、「神経」と「真景」の洒落を介して、洋の東西を問わず新しく手に入れた知識や聴衆がすでに知っている発想を巧みに噺に組み込んだ。そのうえで、「幽霊」よりも人間の「執念」のほうがよほど怖ろしいという枠組みを、より前景化させる語りをもっていた。このようにして江戸期の「累ヶ淵後日怪談」から明治期の「真景累ヶ淵」へと再編成したことにこそ、三遊亭円朝という噺家が作る噺の真骨頂があったのである。

注

(1)延広真治「咄における継承と創造――二代目円生から円朝へ」、東大比較文学会編「比較文学研究」第七十号、すずさわ書店、一九九七年、六五ページ

（2）柳家小さん（三代目）「明治の落語」、同好史談会『漫談明治初年』所収、春陽堂、一九二七年、五五四ページ
（3）三浦正雄「三遊亭円朝『真景累ケ淵』の怪異観――日本近現代怪談文学史（8）」「埼玉学園大学紀要」第十三号、埼玉学園大学、二〇一三年、四一ページ
（4）前掲、永井啓夫『三遊亭円朝』二四四ページ
（5）前掲「円朝追跡」一三ページ
（6）延広真治「後記」、三遊亭円朝述、倉田喜弘／清水康行／十川信介／延広真治編、二村文人／延広真治校注『円朝全集』第五巻所収、岩波書店、二〇一三年、五三二ページ
（7）塚本和夫「真景累ヶ淵」「早稲田大学高等学院研究年誌」第四十号、早稲田大学高等学院、一九九六年、九ページ
（8）佐藤香織「『真景累ヶ淵』試論――新吉と四人の女」、宮城学院女子大学大学院編「宮城学院女子大学大学院人文学会誌」第五号、宮城学院女子大学大学院、二〇〇四年
（9）幣旗佐江子「三遊亭円朝『真景累ヶ淵』の研究――豊志賀を中心に」「比較文化研究」第百二十一号、日本比較文化学会、二〇一六年
（10）前掲「三遊亭円朝『真景累ケ淵』の怪異観」五四ページ
（11）河竹繁俊『河竹黙阿弥』（人物叢書）、吉川弘文館、一九六一年、二二五ページ
（12）前掲「素噺との出会い」八八ページ
（13）亀井秀雄「円朝口演における表現とはなにか」、日本文学協会編「日本文学」一九七四年八月号、日本文学協会、二四ページ。亀井は「真景累ヶ淵」のマクラについて『倍因氏 心理新説』との関係を論じ、「円朝がこの『心理新説』を実際に手に取っていたかどうか、勿論その証拠はどこにも見出

すことはできない」としたうえで、「何らかの形で新時代の幽霊追放の理論を耳にしていたことだけは確かである」(二二ページ）としている。

(14) 前掲、延広真治「後記」五三四ページ

(15) 度会好一『明治の精神異説——神経病・神経衰弱・神がかり』岩波書店、二〇〇三年、六ページ

(16) 原文は以下のとおり。「2. Terror, on the PHYSICAL side, shows both *a loss* and a *transfer* of nervous energy. Power is suddenly and extensively withdrawn from the Organic processes, to be concentrated on certain Intellectual processes, and on the bodily Movements. ／The appearance may be districted between effects of *relaxation* and effects of *tension*.」(Alexander Bain, *Mental and Moral Science: A Compendium of Psychology and Ethics*, 1868, p. 233)

(17) 原文は以下のとおり。「With regard to the *Intellect*, the characters of the emotion are very marked. The concentration of energy in the perceptions and the allied intellectual trains, gives an extraordinary impressiveness to the objects and circumstances of the feeling. In a house believed to be haunted, every sounds is listened to with avidity; every breath of wind is interpreted as the approach of the dreaded spirit. Hence, for securing attention to a limited subject, the feeling is highly efficacious.」(*ibid.*, p. 234)

(18) 原文は以下のとおり。「*Premonition* occurs in a minority of cases before an attack; headache, dizziness, terror, spectral illusions, or the epileptic *aura*. This is a creeping or blowing sensation, like that of a current of air or stream of water, beginning in a hand or foot, and extending toward the trunk. It (if it occur) immediately precedes the paroxysm. (Henry Hartshorne, *Essentials of the Principles and Practice of Medicine*, 1867, p. 230)

(19) 中村一能の新聞投稿については、石堂彰彦「1870年代の新聞投書者の動向に関する一考察」(成蹊大学文学部学会編「成蹊大学文学部紀要」第四十九号、成蹊大学文学部学会、二〇一四年)一六四ページに指摘がある。

(20) 前掲、延広真治「後記」五三四ページ

(21) 引用は国文学研究資料館の高乗勲文庫蔵本による。

(22) 山本進「はしがき」、一竜斎貞水/林家正雀口演、山本進編『怪談ばなし傑作選』所収、立風書房、一九九五年

(23) 一柳廣孝「怪談師の時代」、怪異怪談研究会監修、一柳廣孝/大道晴香編著『怪異と遊ぶ』所収、青弓社、二〇二二年、六七ページ

第3章　「見えがたきもの」を見えしむる
――三遊亭円朝「怪談乳房榎」

はじめに

三遊亭円朝「怪談乳房榎」は、一八八七年（明治二十年）十二月一日から八八年（明治二十一年）一月十八日にかけて、全三十六回で「東京絵入新聞」に連載された。[1] 著者標記は「三遊亭円朝口述」「まつ永魁南聞書」となっていて、挿画は歌川（落合）芳幾が手がけている。その後、八八年（明治二十一年）十二月に単行本が金桜堂から刊行された。これは絵師として活躍していた菱川重信が、重信の妻であるおきせに横恋慕した浪人の磯貝浪江によって殺されて幽霊となり、重信の子である真与太郎が仇討ちをするまでを描いた物語である。この成立については永井啓夫が、「おそらく明治十年代――円朝四十代の作と思われる」[2] としている。この説は山本進に引き継がれ、[3] 一つの

図6　三遊亭円朝『怪談乳房榎』金桜堂、1888年（立命館大学図書館蔵）

定説だと思われる。しかし、第１部第２章で考えた「神経病」をめぐる言説の問題や、本章で述べる噺のあり方から考えると、再検討の余地がある。

「怪談乳房榎」をめぐっては、これまで主に三つの観点から論じられてきた。

第一に、永井啓夫(4)や相澤奈々(5)による、「近代小説」的な「心理描写」「内面描写」に注目した論である。こうした視点は坪内逍遥が『怪談　牡丹灯籠』第二版（一八八五年〔明治十八年〕）の序文で「単に叟の述る所の深く人情の髄を穿ちてよく情合を写せば」としたことや、二葉亭四迷「余が言文一致の由来」（一一ページ）で「あの円朝の落語通りに書いて見たら何うかといふ」と逍遥が四迷に話して聞かせたということから、『小説神髄』のいわゆる「人情」論を、〈近代文学〉における〈内面〉の問題と接続させて考えようとする枠組みのなかに位置づけたものだろう。

第二に、物語の後半の舞台になっている松月院（東京都板橋区赤塚八丁目）の榎をめぐる考証である。これは、「江戸名所図会に出てをり升から一寸と申上升が、」（「第三十席」「東京絵入新聞」一八八八年〔明治二十一年〕一月十日付）と出てくる斎藤月岑『江戸名所図会』巻四（第十三冊、一八三六年〔天保七年〕）「赤塚明神祠」（二十四丁ウ）に榎によって病が治癒したという記録がないことから、その問題に関して検討をおこなったものである。具体的には、磯部鎮雄と山本進の論が、榎による病の治癒を円朝の創作だとしている。[6] 一方で永井啓夫は、「乳の病に霊験があるとして広く信仰をあつめていた」[7]と述べているが、これは磯部をはじめ『円朝考文集』を編んでいた円朝考文集刊行会による考証を錯誤したものと思われる。なぜなら、石崎敬子が板橋区赤塚周辺の人々から聞き取った調査からわかるように、松月院の榎が病を治癒するという伝承は、円朝が「怪談乳房榎」を作り、特に芝居が板橋区内などでも演じられたことによって流布した結果、明治期から昭和期にかけて生まれた世代に共有されていると考えられるためである。[8]

最後に、『江戸名所図会』以外に用いられた、「怪談乳房榎」の種本についての研究が挙げられる。壬生幸子は、『古事記』『日本書紀』と「怪談乳房榎」の類似性を指摘し、『奇疾便覧』も参照したという推測をしている。[9] しかし壬生が指摘する典拠は、参照された可能性がきわめて低いものと思われる。なぜなら、延広真治が十返舎一九の読本『深窓奇談』（一八〇二年〔享和二年〕序）巻五

「尾形霊甕奸曲智」（おがたのれいかんきょくのちをたふす）を種本と指摘しているように、(10)「尾形霊甕奸曲智」と「怪談乳房榎」とは基本的な筋がほとんど同じものになっていて、人物名を入れ替え、噺の舞台を『江戸名所図会』に登場するさまざまな「名所」に移し替えたうえで、落語の様式に翻案していったものと考えられるためである。

もちろん落語の噺は一回的なものであり、どの時期にどの場所で高座にかけたものかによって異なる内容になる。一方で、現存する速記を一回的なテクストとして捉えたときに、「尾形霊甕奸曲智」が「怪談乳房榎」にどのように書き換えられていたのか、その変更にどのような枠組みや価値観が介入していたのかについて考えることは、同時代の落語、さらには小説のあり方について考えていくうえで、さまざまな問題点を示しているように思われる。そこで本章ではまず、「尾形霊甕奸曲智」と「怪談乳房榎」との差異について確認し、怪異の語り方に見られる諸問題について考えていく。そのうえで、第1部第1章で考えたように、円朝の怪談噺が基本的には人情噺としての構造ももっているという視点から、「怪談乳房榎」での「人情」の問題について分析していくことにする。

1　奇談としての病

まず、十返舎一九の読本『深窓奇談』「尾形霊甕奸曲智」と三遊亭円朝「怪談乳房榎」との関係について考えていきたい。円朝は「怪談 牡丹灯籠」でも、瞿佑『剪灯新話』所収の「牡丹灯記」や、浅井了意の仮名草子『伽婢子』の「牡丹灯籠」に題材を採っていた。しかし翻案にあたっては、円朝が二十三歳だったときに「田中と云ふ旗本の御隠居」から「飯島孝右衛門の一条」を聞いて作ったとされていて（「芸人叢談 三遊亭円朝（五）」「毎日新聞」一八九九年〔明治三十二年〕八月十七日付）、萩原新三郎とお露との関係を中心とした怪談の部分と、黒川孝助と飯島平左衛門とを中心とした仇討ちの物語とが交互に展開される構成になっている。さらに「怪談 牡丹灯籠」は、「実は幽霊に頼まれたと云ふのも萩原様のあゝ云ふ怪しい姿で死んだといふのもいろ〳〵訳があつて皆な私が拵らへた事」（三遊亭円朝演述、若林玵蔵筆記『怪談 牡丹灯籠』第九編、「第十八回」、東京稗史出版社、一八八四年〔明治十七年〕、三十一丁ウ）とあり、怪談の部分は物語世界のなかで、伴蔵が自身が萩原新三郎とお露とを殺したことを隠すために作って流布した噂話という設定になっている。そうした噂話と実際に物語世界で起きた出来事とが同じ位相で語られることで物語世界での事実が隠蔽され、全編を通して聞いた聴衆だけが事件の真相を知ることができるという、現代のミステリ小説にも通じるような非常に凝った作りになっているのである。

こうした「怪談 牡丹灯籠」に対して「怪談乳房榎」は、『江戸名所図会』を用いて場面設定を変える一方、物語自体は基本的に「尾形霊甃奸曲智」の筋をそのままたどっている。このとき尾形主水体之を菱川重信（間与島伊惣次）に変更したことで、「名人競」（「錦の舞衣」）や「名人長二」「谷文晁の伝」と同様に「名人伝」の様式が与えられている。また、「第一席」から「第二席」にかけてのマクラで、のちに講談「応挙の幽霊画」となる内容が語られているのもこの文脈を引き出すためであり、このことが「第十七席」の怪談部分や、幽霊となった重信が南蔵院の天井画を完成させる場面に結び付いている。

一方でより注目されるのは、噺のなかでの病の描かれ方と、その位置づけである。ここには二つの変更点がある。第一に、『江戸名所図会』を利用したことによって、霊験をもつ植物そのものと、その効力が変わっている点である。

もともと「尾形霊甃奸曲智」では、次のように描かれていた。

> 其頃郷士何某なるもの．或夜の夢に異人来つて．告て曰．当邑の農夫又六が．軒墀を覆ふ一樹あり．婦人の乳をして土器に納れ．料に備へて．此樹に諸病平癒の宿願を訴へなば．速に応験あるべし．就中乳を患ふるの疾．婦人の妊娠分娩の前後を論ぜず．その病あるもの．頓に是を治せしめん．かまへて疑念あるべからずと．告畢て去ると夢見て．何某奇異の思ひをなし．祥なる哉我妻なるもの．年ごろ乳上の癰腫を愁ふ．診に宿願を遂治を需んと．浄き土器に乳を湛．携行て見るに．いかにも農夫又六が家居の傍に．年経る樗の一樹あり．
>
> （十返舎一九『深窓奇談』巻五「尾形霊甃奸曲智」、六丁ウ）

万代児を育てることになった又六の夢に、一人の「異人」が現れる。又六はその「異人」から、土器に母乳を入れて供えると、「乳を患ふるの疾」が治癒すると告げられ、自身の妻が乳房に癰腫をもっていたことから、そのお告げのとおりにしてみようと試みる。したがって、母乳が出るという前提のもとで、乳房をめぐるさまざまな病が治るという内容になっていて、そのなかで特に乳房の癰腫が中心として位置づけられていたことになる。

このとき、「樗」は『荘子』「逍遥遊」の「恵子謂荘子曰。吾有大樹。人謂之樗。其大本擁腫而不中縄墨。其小枝巻曲而不中規矩。立之塗。匠者不顧。［恵子、荘子に謂ひて曰く、吾に大樹有り。人之を樗と謂ふ。其の大本は擁腫にして縄墨に中らず、其の小枝は巻曲にして規矩に中らず。之を塗に立つれば、匠者顧みず。］」以下の、いわゆる「無用の用」について述べたものを受けている可能性が高い。この場合の「樗」はヌルデの木を指し、「擁腫」があることになっているため、「尾形霊甕奸曲智」の「癰腫」を連想させる。一方で、日本語で「樗」を用いているとしたら栴檀のことである。島田充房、小野蘭山『花彙』「木之四」（一七六五年〔明和二年〕）の「石茱萸」（二十三丁ウ）、森立之〔枳園〕編『神農本草経』下（一八五四年〔嘉永七年〕）の「練実」（六丁オ）などに示されるように、「樗」の果実は「苦楝子（川楝子）」としてひびやあかぎれなど皮膚に使う外用薬、鎮痛作用をもつ内用薬に用いられていたほか、樹皮は「苦楝皮」として虫下しの薬に、民間ではその葉を虫除けの薬として用いていた。「樗」は薬効の高い良薬として位置づけられていたのであり、その意味で「尾形霊甕奸曲智」で、薬効を前提として「樗」が物語に用いられたとしても、一応の筋が通る。

これに対して「怪談乳房榎」では、「異人」と「樗」の位置づけが変更されている。

爰に正介の運のよい事には正介が門番に成り升と直に此寺に厶い升榎が乳の出ないものが信

心すると利益があるといふので流行出し、此榎のウロの様な所にトンと乳の下つた様な瘤が幾個もあり升が此先から乳のやうな甘い露が垂るが是を竹の筒に入れて持て帰りまして乳のさきへつけ升と急度出ない乳が出るといふ、是は露ではありません木の脂で厶いませうが、此流行初めましたといふのも一ツの不思議で是は去年新宿で出逢ました彼小石川原町の万屋新兵衛の女房があれから後に乳へちよつとした腫物が出来ましたが大層痛みまして医師にかゝつても捗〱しく癒りません何でも信心するより仕方がないと白山さまを頼りと信仰いたし升と或る夜の夢に白山権現が顕はれ升て汝赤塚の榎の下にある我を信仰いたせば忽ち利益を与へる其榎から垂る所の乳を痛所へつけよ立所に平癒すべしとお告があり升たから

（「第二十九席」「東京絵入新聞」一八八八年〔明治二十一年〕一月八日付）

ここではまず、榎の瘤に信心し、その先から垂れる樹液を乳に塗ると、乳の出ない女性が出るようになるとされる。これらは「運のよい事」であると位置づけられているように、真与太郎を育てるため、正介が赤塚の松月院の門番になった直後に起きたものであり、正介にとっては偶然の出来事として描かれている。その後、新宿十二社で真与太郎が重信の幽霊によって救われたときに出会った新兵衛の妻の乳に「腫物」ができていて、そこに白山権現が現れて赤塚を訪れるように告げる。すなわち、「尾形霊襲奸曲智」ではまず「樗」による癰腫の治癒が先にあり、その周縁的な事象として乳房の病全般が位置づけられていた。これに対して「怪談乳房榎」では、まず乳の出ない者が信心すると乳が出るようになるという話題が先に出て、その後、新兵衛、そしておきせの胸にで

きた癰腫が問題になるという変更がおこなわれ、物語の順序が入れ替わっている。同時に、「尾形霊髦奸曲智」では「樹下に備へし．土器の乳を絹に締して．嬰児に授け．謙く是を撫育す」（前掲『深窓奇談』巻五、七丁オ）と、万代児が「土器」で供えられた乳を飲んで育ったことになっているが、「怪談乳房榎」では、真与太郎が榎の乳を飲んで育ったと変えられ、榎の霊験によって育てられたことがより強調されるようになっている。

榎も民間薬としては樹皮を煎じたものがじんましんや食欲不振の薬として飲まれていたが、梅檀のように薬師が正式に処方していたものではない。また、延広真治が指摘するように(11)、信心することで乳が出るようになるという説話は榎ではなく公孫樹をめぐって編成されていた。円朝作「縁切榎」に登場する榎は板橋宿の名所として知られていたものの、ここで榎が用いられたのはあくまで『江戸名所図会』の援用によるものとするのが妥当だろう。板坂耀子は西尾市岩瀬文庫が所蔵する植田勝応・長澤茂好『奥羽行』（一八〇七年〔文化四年〕）のような紀行文に、旅先の土地で見聞した事実を事細かに記述する貝原益軒以降の江戸期の紀行文のあり方と、奇談集がもつ形式とが同居している問題を指摘しているが(12)、円朝の「怪談乳房榎」はむしろ、病という目に見えないものが人間に襲いかかってくる現象を語る奇談を「尾形霊髦奸曲智」から引き継ぎながら、そこに「名所図会」がもつ紀行のための案内としての要素を組み込んでいく過程で、虚構性を積み重ねて編成されたものだと言える。

このように虚構性が積み重ねられたことの要因の一つとして、「怪談乳房榎」が落語であるがゆえに介入してくる噺家による語りが、有効に機能していたことが挙げられる。

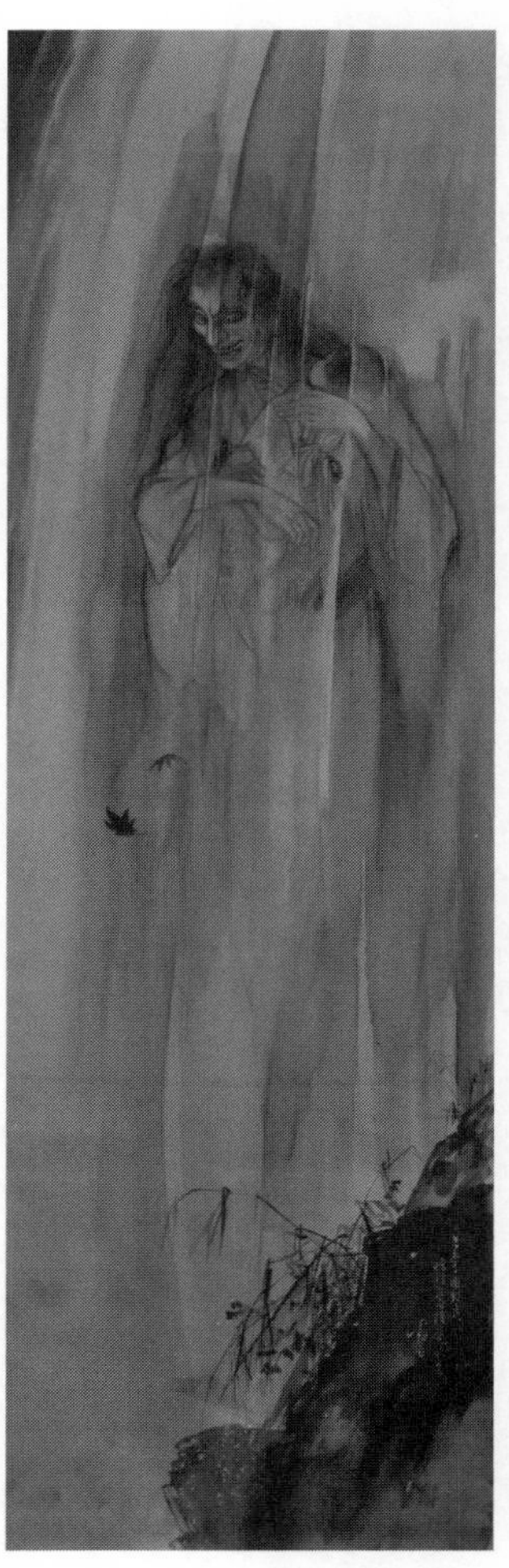
図7　伊藤晴雨『怪談乳房榎図』（全生庵蔵）

其頃は只今の様な開化の時と違ひまして兎角に変なものを信心をいたし升のが流行升から堪らない僅か三月ばかりの内に赤塚の榎のウロの乳から乳が出るが人間の乳と少しも違はねへで乳のねへ子なんぞには夫を飲して置けば無病でズン〴〵育つさうだ夫に親の出ねへ乳まで七日の内に急度出て来るのは不思議だ、奇妙だと、噂さをいたし升からいよ〳〵評判高くなりまして、赤塚の乳房榎〳〵と誰いふとなく申ます、

（「第三十席」「東京絵入新聞」一八八八年〔明治二十一年〕一月十日付）

真与太郎が榎の樹液によって育ったことが、もともとは「変なものを信心」する人間のあり方に端を発していると語られ、そうしたあり方が結果として功を奏したものとして位置づけられる。こ

のように、「開化」した当時としての現代と江戸時代とを分節化して捉える態度は、「第三十四席」でも繰り返されている。

> 扨毎度連中が怪談〳〵と申しますお話しをよく申上ますが昔しと違ひまして唯今は小学校へお通ひなさい升お六ツかお七ツぐらゐのお子様方でさへ怪談だの幽霊だのといふ事はない落語家は嘘ばつかり吐くとおつしやるさうでムい升が決して幽霊がないといふ限つた訳もないとやら是等は都て理外の理とか申して学問上の議論で圧倒る計りにもゆかぬ、
>
> （「第三十四席」「東京絵入新聞」一八八八年〔明治二十一年〕一月十四日付）

「怪談だの幽霊だのといふ事はない」という「開化」の世における見方に対して、「理外の理」、すなわち一見道理に合わないようなことでも、ある種の真実になってしまう場合があるものとして位置づけている。こうした語りから想起されるのは、「真景累ヶ淵」のマクラの「幽霊と云ふものは無い全く神経病だと云ふ事に成りましたから」（三遊亭円朝口述、小相英太郎筆記『真景累ヶ淵』「第一席」、一八八八年〔明治二十一年〕、薫志堂、一ページ）という、円朝による言及である。

第1部第2章で指摘したとおり、幽霊を「神経病」だと考える枠組みは、『華氏 内科摘要』巻十一「癲癇」（八丁オ）の記述を端緒とし、一八七五年（明治八年）から七六年（明治九年）にかけて錦絵新聞の記事で流布したものと考えられる。こうした言説状況に対して「真景累ヶ淵」では、幽霊などよりも生きた人間がもっている「執念」のほうがよほど恐ろしいという考え方に基づき、

「執念」によって次々と人が死に怪異を生じていく物語として意味づけた。こうして、「累ヶ淵後日怪談」という演題で安政期に作られた噺が、明治期に入って「真景累ヶ淵」へと書き換えられることになった。

こうした「真景累ヶ淵」のあり方に対し、「怪談乳房榎」では、「理外の理」とあるように、近代的な学問による視点では説明のできない現象には、それとは異なるもう一つの「理」があるのだとすることで、「開化の時」でも「幽霊」を語りうるとし、ある種の開き直りとも言える態度によって「怪談」を語ることを可能にしている。一方で重要なのは、「幽霊」や乳房榎のような「変なものを信心」する人々のあり方が、語りが生まれた「開化の時」から見ると過去のものであるという枠組みをむしろ積極的に用いることで、過去であるがゆえにこうした怪異が信じられ、語りえたのだという虚構性の根拠としたことである。

このように「怪談乳房榎」は、『深窓奇談』巻五「尾形霊甕奸曲智」を翻案するにあたって『江戸名所図会』を援用することで病をめぐる虚構性をより積み重ねていくと同時に、「真景累ヶ淵」で用いられていた文明開化の世として語る現在と、それに対する過去として語られる時空との対比をより積極的に用いることで、「落語家は嘘ばつかり吐く」と認識されていた怪談を語ることを可能にしている。もちろん実際に演じられる際には、岡本綺堂が「円朝がいよ〱高座にあらはれて、燭台の前でその怪談を話し始めると、私はだん〲に一種の妖気を感じて来た」（岡本綺堂「寄席と芝居と」『随筆 思ひ出草』相模書房、一九三七年〔昭和十二年〕、二二〇ページ）と回想しているように、円朝による語りそのものによって観客の恐怖感が生み出されていたのだろう。一方で、人間の目には見えないものであるがゆえに、「不思議だ、奇妙だ」と人々が感じてしまう病とそれに対する恐怖心、病を治癒する榎にまつわる物語が、幾重にも虚構性を積み重ねていくことで、一つの怪談として構成されているのである。

2　人情噺への翻案

これまで考えてきたような「開化の時」にどのように怪談を語り、目に見えない病を怪談として描き出していくのかという問題に対して、「怪談乳房榎」の作中人物の「人情」の語り方は、別の問題を示している。

正介〱、己れは姓来正路潔白なるが故に悪人磯貝浪江に強迫せられ去年六月落合にてよくも大恩ある此重信の頭上をうつて重悪人の助けをしたな又妻おきせ事も犬畜生に劣つたやつ今に彼奴等はわが怨恨其身に付纏ひ苦痛をさせた上身は八ツ裂にしてくれんが、汝とても其通り仮染にも主を殺せし大悪人骨を砕いても倦足らんやつ

（「第二十五席」「東京絵入新聞」一八八七年〔明治二十年〕十二月二十九日付）

正介が新宿十二社で真与太郎を滝に落とそうとしたところ、重信の幽霊が正介に恨みを述べる場

面である。このように文語体による芝居口調で言葉を発する場面は、重信が幽霊になる前後を通じてほかに見られない。一方、第1部第1章で考えたとおり、「怪談 牡丹灯籠」の「第十三席」で、孝助が飯島平左衛門を誤って鎗で突いてしまった場面での二人のやりとりなどにも同じような場面が見られ、こうした場面は円朝が幕末に芝居噺で演じたことで評判を得ていたことの名残とも言える。すなわち、歌舞伎でいうクドキにあたる場面として、役者の声色をまね、音曲を入れて、見栄を切りながら演じていたことになる。同時に、「怪談乳房榎」が「真景累ヶ淵」「怪談 牡丹灯籠」と同様に「怪談噺」であると同時に「人情噺」であり、そこでの「人情」の要素の一つとして、作中人物が内心を吐露する場面としてのクドキが含まれていたことをうかがわせる。

「人情噺」で様式化されたこのような「人情」の描き方が見られる一方で、「怪談乳房榎」にはこれとは異なる「人情」のあり方が確認できる。

　癪が差込と申したのも元より作病で日頃から惚切てをり升師匠重信の妻おきせをどうか口説落さふと思ふので、先生は留守なり今夜こそはと枕元に置きました脇差を一本さし升てそつと蚊帳を這ひ出しまして（略）蚊帳越に見ました彼の浪江、暫らく見とれてをり升たが、今夜こそは此女を抱て寝やうと思ふと遉がにブル〳〵体が震へましたが根が大胆な浪江でムい升からそつと蚊帳をまくりノコ〳〵中へ這入ましておきせの寝てをり升脇の方からそつと枕と肩の間の所へ男の方からグッと手を入れましたから

（「第七席」「東京絵入新聞」一八八七年〔明治二十年〕十二月八日付）

菱川重信が南蔵院の天井画を描くために留守にしているなか、磯貝浪江が持病の癪が出たと嘘をついて泊まることになり、おきせを襲う。ここで重要なのは、「日頃から惚切てをり升師匠重信の妻おきせをどうか口説落さふ」「今夜こそは此女を抱て寝やう」という浪江の欲望が、ここで初めて観客に示されるという点である。こうした浪江の描かれ方は、「尾形霊鼈奸曲智」から最も大きく変更された部分である。

今川家の浪士に・有渡野太郎武虎といふ者あり・性質姦佞邪曲にして・淫楽を好み・面に幽玄の道を慕ひ・近邑に卜居し・連日尾形を訪来りて・雲龍の因を結びしより・

(『深窓奇談』巻五「尾形霊鼈奸曲智」、一丁オ―一丁ウ)

「尾形霊鼈奸曲智」では「性質姦佞邪曲にして・淫楽を好み」と、有渡野がそもそも邪心を抱えていることが登場の場面から明らかにされていた。これに対して、「怪談乳房榎」では、浪江のこうした側面が「第七席」までひた隠しにされている。

実は手前至つて画を好むゆゑよき師をとつて習ひ度と存じをるがどうも所謂長し短かしでまだ師匠と頼むお人を見当らぬのじやが只今の重信先生とやらは孰れかの御浪人と見えて威あつて猛からず中々御分別が有りさふなお人に見受けた、我師と頼むは重信殿じやと最前から御容体を伺ッて居つた……どふか手前アノお方の弟子に成りたい物じやが如何で有らふナ、竹六は人品のよい人で第一金銭に困りさうもない立派な侍ですから世話をして置たら始終宜らふと思ひますから如才なく直に承知しまして

（「第四席」「東京絵入新聞」一八八七年〔明治二十年〕十二月四日付）

浪江は「人品のよい」「立派な侍」として登場し、「至つて画を好むゆゑよき師をとつて習ひ度」という口実で重信に弟子入りすることで、惚れているおきせに近づいた。それ以降も重信はこうした振る舞いを続けていて、「第七席」に浪江が夜這いを仕掛ける場面になってはじめて本性が暴かれることになる。

このように、普段は人前に決して見せることのなかった本性が、ある事件をきっかけに暴かれるという物語のあり方は、円朝作の噺ではたとえば「心眼」が想起される。これは、盲目の針医である梅喜が、茅場町の薬師如来に二十一日間信心したことで目が見えるようになるという夢を見るが、それまではもったことさえなかった人間を容姿によって判断してしまう欲望と、それによって生じる浮気心をもつようになってしまうという物語である。

日常では表に出ない人間の内心、欲望が、ふとしたきっかけで暴露されるという構図、こうした「人情」の描き方は、まさに坪内逍遥が『小説神髄』「小説総論」で、「畢竟小説の旨とするところは専ら人情世態にあり」としたうえで「人の世の因果の秘密を見るがごとくに描きいだして見えがたきものを見えしむるを其本分とはなすものなりかし」（上、第一冊、四丁ウ—五丁オ）と述べて

いたことと重なり合う。すなわち、円朝の噺での「人情」はこれまでの先行研究で指摘されてきたような近代小説の「心理描写」や〈内面〉の記述と単純に結び付けられるものではない。「怪談乳房榎」で磯貝浪江の本性を暴き出す物語に「尾形霊甕奸曲智」を作り替え、「怪談 牡丹灯籠」でお露と新三郎の幽霊譚が実はすべて伴蔵の作り話であることが明かされるように、日常の生活、人間の視点では「見えがたきもの」の領域を物語として作り出し、物語の後半でそれを暴露していくというあり方が、円朝の噺では「人情」に関わるように構造化されていて、そうした物語の構成が「人情噺」としての様式に含まれていたことを示唆している。このことは同時に、「尾形霊甕奸曲智」に限らず江戸後期から末期にかけての戯作の勧善懲悪の物語がそうであったような、悪人であればそもそも最初からいかにも悪人らしく描くというキャラクター造形から作中人物を解き放ち、だからこそ「人情」を描くことができたという意味合いも含んでいる。

さらに言えば、坪内逍遥の「人情」論は、「演劇にも別にチヨボといへる曲をまうけて形容をもて演じがたく台辞をもてして写しがたき隠微の条を演ずる」(『小説神髄』「小説総論」上、第一冊、三丁ウ)というように、歌舞伎から芝居噺、人情噺へと連なるクドキの様式を用いた「人情」の発露が明らかに想定されていた。したがって、このような円朝の「人情噺」のあり方を踏まえていたという前提に立って、『小説神髄』は再考されるべきだろう。

おわりに

ここまで考えてきたように、『深窓奇談』「尾形霊甕奸曲智」の翻案としての「怪談乳房榎」は、「怪談 牡丹灯籠」をはじめとした円朝によるほかの翻案と比べて、種本により忠実な物語をもっている。しかし、このことが逆に、円朝が既存の物語をどのように改変していたのかをいっそう明確に示している。具体的には、「怪談乳房榎」が名人伝としての様式を付与されながら、虚構性をより強固に重ねることや、語りとしての現在から物語を過去として位置づけることで、明治期に「怪談」を語ることを可能にしている点である。また、「人情噺」として「人情」を描くことについては、観客が日常の生活では「見えがたきもの」を物語の後半で暴露していくということが、一つの様式としてあったことが指摘できる。

もちろん円朝の噺は、決して近代小説のように一人の作者によるオリジナリティを志向して作られるものではなく、既存のさまざまな物語や言説を、次々に切り張りすることで形作られている。一方で、それらの要素がどのように様式化され、組み合わされているのか、それが同時代の「小説」とどのような関係にあったのかを見ていくことで、幕末から明治期の物語について再考していくことが可能になるはずである。

注

(1)「第二十七席」を二回数えているが、「第二十八席」が存在しないため、合計で三十六回の連載となっている。なお、三遊亭円朝述、倉田喜弘／清水康行／十川信介／延広真治編集、横山泰子／佐藤至子／長崎靖子校注『円朝全集』第六巻(岩波書店、二〇一三年)の横山泰子の「後記」四七四ページで、初出が「二十一年一月十七日まで」となっているのは誤りである。

(2)永井啓夫『三遊亭円朝』青蛙房、一九六二年、二四八ページ

(3)前掲『怪談ばなし傑作選』一八九ページ

(4)前掲『三遊亭円朝』二四九ページ

(5)相澤奈々「円朝と明治の仇討——『怪談乳房榎』論」、跡見学園国語科研究会編「跡見学園国語科紀要」第四十七号、跡見学園国語科研究会、二〇〇四年、一三ページ

(6)礒部鎮雄「怪談乳房榎の地理考証として」、『円朝考文集』第一巻所収、円朝考文集刊行会、一九六九年、一五ページ。山本進の論は前掲『怪談ばなし傑作選』一九〇ページに同じ。

(7)前掲『三遊亭円朝』二四九ページに同じ。

(8)石崎敬子「「怪談乳房榎」をめぐる伝承——フィクションから世間話へ」「いたばし区史研究」第四号、板橋区、一九九五年。板橋区内に残る伝承を整理したうえで、「円朝作『怪談乳房榎』に、その舞台となった赤塚の人々も少なからず影響を与えられた」(四〇ページ)として、榎による病の治癒にまつわる伝承が「怪談乳房榎」に拠るものと結論づけている。

(9)壬生幸子「三遊亭円朝『怪談乳房榎』の構想——『記』『紀』の受容と『奇疾便覧』の援用」、全国大学国語国文学会編「文学・語学」第百八十三号、全国大学国語国文学会、二〇〇六年

（10）延広真治「大江戸曼陀羅32——円朝の江戸」、朝日新聞社編「Asahi Journal」一九八七年八月十四日号、朝日新聞社、九五ページ。「尾形霊夐奸曲智」と「怪談乳房榎」との関係は、向井信夫の発見としている。

（11）同記事九六ページ

（12）板坂耀子「案内記と奇談集——江戸時代の紀行における写本と版本」、日本文学協会編「日本文学」二〇一四年十月号、日本文学協会、一六ページ

第2部　落語と小説のあいだ

第4章　メロドラマの翻案
——三遊亭円朝「錦の舞衣」

1 「錦の舞衣」について

三遊亭円朝の落語「錦の舞衣」は、「名人長二」「谷文晁の伝」などとともに、連作「名人競」のなかの一編として作られた。[1]

今日からお聴きにいれるお噺は目下歌舞伎座で演して居ります、外国の話柄が這入て居り、又天明、寛政、文化、文政、天保、弘化時代の人は芸人から諸職人、或は書家画工狂歌師作者に至る迄名人と名の附きました人の身の上の異つたお咄をボツ〴〵集めまして、之を名人競と表題を致して虚々と話柄が完結る度に演る心得で御坐います、

（「名人競」「第一席」「やまと新聞」一八九一年〔明治二十四年〕七月二十三日付）

一八九一年（明治二十四年）七月二十三日から十二月十六日まで中断を挟みながら「やまと新聞」に全六十四回で掲載された速記には、冒頭にこのようなマクラがあり、翻案物であることを明示したうえで、「名人競」という演題が掲げられている。これを底本としていることから、岩波書店版の三遊亭円朝述、倉田喜弘・清水康行・十川信介・延広真治編集、佐藤かつら・土谷桃子・小二田誠二・池澤一郎校注『円朝全集』第十巻（二〇一四年）では「名人競」、春陽堂版の鈴木行三編『円朝全集』巻の七（一九二六年〔大正十五年〕）や角川書店版の『三遊亭円朝全集』第六巻（一九七五年〔昭和五十年〕）では「名人くらべ」の演題で所収されている。

図8　三遊亭円朝『錦の舞衣』春陽堂、1893年（鶴見大学図書館蔵）

一方で、一八九三年（明治二十六年）に春陽堂から刊行された単行本には『錦の舞衣——名人競の内』の内題が掲げられていて、一九〇〇年（明治三十三年）五月二十二日から七月十六日にかけて全五十五回で「大坂毎日新聞」に再掲された際にも同様の演題がつけられている。したが

図9　武内桂舟「錦の舞衣」（錦絵）、1893年（立命館大学蔵）。単行本版『錦の舞衣』の口絵の原画だと思われる

って、明治期にはすでに連作としての「名人競」の一編として「錦の舞衣」があるという位置づけが定着していたと判断し、本章ではこの演題で記すとともに、特にその中心となる坂東お須賀と狩野鞠信の物語の部分を取り上げることにする。

円朝が『ラ・トスカ』を翻案した経緯については、早くから福地桜痴が円朝に口伝えで内容を教えたものとされてきた。

○歌舞伎座　同座は去一日を以て目出度千秋楽となし続ひて跡興行に演ずる第一番目「舞扇恨の刃」五幕は仏国の作者サツカレー（ママ）氏の著述にして欧米有名のラトカス（ママ）と言狂言なり是を先年桜痴居士が日本の事に引直し絵師鞠信が事跡に摸したるを三遊亭円朝に与へ各席に於て大ひに喝采を博したる人情噺しなりしを猶今度居士新たに筆を下し更に五幕の脚色とはなしたり

（「梨園叢話」「歌舞伎新報」一八九一年〔明治二十四年〕七月五日号、歌舞伎新報社、五ページ）

西洋物の種　鏑木清方氏は曰ふ、名人競は無論桜痴居士の種ですが、名人長二も私は矢張り福地さんのやうに思ひます、福地さんのは大抵父が福地さんから聞いて来て円朝に伝へたものゝやうです。

（鈴木古鶴「円朝遺聞」、三遊亭円朝、鈴木行三編『円朝全集』巻の第十三所収、春陽堂、一九二八年〔昭和三年〕、六一二ページ）

こうした言説に対して佐藤かつらは、関直彦や福地桜痴の発言に言及しながら、「錦の舞衣」と同じく『ラ・トスカ』を翻案し、一八九一年（明治二十四年）に歌舞伎座で福地桜痴「舞扇恨之刃」（のちに「扇の恨」と改題）が初演されたことを踏まえて、円朝が関直彦から直接『ラ・トスカ』の内容を聞いたのではないかとしている。(2) しかし、佐藤かつらの論は、「関直彦と円朝とは知り合いであった」ことを根拠とした推測であり、留保が必要だろう。「歌舞伎新報」の「梨園叢話」は、サルドゥの原作の『トスカ』を『トカス』、原作者を「仏国の作者サツカレー氏の著述」と記述するなど鵜呑みにすることはできないものの、基本的に「錦の舞衣」の成立については、関直彦が福地桜痴に『ラ・トスカ』の内容を伝え、福地桜痴から円朝に伝えられたと想定したうえで、土屋礼子も指摘しているとおり条野採菊の関わりも含めて考えるべきだろう。(3)

以上の点を確認したうえで関直彦の状況を見てみると、関は東京大学法学部に一八七八年（明治十一年）に入学後、病気のために一年遅れで卒業し、「東京日日新聞」の記者を経て、八五年（明治十八年）に英吉利法律学校の設立に際して講師として着任している。翌八六年（明治十九年）、井上馨と山縣有朋が福地桜痴に関の欧米派遣を提案したことで、留学することになった。しかし、八七年（明治二十年）に第一次伊藤博文内閣が倒れた際、黒田清隆が「東京日日新聞」への補助を打ち切ったために福地桜痴が社長を引責辞任し、その後任としてウィーンから呼び戻され、八八年（明治二十一年）に社長に据えられている。したがって、『ラ・トスカ』の初演は、ちょうど関がヨーロッパ留学していた時期と重なっている。

また、翌一八八九年（明治二十二年）には、正岡子規が「錦の舞衣」が高座にかけられているのを見たという記録がある。

ある時円朝の話しにある画師がある寺の本堂にて画をかきゐるに天人の処に至りしかば小菊といふ芸妓の顔を写したり其時仏壇の下より一ヶの好男子現れ出で実は小菊の兄にて故ありて世を憚る身なるが何とぞかくまひくれまじくやといへば

（正岡子規「円朝の話」『筆まかせ』第一編、正岡子規自筆、一八八九年〔明治二十二年〕、八十五丁ウ—八十六丁オ。引用は国立国会図書館蔵本による）(4)

ここで語られた内容は「錦の舞衣」のものであり、したがってこの噺は、関が帰国してから、一八八九年（明治二十二年）までのあいだに作られたものであることが確認できる。

2 「錦の舞衣」の概要と先行研究

「錦の舞衣」でお須賀と鞠信の二人を描いた部分は、ジャコモ・プッチーニのオペラ『トスカ』の原作であるヴィクトリアン・サルドゥ『ラ・トスカ』をもとにした翻案であり、概要は、以下のとおりである。

絵師の狩野鞠信は、狂言師で踊りの師匠をしている坂東お須賀に惚れていて、彼女のような名人の女房をもって絵に描けば自分の絵も上達するだろうと思い詰めている。しかし、豪商の近江屋喜左衛門のところに出入りしている鼈甲屋の金八がお須賀にそれを伝えたところ、お須賀は鞠信が描いた自分の絵の左手が拙いからと、墨で塗りつぶしてしまう。一念発起した鞠信は上方へ修業に出かける。

一八三六年（天保七年）、ようやく江戸に戻った鞠信はお須賀に認められ、二人は別々に暮らす夫婦となった。しかし翌年、谷中南泉寺の欄間に絵を描いていた鞠信のもとに、大塩平八郎の残党・宮脇数馬が忍んでくる。数馬は、深川で芸者をしている小菊の服を着て寺を出るが、彼とすれ違って女と勘違いし、悋気を起こしたお須賀を帰したところ、やってきた七軒町の捕方に、数馬が残していった小菊の扇子を見つけられてしまう。

そんな折、お須賀は八丁堀の吟味与力である金谷東太郎から安達屋の座敷に呼ばれる。十二、三年来お須賀に惚れている金谷は、鞠信のところで見つかった小菊の扇子の話をする。お須賀は鞠信の宅を訪れて怒りだすが、部屋で隠れていた数馬が出てきたところに捕方がやってきて数馬は切腹、鞠信は捕らえられてしまう。金谷はその機に乗じ、配下の石子伴作を使って、自分に抱かれれば鞠信を助けてやると言い始める。お須賀は、金谷から、「武士の魂」である脇差しを預けられたことで信用してしまい、貞操を破る。しかし、まもなく鞠信は獄死し、お須賀は金谷に騙されていたことに気づく。

お須賀は、一世一代の踊り『巴御前』を母親の前で舞い、安達屋に金谷を呼び出して仇討ちを果たす。そして、金谷の首を鞠信の墓前に供え、自らも喉笛に脇差しを突き立てて自害する。事件の経緯が知られたことで、金谷の家は断絶、お須賀と鞠信は南泉寺に祀られ、二人の墓はいまも並んでいる。

こうした内容から、「錦の舞衣」は、種本である『ラ・トスカ』との関係や、それが日本を舞台にしたテクストに置き換えられたとき、どのように変容したかを中心に論じられてきた。たとえば永井啓夫は、原作のトスカがお須賀、カヴァラドッシが狩野鞠信、アンジエロッティが宮脇数馬、スカルピアが金谷東太郎と書き換えられていることを指摘する。そのうえで、「「錦の舞衣」は円朝の芸道物としても、翻案文芸の代表的作品としても、高く評価されるべき貴重な作品」とし、「『トスカ』がカヴァラドッシ銃殺の巧みなトリックを用いているのに対し、「錦の舞衣」では藤太郎に迫られたお須賀の苦悩、決意、報復と、日本の女らしい心理描写、ストーリーの展開」として、お須賀の内面に焦点が当てられている点について評価している。(5) 永井が論じた芸道物としての位置づけは、「毬信（ママ）を長生きさせ、名人にすることが要諦の『名人競』であったればこそ、お須賀は金谷に肌を許した」とした宮信明[6]や、「円朝が『ラ・トスカ』の話を名人伝という枠組みの中に組み込んだ」とした佐藤かつら[7]の論にも引き継がれている。

しかし、「錦の舞衣」には先行研究で論じられてきた「名人伝」という枠組みだけではなく、多様な問題が見いだされる。そこで本章では、特に「錦の舞衣」の初出紙が「やまと新聞」だったことの意味について、メディアとの関わりと、ジャンルの翻訳という視点から考察を進めていきたい。

3　「やまと新聞」の翻案物と「錦の舞衣」

まずは、「錦の舞衣」が掲載された「やまと新聞」について確認しておく。

「やまと新聞」は、一八八六年（明治十九年）十月七日に創刊された。もともとは「東京日日新聞」の小新聞として八四年（明治十七年）十月四日に条野採菊や西田伝助らが創刊した「警察新報」を、号数は引き継がずに改題したものと考えられる[8]。創刊号から塚原渋柿園や、創刊に関わったと考えられる条野採菊、福地桜痴などが数多く「小説」を掲載したほか、宮崎三昧による論説、水野年方、月岡芳年、歌川芳幾による挿画など、文芸色がきわめて強い新聞だった。そのなかでも円朝による落語の速記を連載したことは、部数の拡張に非常に大きな役割を果たしたと言われている。実際、「やまと新聞」に掲載された円朝の落語速記は二十編が確認でき、特に創刊号から「政談月の鏡」が掲載される九二年（明治二十五年）四月末までは、紙面の重要な位置を占めていた。そのため、現在残っている円朝の長篇人情噺のうち、およそ半分が「やまと新聞」に掲載されたものである。

このときに注目したいのは、最初に掲載された「松の操美人の生埋」「蝦夷錦古郷の家土産」が、ともに翻案物だった点である。「松の操美人の生埋」はアレクサンドル・デュマ『ポーリーヌ』の翻案であり、「蝦夷錦古郷の家土産」については原典が確定していないものの、関田朋子がウィルキー・コリンズ『新・堕ちた女の物語』との関係を論じている。[9] 特に「松の操美人の生埋」については、翻案物であることが、円朝の語りによって明示されている。

> 一席申上げ升。当やまと新聞開業に附まして新規な咄を掲載たいから何かと云ふお勧誘に任してお耳慣ました西洋人情話の外題を松の操美人の生埋と更めまして此は池の端の福地先生が口移しに教へて下すつたお咄しで、仏蘭西の侠客が節婦助けるといふ趣向。
>
> （三遊亭円朝口述、小相英太郎速記「侠骨今に馨く賊胆猶ほ腥し 松の操美人の生埋」「やまと新聞」一八八六年〔明治十九年〕十月七日付）

柳田泉の研究をもとに[10]土谷桃子がまとめているように、[11]「やまと新聞」には非常に多くの翻案物が掲載されていた。そのなかには原典が未確定のものも多く含まれているが、後述のように福地桜痴「筑紫の荒波」（一八九一年〔明治二十四年〕）がアレクサンドル・デュマ『リシャール大尉』

(Alexandre Dumas père, *Le Capitaine Richard*, 1854) であることが、「原書は仏国にて有名なる小説家アレキサンドルデユーマー氏著述の双子大尉と題せる作なり」というように連載に先だって掲載された「社告」で明示されている（「やまと新聞」一八九一年〔明治二十四年〕九月一日付）。

また、条野採菊は多くの翻案を手がけていて、「花の深山木」（一八九一年〔明治二十四年〕九月二十三日―十一月二十二日付）がウィリアム・シェイクスピア『オセロー』(William Shakespeare, *Othello*, 1602)、「三人令嬢」（一八九〇年〔明治二十三年〕七月三十日―九月二十五日付）がウィリアム・シェイクスピア『リア王』(William Shakespeare, *King Lear*, 1604-06?)、「美人の勲功」（一八八七年〔明治二十年〕六月二十六日付―。「やまと新聞」の当該号が散逸しているため連載終了日時不詳）がアレクサンドル・デュマ『赤い館の騎士』(Alexandre Dumas père, *Le Chevalier de Maison-Rouge*, 1845)、「茨の花」（一八八九年〔明治二十二年〕八月二十七日―十二月五日付）がアレクサンドル・デュマ『喜びの淑女』(Alexandre Dumas père, *La Dame de volupté ou Mémoires de Jeanne d'Albert de Luynes*, 1863) を種本としている。(12) このほか、あらためて原典との関係を詳細に検討する必要があるものの、「いすかの嘴」（一八八八年〔明治二十一年〕一月二十八日―八九年〔明治二十二年〕三月十六日付）はジョン・サウンダー『二人の夢想者』(John Saunders, *The Two Dreamers*, 1880)、「元木の花」（一八八八年〔明治二十一年〕六月十一日―八月九日付）はマイケル・ウィリアム・バルフの作曲によるオペラ『愛の力』(Michael William Balfe, *Satanella, or The Power of Love*、初演は一八五八年）が種本である可能性が高いと思われる。

これらのテクストは、桜痴の「筑紫の荒波」や円朝の「松の操美人の生埋」「錦の舞衣」と同じように、しばしば翻案であることが社告や本文中などで言及されている。こうした言説状況から考えた場合、「やまと新聞」は、翻案物を多く掲載するメディアであることが十分に認知されていたと言える。

そのなかで「錦の舞衣」は、特に福地桜痴の「舞扇恨之刃」と関連づけられながら、翻案物であることを強調してメディアに展開していた。

諸君が兼てお待兼なる三遊亭円朝の筆記談を本日の紙上より御覧に入る事とは成れり是は寛政文化文政天保弘化年間に現れたる種々名人の事蹟を蒐集したるものにて其名人中には目下歌舞伎座にて演ずる処の板東歌扇詫間采女等もあれば彼を見是を読めば恰も両手に花を折の思ひあるべし

（「社告」「やまと新聞」一八九一年〔明治二十四年〕七月二十三日付）

「目下歌舞伎座にて演ずる処の板東歌扇詫間采女等もあれば」とあるのは、福地桜痴「舞扇恨之刃」が歌舞伎座で上演中であることを指している。

この「社告」については、前掲の「歌舞伎新報」で「舞扇恨之刃」が「仏国の作者サッカレー（ママ）氏の著述にして欧米有名のラトカス（ママ）と言狂言なり」（「梨園叢話」五ページ）とあり、翻案物であることが明示されていたことを参照したい。引用部分では、「寛政文化文政天保弘化年間に現れたる種々名人の事蹟を蒐集したるもの」とあり、「錦の舞衣」で円朝が冒頭で語った枠組みを踏襲している。しかし、「錦の舞衣」は、マクラで翻案物であることに触れているだけでなく、「やまと新聞」への掲載そのものが、すでに翻案物として広告を打たれていた「舞扇恨之刃」の上演を前提としていた。「錦の舞衣」の掲載はいわばそのプロモーションだったのであり、現代でいうメディアミックスとしての位置づけで活字化されていたのである。一方で「舞扇恨之刃」については、前掲の「梨園叢話」で「三遊亭円朝に与へ各席に於て大ひに喝采を博したる人情噺しなりしを猶今度居士新たに筆を下し」とあるため、「錦の舞衣」の焼き直しとして位置づけるべきだろう。

したがって「錦の舞衣」は、前掲の円朝によるマクラの語りだけでなく、同時代の言説と「やまと新聞」というメディアがもつ性質と、掲載時の扱いとによって、それが翻案であることが非常に強固に認識されうるテクストだったのである。

4　「小説」をめぐる言説

「錦の舞衣」と「舞扇恨之刃」がこうしたメディア戦略によって流通したのは、「やまと新聞」に小説や芝居、落語速記といったテクストが掲載される際に、ある一つの枠組みに基づいていたことも要因と思われる。

たとえば、前掲の福地桜痴「筑紫の荒浪」を連載するにあたって、それに先だって掲載された「社告」では、次のように述べられていた。

　原書は仏国にて有名なる小説家アレキサンドルヂユーマー氏著述の双子大尉と題せる作なり然るを現時文壇の泰斗著作の老将と許されたる桜痴先生我社の懇望により是を我国の事蹟に翻案して口演せられたるものなり換骨の妙奪胎の奇実に比類なき小説ぞかし
（「社告」「筑紫の荒浪　桜痴居士口演／酒井昇造筆記」「やまと新聞」一八九一年〔明治二十四年〕九月一日付）

　ここでは、「筑紫の荒浪」が『リシャール大尉』の翻案であることに言及しながら、それは必ずしも現代的な意味での小説そのものではなく、桜痴によって「口演せられたるもの」を「小説」として位置づけて掲載したものだという意味づけがなされる。実際のテクストを見てみると、「爰に説き出す小説は仏国にて有名なる、アレキサンドル、サンデユマー氏の著述にて双子の大尉と題せる一大佳作にして」（第一回、一八九一年〔明治二十四年〕九月六日付）とあり、口演した桜痴自身も、その語りのなかでこれを「小説」として位置づけている。
「小説」という用語の同様の使い方は、条野採菊「花の深山木」が一八九三年〔明治二十六年〕に単行本になったとき、自序で「西哲の著述に係るオロセー（ママ）と云ふ有名の小説にて」として、シェイクスピア『オセロー』の翻案であることを明示しながらそれを「小説」と呼称していたり、「三人令嬢」が「やまと新聞」での連載開始前の社告で「明日の紙上より題号の如き小説を強て散人に筆を採らせ」（「やまと新聞」一八九〇年〔明治二十三年〕七月二十九日付）と述べられていたりといったところにも見られる。ここでは、戯曲として位置づけられる原典が「小説」という様式に変換され、翻案されているというだけでなく、シェイクスピア『オセロー』そのものが「小説」という用語で括られている。すなわち、「やまと新聞」とその周辺で用いられる「小説」という語は、戯曲、物語の口述筆記、現代でいういわゆる小説など、多様な物語ジャンルを領域横断的に含みうるものだったのである。

こうした「小説」という用語のあり方は、次のような言説にも見て取ることができる。

> シテ此の小説と言ふものは普通の学問と違ひ日本抔では甚だ之れを卑めて居りますが西洋では小説家が非常に貴まれて居る現に西洋人に古今の豪傑はと問はゞナポレオンかセクスピアだと申しまする御承知の通りセクスピヤは彼の芝居を書きましたる人なるが其の智能の多いことは凡庸ではない
>
> （関直彦君演説「日本小説改良論」「やまと新聞」一八八七年〔明治二十年〕一月十八日付）

「日本小説改良論」は一八八七年（明治二十年）一月九日に大日本教育会でおこなわれた関直彦による講演を活字化し、一月六日から二十二日にかけて連載したものである。ここでは、「小説」について論じていて、「芝居を書きましたる人」であるシェイクスピアが、ナポレオン・ボナパルト（Napoléon Bonaparte）と同等の英雄だったとしている。すなわち、「芝居」はあくまで「芝居」というジャンルとしてあり、それをも含んだ上位概念として「小説」という語が用いられていたことを示している。

「小説家者流、蓋出於稗官［小説家者流は、蓋し稗官より出づ］」（『漢書』「芸文志」）以降、世俗の噂話という程度の枠組みで用いられてきた「小説」という言葉は、横山邦治が指摘したように、宋代以降の白話小説に対峙させるようにして「国字小説」（都賀庭鐘『繁野話』、一七四九年［寛延二年］）と呼ばれ、あるいは「小説」という字に「よみほん」という振り仮名を付けるなどして戯作全体を表すものへと広がっていった。[13] 山本良による一連の研究は、そうした「小説」概念が明治期に西洋の文化と出合ったときに生じたゆらぎを総体として捉えようとした試みである。[14] そうした明治期の「小説」概念の変容のなかで、「やまと新聞」の「小説」は、同時代の言説空間のなかで西洋から入ってきた新しい形式の文学を取り入れて、より広い表現メディアを包括する用語へと拡張していったように見える。

もちろん、「やまと新聞」の例はやや極端なものであり、第2部第7章で考えるように、基本的に「小説」という場合には、文章として書かれたものに加え、物語を伴うメディアが文章の形式に再編成されたものを指す概念であることが多い。一方で、このような「小説」という枠組みから考えた場合、現代の視点から見ればあくまで落語の速記と位置づけられる円朝の噺も、特に活字化された場合には広い枠組みでの「小説」だった可能性が見えてくる。同時に、「小説」として掲載されていたとすれば、それは落語の速記としてだけでなく、現代でいう小説や歌舞伎、浄瑠璃、講談など、多様な表現メディアと物語を共有しながら、それぞれの表現メディアがもつ様式に合わせて書き換えていくことが可能な状態にあったことになる。「錦の舞衣」と「舞扇恨之刃」との関係、あるいは『ラ・トスカ』からの翻案は、こうした文脈のなかで考えるべきだろう。

5 「悲劇」と「メロドラマ」

「やまと新聞」のメディア戦略と「小説」観を踏まえて、「錦の舞衣」が翻案物であることが十分に認知されうる状況だったことを考えたとき、「名人伝」としての枠組みとは異なる「錦の舞衣」の側面が見えてくる。

　このときに重要なのは、「錦の舞衣」の翻案元となった『ラ・トスカ』が、かなり早い段階から西洋にある「悲劇」というジャンルの物語として、明確に認識されていた点である。

> サラベルナールは最も悲劇に巧にして、其動作真に迫り、平常一箇月の一と興行中には婦人観客中必ず二三の卒倒者あるを常とす。
>
> （関直彦『七十七年の回顧』三省堂、一九三三年〔昭和八年〕、一四三ページ）

> 余友橘邨居士往年欧洲漫遊より帰朝して余を訪ひ演劇の事に談及したるに其欧洲にて数多観たりける劇の中にて特に面白く覚えたる悲劇こそありけれとて其脚色の概略を物語られたり其後歌舞伎座が新劇を求めしに当り余は居士より聞得たる脚色を骨子と為し更に新趣を加へて換脱し舞扇恨之刀五齣の悲劇と為し以て場に登せたるに

（福地桜痴『扇の恨』自序、一八九八年〔明治三十一年〕九月。引用は同『桜痴全集』上〔博文館、一九一一年〔明治四十四年〕〕六九三ページ）

福地桜痴に『ラ・トスカ』の内容を話した関直彦は、自身が観劇したサラ・ベルナール（Sarah Bernhardt）主演の『ラ・トスカ』について、彼女が「悲劇」に長けた女優であり、その演技に非常に感銘を受けたと述べている。福地桜痴が一八九八年（明治三十一年）の時点で「舞扇恨之刃」を改題した「扇の恨」を「悲劇」として位置づけていたのは、そうした評価を関直彦から聞いていたためと考えるのが妥当だろう。なぜなら、「悲劇」という語はそもそも漢文脈では見られない熟語であり、翻訳語としての「悲劇」も、決して早くから用いられ、流通していたものではないからである。

英語の「Tragedy」の翻訳を英和辞典、和英辞典で確認してみると、『和英語林集成』の初版や第二版には立項されておらず、柴田昌吉・子安峻『附音挿図 英和字彙』（日就社、一八七三年〔明治六年〕）一二一六ページで「悲戯。凶事。残酷ノ事」とされたのが、最も早いものと思われる。その後も、ノア・ウエブストル（Noah Webster）『英和対訳辞典』（早見純一訳、大阪国文社、一八八五年〔明治十八年〕）五九八ページで「悲歌、悲戯、凶事」、前田正穀・高橋良昭『和訳英辞林』（文学社、一八八五年〔明治十八年〕）六八二ページで「哀歎ノ歌。残酷ノ事」、市川義夫編訳、島田三郎校『英和和英字彙大全』（如雲閣、一八八五―八六年〔明治十八―十九年〕）六六二ページで「悲戯、凶事、残酷ノ事」とあり、イーストレーキ『ウェブスター氏新刊大辞書 和訳字彙』（棚橋一郎訳、三省堂、一八八八年（明治二十一年））一一七一ページでようやく「惨劇演本ノ凶事、悲劇、残酷ノ事」とされ、「悲劇」の翻訳語が見られる。しかし、それ以降も「悲戯」の語を用いることが多く、「悲劇」が定着するのは、エフ・ワーリントン・イーストレーキ（F. Warrington Eastlake）など『英和新辞林』（三省堂、一八九四年（明治二十七年））一一七五ページで「①悲劇、②悲惨ノ事」と翻訳されてからである。

また、同時代言説の具体的な用例でも、坪内雄蔵『小説神髄』で「悲哀小説に於るもまた然りいかに愁歎場が主なればとて徹頭徹尾悲涼惨憺悲しき事のみ多かりせば読者ついに倦はつべし殊に結局の悲話のごときはなるべくだけは淡泊と且軽やかに叙するを要とす」（「脚色の法則」下、第八冊、三十二丁オ）とあり「悲哀小説」「悲話」の語が用いられた。これは、たとえばジョン・ハート（John. S. Hart）の修辞学に「Tragedy」についての説明があるものを参照したものだろう。(15)

一方で、早くから「悲劇」を翻訳語として用いていたのは森鷗外だった。

（断絃）音調高洋筝一曲の三幕目を排印せしめんとするの際文学社会に発表せし一顕象は分明に今の日本人の美学的思想の程度を指示し大に余等二人をして発明覚悟する所あらしめたり余等二人は識破せり彼のアリストテレス以還コルネイユ、レッシング、ギヨーテ等の称道せる所謂トラギック（悲劇の本真）などは所詮、今の日本人の能く涵容する所に非ざることを到底文壇若くは劇場を以て勧善懲悪の処となし伝奇及び他のポエジーを以て道徳を教誨するの具と心得る間は何くに適てか美学の思想を求めん誰が為めにか洋筝の一曲を終へん

（鷗外漁史／三木竹二「洋筝断絃並余音」「読売新聞」一八八九年〔明治二十二年〕一月二十九日付）

しかし、明治二十年代はじめではこれ以外に「悲劇」の用例はほとんど確認できず、「悲劇」という用語とその概念が日本で一般に流通するのは、高山林次郎「運命の悲劇」（「太陽」一八九五年〔明治二十八年〕十一月号、博文館）、抱月子「悲劇の種類を論ず」（「早稲田文学」〔第一次第一期〕一八九五年〔明治二十八年〕五月号、早稲田文学社）など、明治二十年代終わりの高山樗牛や島村抱月の議論が大きな役割を果たしたと考えるのが妥当だろう。

それでは、関直彦はどのようにして、『ラ・トスカ』が「悲劇」であると認識することができたのか。この問題には、『ラ・トスカ』を「悲劇」とし、それを演じたサラ・ベルナールを「悲劇」にふさわしい女優として位置づける評価が、『ラ・トスカ』が上演された当初の劇評で論じられていたものだったことが関わっていると考えるべきだろう。

Et cependant ce gros mélodrame aura du succès. Un succès d'interprétation. Sarah Bernhardt y est admirable du commencement jusqu'à la fin. Jamais son, talent n'a eu plus de puissance tragique. Elle fait, elle crée le drame à elle seule.[16] (*"Courrier Dramatique," La Justice*, Nov. 28, 1887, p. 2)

公開された直後の劇場では、サラ・ベルナールの演技に対する評価が非常に高い。そうした評価のなかで、『ラ・トスカ』は「tragique（悲劇）」であり、「mélodrame（メロドラマ）」であると位置づけられる。

Comme cadre à ce rôle énorme, une action assez simple, assez banale même, mais pleine de situations très grosses: M. Sardou n'a pas reculé devant les' moyens de mélodrame, le poison, le poignard, le' viol, tout y est: il a voulu frapper fort, cette fois.(17)（"*La Tosca,*" *Le Matin,* Nov. 25, 1887, p. 1）

Après le troisième acte, il semble que le tragique ne puisse aller plus loin ; et en effet, après la terrible scène où la Tosca doit livrer un proscrit pour sauver son amant de la torture, la scène où il faut qu'elle se prostitue pour sauver son amant de la fusillade n'est d'abord qu'une répétition affaiblie, mais brusquement elle est renouvelée et accentuée par le coup de couteau.（略）En somme, la *Tosca* est ce qu'on pourrait appeler un mélodrame distingué.(18)（"*Les Théatres,*" *Le Rappel,* Nov. 27, 1887, p. 3）

サラ・ベルナールの演技ではなく、物語内容に注目した劇評では、『ラ・トスカ』がいかに「mélodrame（メロドラマ）」であるかが論じられる。そのなかで、「Le Matin」誌では「le poison（毒）」「le poignard（短剣）」「le' viol（強姦）」が描かれたこと、「Le Rappel」誌ではトスカが恋人を救うために自らを捨て、ナイフによってスカルピアを殺害する物語であることが挙げられる。すなわち、この時期のフランスで「mélodrame」というジャンルであるか否かは、物語がもつ「悲劇」としての様式や、その「悲劇」を引き起こすために物語のなかにちりばめられた要素によって判断されていたことがわかる。

関直彦が、主演のサラ・ベルナールをめぐって『ラ・トスカ』を「悲劇」と振り返ったテクストは一九三三年（昭和八年）のものだが、一八九八年（明治三十一年）の時点で関から内容を聞いた福地桜痴が「扇の恨」を「悲劇」と位置づけたということは、関がかなり早い段階で、『ラ・トスカ』が「悲劇」であるという認識をもっていたと考えるべきだろう。この場合、『ラ・トスカ』を「mélodrame（メロドラマ）」として論じるこうした言説に、フランス滞在中から何らかのかたちで接していた可能性も浮上してくる。

一方で同時代の日本の状況を見ると、フランス語の「mélodrame」や英語の「Melodrame」は、「悲劇」（Tragedy）以上に受容が難しい用語でありジャンルだった。

「メロドラマ」という用語が言説のなかで用いられるようになるのは一八九四年（明治二十七年）三月の「早稲田文学」第六十号（早稲田文学社）に掲載の長田忠一口述、南強生筆記「仏国演劇現況」（四一ページ）に「近世の惨憺劇（メロドラム）」が立項されているもの、あるいは、「文學界」第十六号（文學界雑誌社、一八九四年〔明治二十七年〕三月）の柳村「忍岡演奏会」に「橘麻生令嬢の洋琴第一にありてメロドラマとも云ふ可きものゝ抜萃を奏す」（二八ページ）とあり、また九七年（明治三十年）八月に刊行された「古今内外名数雑誌」第一号（骨董雑誌社）の記事「西洋七種演劇」に「「メロドラマ」は歌謡を交へて技を演するものを云ふ我国には之れに相応する劇語んなし」（一〇ページ）とあるものなどが早い用例だと思われ、非常に理解するのが難しかったことがわかる。[19]

一方で辞書のレベルでも、「Melodrame」を最初に取り上げたのは、「Tragedy」を最初に立項した『英和字彙』だが、ここでは「歌舞戯（ママ）」（七〇三ページ）の翻訳語があてられている。その後、前掲の『英和和英字彙大全』三八一ページで同様に「歌舞戯（ママ）」、棚橋一郎編、末松謙澄校『新訳無双英和辞書』（戸田直秀、一八九〇年〔明治二十三年〕）四〇一ページ、島田豊編、辰巳小次郎訂『和訳英字彙』（大倉書店、一八九二年〔明治二十五年〕）四九四ページで「歌舞伎」とされ、『英和新辞林』では一語としての翻訳語ではなく、「音楽ニ合ハスル戯曲〔我ガ浄瑠璃ノ類〕，歌謡ノ入リタル演技ノ一団」（七六七ページ）という概念規定そのものが記述されている。また、フランス語の辞書では野村泰亨編『新仏和辞典』（大倉書店、一九一九年〔大正八年〕）六六三ページで「Mélodrame」を「1．楽劇，歌舞伎（古昔）．2．普通悲劇．」としたのが最初の立項だと考えられる。

この場合「tragique（悲劇）」であり、「mélodrame（メロドラマ）」であるという『ラ・トスカ』は、まだ明確に概念化されないまま、「悲戯、凶事、残酷ノ事」を描く物語、あるいは、「歌舞戯（ママ）」で描かれるような物語や表現様式をもつものとして理解されていた可能性が高い。

6　仇討物によるジャンルの翻訳

以上の点を確認したうえで「錦の舞衣」を見てみると、「tragique（悲劇）」であり、「mélodrame（メロドラマ）」である『ラ・トスカ』が翻案される過程で、どのような書き換えがなされていたのかが見えてくる。それが最も端的に表れているのは、トスカ（Floria）がスカルピアを殺害する場面である。

Scarpia.—Alors... ce qui m'est dû!...

　Il l'enlace d'un bras, et baise ardemment son épaule nue.

Floria, frappant, avec le couteau, Scarpia en pleine poitrine. —Le voilà!...

Scarpia.—Ah! maudite!

　Il tombe au pied du canapé.

Floria, avec une joie et un rire féroces.—Enfin!... C'est fait!... Enfin!... Enfin!... Ah! c'est fait!...

　Scarpia, se cramponnant au bras du canapé .—A moi!... Je suis mort!...

Floria.—J'y compte bien!... Ah! bourreau! Tu m'auras torturée pendant toute une nuit, et je n'aurais pas mon tour?... (Elle se penche sur lui, les yeux dans les yeux.) Regarde-moi bien, bandit!... me repaître de ton agonie, et meurs de la main d'une femme... lâche! Meurs, bête féroce, meurs désespéré, enragé!... Meurs!... Meurs!... Meurs!... Meurs!...

(Victorien Sardou, *La Tosca: Drame en cinq actes*, p. 28、引用は一九〇九年 Sain-Georges, Paris 版)[20]

『ラ・トスカ』では、カヴァラドッシを助けようと力を貸したという口実で、スカルピアがトスカを抱きしめて唇を奪うものの、それと同時にトスカがスカルピアの胸に短剣を突き立てる。安楽椅子にしがみついて助けを求めるスカルピアに対して、トスカは罵声を浴びせ続ける。

これに対して「錦の舞衣」では、金谷東太郎が自分に抱かれれば鞠信を救ってやるとお須賀に話をもちかけ、お須賀はそれを信じて妻としての貞操を失う。しかし、鞠信が獄死したため、金谷に仇討ちをすることになる。

須「止めたッて止めないたッて妾は出られません、其上貴公は能くも鞠信を拷問に掛けて責殺したネ　東「ナ何を馬鹿を……　須「イエ馬鹿ぢやァない、責殺したに違ひない、亭主を責殺さするやうな事をしたのも原因はと云へバ妾が貴公に身を任したのが仇に成て、亭主を殺したかと思へば鞠信に済みませんから云訳の為妾は自害して死にます　東「バ馬鹿……然云ふお前義理……　須「イエ義理堅いたッて生きちやァ居られません、世間へ顔向が出来ない、妾も坂東お須賀ですから貴公も助けては置きません、覚悟をなさい、亭主の仇敵……。と合口を引ッこ抜いて突ッ掛りました

（「名人競」第六十三席、「やまと新聞」一八九一年〔明治二十四年〕十二月十五日付）

もちろん、円朝が聞かされたのは『ラ・トスカ』のあらすじだったと考えられることから、トスカがスカルピアに浴びせた罵声の内容や、あるいはこうした場面の存在自体も、知らなかった可能性が高い。一方で、こうしてスカルピアを金谷東太郎に書き換える際に「仇敵」として解釈したことで、金谷東太郎を殺害する場面は明確に仇討ちと位置づけられることになる。

『真景累ヶ淵』の惣吉、『怪談 牡丹灯籠』の孝助に示されるように、円朝による続き物の長篇人情噺では、特に物語の後半で、仇討ちの物語が骨格を形作っていた。同時代の物語での仇討ち（敵討ち）については、神林尚子が、数冊分をまとめて一冊に綴じる合巻が長篇になっていくにあたって、仇討ち（敵討ち）によって大団円を迎える筋にすることでそれに対応したと指摘している。そのうえで、「複数の筋を「敵討」という一本の糸で束ねられるという便利さの故に、この形式は合巻の常道となっていく」[21]と述べている。神林の論に従えば、円朝の噺も同じ発想をもっていたと言える。特に仇討物は合巻だけでなく、浄瑠璃、歌舞伎、謡曲などで、同時代の聴衆にはなじみがあるものだった。

また、明治十年代には、和田篤太郎編『白石噺孝女の仇討』下巻（〔実録文庫〕、春陽堂、一八八四年〔明治十七年〕。原話は『絵本敵討孝女伝』、一八〇一年〔享和元年〕）、編輯人不詳『今古実録 西国順礼女仇討』（栄泉社、一八八五年〔明治十八年〕、原話は『西国巡礼娘敵討』、一八五四年〔安政元年〕。鈍亭魯文が画讃）などをはじめ、江戸期の草双紙を活版によって再刊するなどで仇討物が実録として大量に刊行されている。仇討ちそのものは、一八七三年〔明治六年〕二月七日の太政官布告第三十七号（いわゆる「敵討禁止令」）で禁止されていて、明治十年代ではすでに過去のものになっていた。一方で、物語の様式としての仇討物は脈々と引き継がれている。

以上のような状況のなかで、円朝は「tragique（悲劇）」であり、「mélodrame（メロドラマ）」である『ラ・トスカ』を書き換えていたのであり、その結果としてできあがったのが「西洋人情噺」としての「錦の舞衣」だった。その意味で「錦の舞衣」は、「mélodrame」というジャンルがまだ日本語で十分に概念化されていないなかで、物語様式としての仇討物というジャンルへと翻案したことで、ジャンルの翻訳をもおこなっていたことになる。

また、メディアという観点から言えば、特に「やまと新聞」に掲載されたときには、「小説」として位置づけられるものだったことを想起したい。「やまと新聞」の「小説」はそもそも表現メディアを横断的に含みうるものだったため、「錦の舞衣」に見られるようなジャンル横断的な書き換えを、読者が容易に受容できる環境にあった。そのなかで、「舞扇恨之刃」とメディアミックス展開しながら、「メロドラマ」としての仇討物を展開したのが、「やまと新聞」紙上での「錦の舞衣」だったのである。

おわりに

ここまで本章では、三遊亭円朝「錦の舞衣」をめぐって、それがヴィクトリアン・サルドゥ『ラ・トスカ』から翻案されるときにどのような文脈が機能していたのかについて考えてきた。その際、「やまと新聞」で用いられていた「小説」という語がもつ枠組みの問題や、このときの「小説」が多様な表現メディアを横断的に扱っていくなかで、「tragique（悲劇）」であり、「mélodrame（メロドラマ）」である『ラ・トスカ』を同時代でどのように理解することが可能であり、そうした理解のあり方が「錦の舞衣」の翻案にどのように機能しえたのかという問題を考えてきた。

新しい文化を受け入れるときには、その文化がもっている概念をそのまま理解し、輸入することは不可能である。既存の知識の枠組みのなかで、まずは目の前にある対象を理解するしかない。この場合、「Mélodrame」「mélodrame」を「歌舞戯（ママ）」と理解したことや、「歌舞戯（ママ）」を中心に落語や講談、浄瑠璃で見られる仇討物の物語様式に当てはめていくことで翻案がおこなわれたのは、ある意味で当然のことだったと言える。この問題は、同時代のシェイクスピアの作品が、『該撒奇談 自由太刀余波鋭鋒』（坪内逍遥訳、東洋館、一八八四年〔明治十七年〕）、『西洋珍説 人肉質入裁判』（井上勤訳、鶴鳴堂、一八八六年〔明治十九年〕）など、現代でいう小説の形式で翻訳されていたという問題とも関わっているはずである。

また、円朝の「西洋人情噺」に目を戻せば、「やまと新聞」に掲載の「松の操美人の生埋」「蝦夷錦古郷の家土産」以外にも、「英国孝子ジョージスミス伝」「欧州小説黄薔薇」「名人長二」といった一連の「西洋人情噺」でどのように翻案がなされていたのかについては具体的に再考していく必要がある。

注

(1) 永井啓夫は『三遊亭円朝』(青蛙房、一九六二年)二七一ページで、最初に「文晁伝」「探幽伝」が企図されたことについて指摘している。

(2) 佐藤かつら「後記(名人競)」、前掲『円朝全集』第十巻、五八六ページ。また佐藤は、前掲「「御狂言師」の誇り」三九―四〇ページで、作中で語られた「人情」の問題に触れている。

(3) 土屋礼子「初期の『都新聞』と『やまと新聞』について」、大阪市立大学大学院文学研究科編「人文研究――大阪市立大学大学院文学研究科紀要」第五十一巻第九分冊、大阪市立大学大学院文学研究科、一九九九年、六〇ページ

(4) 「錦の舞衣」が高座にかけられた記録としては、「東京朝日新聞」一八九三年二月二十四日付の記事「錦輝館の慈善演芸会」で、翌二十五日に開催の演芸会の番組として掲げられた内容のなかに「名人競(三遊亭円朝)」とあるのが確認できる。

(5) 前掲『三遊亭円朝』二七〇ページ

(6) 宮信明「嫉妬する女／しない女――三遊亭円朝『名人競』論」、立教大学日本文学会編「立教大学

日本文学」第百六号、立教大学日本文学会、二〇一一年、七九ページ

（7）前掲「後記（名人競）」五八七ページ

（8）「警察新報」の創刊経緯については、小野秀雄が「東京日日新聞を退社した条野、西田、落合等が創刊」したとして、条野採菊、西田伝助、歌川芳幾の関与を指摘したのに対し（小野秀雄『日本新聞発達史』大阪毎日新聞社／東京日日新聞社、一九二二年、一六九ページ）、前掲の「初期の『都新聞』と『やまと新聞』について」で土屋礼子は歌川芳幾の関与について否定的に扱っている（五五ページ）。また、土屋は、一八八六年九月二十八日付の「東京絵入新聞」で、「やまと新聞」について「本社は旧警察新報社の跡なり」とされている点も指摘している（五九ページ）。

（9）前掲「三遊亭円朝による翻案落語「蝦夷錦古郷の家土産」種本の同定」

（10）柳田泉『明治初期翻訳文学の研究』（「明治文学研究」第五巻）、春秋社、一九六一年

（11）土谷桃子「明治期における異文化受容の一例――採菊の西洋小説の翻案の場合」、お茶の水女子大学日本言語文化学研究会編「言語文化と日本語教育」第五号、お茶の水女子大学日本言語文化学研究会、一九九三年、二一―四ページ

（12）特にシェイクスピアの受容については、近藤弘幸が「探偵小説と諷刺錦絵と『リア王』――条野伝平『三人令嬢』」（「人文研紀要」第九十四号、中央大学人文科学研究所、二〇一九年）などで詳細に検討している。

（13）横山邦治『読本の研究――江戸と上方と』風間書房、一九七四年、四一―五一ページ

（14）山本良『小説の維新史――小説はいかに明治維新を生き延びたか』（風間書房、二〇〇五年）一ページでは、こうした西洋からの「衝撃」に際して「「小説」は、この衝撃をどう受け止め、この変革期をどう生き延びたのか」という問題意識が示されている。

（15）ハートの修辞学では、「Tragedy」を以下のように捉えていて、『小説神髄』で「悲哀小説」「悲話」を「情史」と位置づけたのは、ハートが「Tragedy」を「Epic」と位置づけたことを受け取ったものと思われる。本文は以下のとおり。「Tragedy, — Tragedy is more akin to the Epic, being serious and dignified, and having for its subject some great transaction. It undertakes to delineate the strongest passions, and to move the soul of the spectator in the highest degree. It is especially conversant with scenes of suffering and violence, and ends almost uniformly with the death of the person or persons in whom the spectator is most interested.」(John. S. Hart, *A Manual of Composition and Rhetoric: A Text Book for Schools and Colleges*, 1872, p. 255)

（16）〔訳〕「それにもかかわらず、この偉大なメロドラマは成功するにちがいない。解釈による演技の成功である。サラ・ベルナールは最初から最後まですばらしかった。彼女の才能がこれほどまでに悲劇にふさわしい力をもったことはない。彼女がドラマを作り、彼女だけが演じていたのだ」

（17）〔訳〕「（トスカという）役は、どちらかというとシンプルで平凡なものだが、（この芝居には）非常に大きな状況が詰め込まれている。サルドゥは今回の芝居で、メロドラマ、毒、短剣、レイプといった、彼が強く打ち出したいと思っていたあらゆるメロドラマ的要素をつぎ込んだのだ」

（18）〔訳〕「第三幕以降、悲劇はこれ以上進めないように思われる。実際、トスカが恋人を拷問から救うために禁忌を犯さなくてはならない恐ろしい場面のあと、恋人を銃弾から救うために売春をしなければならない場面は、最初はたいしたことがない場面の繰り返しでしかなかったが、突然、刺されることによって状況が一変し、強調されるのである。（略）要するに、『トスカ』は卓越したメロドラマというべきものなのである」

（19）この点については、二〇二〇年二月二日開催のメロドラマ研究会（場所：早稲田大学）での河野真理江の教示による。氏の急逝の報に接し、心からのお悔やみを申し上げる。

(20) サルドゥ版の『ラ・トスカ』は、『世界戯曲全集』第三十二巻(仏蘭西古典劇集)、世界戯曲全集刊行会、一九二九年)に邦訳がある。

(21) 神林尚子「解題『女達三日月於僊』」、鶴見大学図書館『草双紙の諸相——絵と文を読む江戸文芸』第百四十回鶴見大学図書館貴重書展、二〇一五年六月

第５章　小説を落語にする
——三遊亭円遊「素人洋食」

はじめに

落語「素人洋食」は、一八八九年（明治二十二年）十月十三日に鹿鳴館で開催された日本演芸協会の演習で、初代（三代目）三遊亭円遊によって初演された噺だと考えられる。

その後、速記雑誌「百花園」一八九〇年（明治二十三年）十二月の第四十号（金蘭社）、一八九一年（明治二十四年）一月の第四十一号（金蘭社）に、今村次郎による速記が掲載された。また、磯部甲陽堂版の三遊亭円遊口演『円遊新落語集』（一九〇七年〔明治四十年〕）と『名人落語大全』（一九一二年〔明治四十五年〕）、三芳屋書店と松陽堂書店が刊行した『故人円遊落語集』（一九一一年〔明治四十四年〕）に収められたほか、丸亀書房から出た尚武軒主人編『落語五人全集』（一九二五年〔大正十四年〕）に「素人の洋食」という演題で収められている。これらに所収された内容はすべて、円遊によって演じられたものとされている。一方、富文館書店の『名人揃落語集』（第二集、一九三八年〔昭和十三年〕）にも、演者の記載はないものの、「素人洋食」の本文が見られる。初代の円遊以外にこの噺を高座にかけたという記録は確認できておらず、本文の異同から考えても、このテクストも円遊が演じたものを活字化したと考えていいと思われる。

小野田翠雨編『三遊亭円遊滑稽落語集』（大学館、一九一〇年〔明治四十三年〕）に収められた談話「故三遊亭円遊身上噺」（一―六ページ）や、円遊が死去した直後に「読売新聞」一九〇七年〔明治四十年〕十一月二十七日付に掲載の「故円遊の逸話」「三遊亭円遊死す」、同日付「東京朝日新聞」の「三遊亭円遊死す――名物を失ふ」によれば、円遊（一八五〇〔嘉永三年〕―一九〇七〔明治四十年〕）は本名を竹内金太郎といい、小石川小日向の紺屋・藤屋に生まれたとされる。

幼いころから落語に親しんで目白の目白亭や服部坂の服部亭によく通っていて、日本橋本石町にある紺屋・山城屋に奉公した。その後、当初、初代三遊亭円朝に弟子入りを志願したものの断られ、一八六八年（慶応四年）に二代目五明楼玉輔に入門して「しう雀」を名乗ったのち、七〇年（明治三年）に玉輔が一度廃業をしたときに円朝の門に移って名を円遊と改めている。それ以前にも円遊を名乗った噺家は複数いたらしいことから、暉峻康隆・興津要・榎本滋民編『口演速記 明治大正落語集成』（第一巻、講談社、一九八〇年〔昭和五十五年〕）に収められた「百花園」所載の速記を底本とする「素人洋食」の本文（四一三ページ）には、「三代目三遊亭円遊口演」と記載されている。

しかし、円朝の死後に三遊派の領袖として明治後期の落語界を背負う大看板になったことで、現在では彼をもって初代の円遊とみなすことが一般的になっている。

特に、「捨ててこ、捨ててこ」と言いながら着物の裾をまくって踊る「ステテコ踊り」で知られて「ステテコの円遊」と呼ばれた。落語「死神」で知られる「テケレッツノパ」をネタとして「釜掘りの談志」と呼ばれた四代目立川談志、「ヘラヘラ節」で知られる初代三遊亭萬橘、「ラッパの円太郎」こと四代目橘屋円太郎とともに明治後期に人気を博していた(1)。

また、大きな鼻で知られ「鼻の円遊」とも通称されていた。これらの点については、円遊自身による回想のほかにも、多くの評価が残っている。

『エ、、円遊の鼻は御覧の通りはなはだ大きい、然し人間万事はなの世の中、兎角世間ははなに酒、はなかしこ、はなかしこ……』などと下らないことを言つて誤魔化して居てもお客様はお喜びになる。

（「円遊身上噺」、小野田翠雨編『三遊亭円遊滑稽落語集』所収、大学館、一九一〇年〔明治四十三年〕、四ページ）

円朝歿後偶天才円遊を産む遊は小石川紺屋の若旦那也一度び高座に出づるや解頤の奇術を恣にし一派の頭領と成る其成功は彼の鼻の力のみには非ず浅草三筋町にステ、コ庫を建て余生閑也笑を売つて財を作る可笑しき商売也

（湯朝観明『百字文百人評』如山堂、一九〇五年〔明治三十八年〕、九ページ）

円遊の特徴は、滑稽噺を得意とし、それ以前から伝わっていた落語を同時代の明治期の習俗に合わせて「改良」したことにあるとされる。この点については、円遊が普段から周囲に話していたこととして、記事が残っている。

落語は大体話の極つたもので誰が話をしても同じ様になる、之れを新しく聴せる事は困難だ、けれど常に社会の出来事に注意を払ひ仮令ば観兵式があるとすれば其模様を話の間に挟み、電車焼打事件が起れば夫れを調合して往けば聴衆からワット落ちが来て非常な喝采を博し何となく古い話も新しく聞れるから平生社会の出来事には油断なく注意するが我々仲間の秘訣である、

（「故円遊の逸話」「平生の心懸」「読売新聞」一九〇七年〔明治四十年〕十一月二十七日付）

また、「得意の落語は自作の当世風滑稽物」（前掲「三遊亭円遊死す」）と評されたように新作落語の作者としても知られ、現在でもしばしば高座にかけられる噺として「野ざらし」があるほか、「王子の幇間」「地獄旅行」「素人人力」「成田小僧」「梅見の薬缶」といった噺を次々と作ったとされている。

１　「素人洋食」の評価と原作の存在

しかし、こうした円遊についての評価のなかでも、「素人洋食」については、東大落語会編『増補 落語事典』（青蛙房、一九九四年）や瀧口雅仁『古典・新作落語事典』（丸善出版、二〇一六年）にも記載がない。一方で先述のように『口演速記 明治大正落語集成』第一巻に所収されていて、興津要が解題を記している。短い文章であるため、全文を引用する。

徳川幕府瓦解後、生活に窮した士族が、慣れない商法に手を出して四苦八苦する姿に取材した落語「素人汁粉」「素人鰻」などが、この噺の源流であろう。とくに、料理人が不在のためにパンばかり出す場面は、俗に「鰻屋」と呼ばれる噺で、職人がいなくなったために、酒と香の物ばかり出すくだりの焼き直しと思われる。改作とは云っても、明治五年に丸の内馬場先門（のちに築地）に精養軒が開店され、同九年に上野支店もできたあたりから洋食店が流行しはじめ、同十九年には、築地精養軒でテーブルマナーを学ぶ洋食会が開催されるなどして洋食が普及しつつあった風潮を利用した手腕はみごとであり、また、日本国内では、明治七年の試作につづいて、同二十四年の製造と、まだ庶民生活に定着しなかったバターを落ちに使った新鮮な感覚も、時勢に敏感な円遊らしいアイデアだった。(2)

ここで興津は、三つの点について述べている。第一に、「円遊らしいアイデアだった」というように、「素人洋食」が円遊の作だと判断していることである。第二に、必〻舎馬宥（序）『時勢噺項目』（一七七七年〔安永六年〕）の「俄旅」をもとにしたといわれる「鰻屋」や、米沢彦八『軽口大矢数』（一七七三年〔安永二年〕）の「かば焼」から派生したとされる「素人鰻」、三遊亭円朝作とされている「素人汁粉」（「士族の商法」）を土台として作られた噺としていることである。そして第三に、士族が明治期になって日本に入ってきた新しい食べ物である「洋食」作りに手を出すという「素人洋食」の趣向に「新鮮な感覚」があり、その「手腕はみごと」だという点である。

先述のように、円遊は新作落語や、古典落語を明治の習俗を取り入れた噺に移し替えることを得意としていた。このことから、「素人洋食」もそうした噺の一つとして認識され、それが興津要による評価へとつながったのだろう。

しかし、日本演芸協会での初演の前日に、会の開催予定を報じた一八八九年（明治二十二年）十月十二日付の「読売新聞」記事には、次のように記されている。

◎日本演芸協会演習　演芸矯風会と称せしを今の名に改めてより一層規模を拡張し組織を整理したる同会は会規に随ひ来る十三日午後十二時半より鹿鳴館に於て諸芸演習を催す由当日の番組は第一　素人洋食（山田美妙齋作）三遊亭円遊

これによれば、「素人洋食」は山田美妙の原作であり、それを円遊が高座にかけたことになる。この場合、日本演芸協会の演習が開催された十三日の翌日、十月十四日に「読売新聞」「別刷」の一面に掲載された山田美妙「素人洋食」が、その原作にあたると考えられる。

このテクストは『山田美妙集』第二巻に収められていて、山田有策は「落語の古典「素人鰻」にヒントを得たらしいが、ユーモアが洗練されていないためか、折角の口語体も効力を欠く結果となっている」と述べている。(3)『山田美妙集』の第二巻は「小説（二）」と題されていることから、「素人洋食」がここでは落語の原作としてではなく、「小説」という扱いで収められていることになる。したがってここでの評価は、あくまで「小説」として読んだ場合に生じたものということになるだろう。

しかし、「素人洋食」を落語の原作が「読売新聞」に掲載されたものと考えた場合には、評価のあり方も違ってくるように思われる。そこで本章では、「読売新聞」に掲載された美妙による原作が、落語として演じられるにあたってどのように作り替えられたのかという視点から見ていきたい。このことを通じて、明治期の落語がどのように作られていたのか、それが明治期に物語が編成されるときのどのような問題と関わっているのかについて、考察を進めていくことにする。

2　二つの「素人洋食」

円遊の速記はそのときどきでマクラの内容が大きく変わるため、本章では「素人洋食」の本題のほうを問題としたい。その概要は、以下のとおりである。

古風な考えの持ち主で文明開化の世をあまりに嫌っていることで長屋の人たちからも疎まれていた金満家の今田旧平だったが、江戸の三百年祭がすんだことをきっかけに芝公園で運動し、勧工場を訪れ、牛肉を食べたあとに珍しく人力車で帰宅したところ、すっかり開化にほだされて、いきなり洋食屋を始めると言いだしてしまう。しかもわずか一銭五厘で買ってきた『西洋料理煮方法』という怪しげな本を読んで、洋食はもうわかったというのだ。そこで、開業する前に自分をばかにしていた長屋の者たちを呼んで、料理を振る舞うことにする。

しかし長屋の人たちは誰もやってこない。すると今田旧平が、そこまで自分をばかにするならいままで貸した金をすぐもってこいというので、長屋の人たちは戦々恐々としながらやってくる。けれども、一人だけ洋食の作り方を知っていそうな吉兵衛はどこかへ行ってしまい、客たちには行灯用の魚油を使って作った臭いスープが出たほかは、パンばかりが出てくる。やがて、油に火が入って台所の神棚から出ている幣に火がついたり、スプーンがほしいと言われたのをスッポンと勘違いして生きたまま出したりと大騒ぎ。ようやく帰ってきた吉兵衛は、どうしてパンがこんなに出るのかと訊ねられ、「パンの多い訳でげす長屋の人が一同バタにされたんだ」（「百花園」第四十一号、金蘭社、一八九一年〔明治二十四年〕一月、七ページ）と答えるのがサゲとなる。

もちろんあくまで速記による記録であるため、実際に円遊が高座にかけたものと必ずしも同じものだとはいえない。しかし、明治四十年代から大正期にかけて公刊されたテクストと「百花園」に掲載された速記とを比べると、基本的にはこの内容を演じていたことがわかる。

これに対し、山田美妙による原作は、基本的な筋は同じであるものの、具体的な描写や一部の内容が異なっている。

まず、洋食屋を企てるのが士族の今田旧平ではなく、「近頃非職になッた官員さま」となっている。この官員は二回しか洋食を食べたことがなかったが、夜店で二銭五厘で売っている本を頼りに、自ら料理して客に出そうと考える。しかし、買ってきた本を読んでも「ライスカレイ」「チッケン」「カツレツ」といった言葉の意味がわからず、とりあえず「ソップ」の次に「アイスクリーム」「珈琲」を出そうと決めたところでちょうど数人の来客があり、ためしにもてなしてみようとするものの、水に漬けておいた肉は腐っていて臭いがたまらない。次に出したはずのアイスクリームに、客は目を白黒させてしまう。なんと、同じように黄色い塊で、牛乳から作ったものだったために、アイスクリームと間違えてバターを出していたのだ。そこで客が、「人をバタにした話しだなア」とコメントするところがサゲになっている。

双方の内容を読み比べると、新しい食べ物である「洋食」作りに手を出すという趣向、バターをサゲにもってくる発想という、興津要が「時勢に敏感な円遊らしいアイデア」として円遊の功績と位置づけていた要素は、すべて円遊のものではなく美妙による発案だったことがわかる。しかも、美妙の原作はバターとアイスクリームとを間違えるという内容が「人をバタにした話」だというサゲにつながっているものの、円遊が演じたものは今田旧平をばかにしていた長屋の人たちが「ばかにされる」こととパンに塗るはずの「バター」とを掛けただけの地口となっていて、むしろサゲとしてはあまり機能しなくなっている。その意味で、興津要による評価は、明らかにテクストの実態とは異なるものだと指摘することができる。したがって、円遊による「素人洋食」については、興津要が示した枠組みとは異なるところで考えていく必要がある。

3　長屋噺への変更

それでは、円遊による口演は、どのように位置づければいいのだろうか。このときに注目したいのは、美妙の原作から、円遊が落語としての要素をどのように組み込んでいったのかという点である。

第一に、「近頃非職になッた官員さま」だった主人公が今田旧平に改められ、「素人汁粉」（「士族の商法」）や「素人鰻」と同じ話型になっている点だろう。これに加え、円遊による口演では、長屋の大家（家主）とその住人たち（店子）による滑稽なやりとりという明治期は「素人浄瑠璃」と呼ばれていた現在の「寝床」にあたる噺や、江戸期以来の長屋噺に典型的に見られる様式の一つに原作を落とし込んだうえで、より滑稽な噺へと巧みに作り替えている。

甲「夫ぢやア往て来るよ
女「お前さん気を付てお出なさいよ始終那所の事を悪く言てるから何かモルヒネか何か這入てる物を食させられるかも知れないから用心をして……
甲「乃公も最う覚悟をして居る、何か消毒薬があるなら持て往かう……庄家さん夫では参る事にいたしました
差「ヤイ大きに御気の毒だが往てお呉れ旦那が自分で洋食を拵えるんださうだ
甲「ヱー最う命を的に懸て参つたんで

（三遊亭円遊口演、今村次郎筆記「素人洋食」、前掲「百花園」第四十一号、三ページ）

今田旧平が作った洋食を食べにいくことになり、長屋の住人（甲）とその妻（女）、そして店子たちと今田旧平とのあいだに立つ差配人（庄家）たちがやりとりする場面である。

大家に呼び出されて、店子たちが家賃の催促ではないかと恐れるというエピソードを含む噺には「黄金の大黒」「長屋の花見」などがあるが、ここでは家賃の催促ということからさらに踏み込んで、たかだか洋食を食べにいくというイベントのために、店子たちが悲壮感たっぷりに「命を的に懸」る覚悟をもつ様子を語る。引用部分の直後では、長屋に住む老婆が「私はモー六十三歳二ヶ月で本卦返りも済ましたから惜からぬ命で、ア、是が別れになる事で御座いませう南無阿弥陀仏〳〵」

（四ページ）と、どう考えても「惜からぬ命」だとは微塵も思っていない様子で念仏を唱え始める。こうした店子たちの反応から、噺の滑稽さを生み出しているのである。

このくだりは、美妙の原作では「夕方の六時頃には二三人の来客がそろ〳〵詰めかけて参りました」（「読売新聞」一八八九年〔明治二十二年〕十月十四日付〔別刷〕）と、事情を知らない客たちが店に入ってきてしまうという内容になっている。また、「素人鰻」や「素人汁粉」（「士族の商法」）にもこうした場面はなく、明らかに円遊が付け加えた場面だとわかる。

このように円遊の口演では、美妙の原作では稀薄だった既存の落語との関係が、より強固に加えられている。大衆芸能で、観客にとって既知の枠組みを取り入れることが作品を受容するうえで欠かせない要素であることから、それをどのように取り入れるかについておこなわれた操作だと考えることもできる。同時に、原作に落語の型、様式をはめ込んでいくことで噺が次第に落語らしくなっていく過程が看取される。こうした変更をおこなうことで、「素人洋食」は美妙の原作よりも滑稽噺としてずっと洗練された内容になっているのである。

4 「士族の商法」「素人鰻」との関係

もう一つ円遊の口演で特徴的なのは、洋食を作ることができるはずの吉兵衛が、席を外してしまうという場面の存在である。

女「イ、ヱ洋食の拵へ方なんで、洋食を心得てる吉兵衛さんが何処かへ行て仕舞たんで旦那様が困つて居るんですよ油と水が火に這入て荒神様の御幣に火が付て台処で大騒ぎ……
乙「然うで御坐いますか、ヘエー油の中へ水が這入て夫へ火が移つて、危険げすねヱ、オヤ又パンが来たパン斗り出るが妙でげすなア
丙「私の皿の上に載けて置た、アノ何と云ふ者だか、ア、スプンとかフオクとか云ふものがありません姐さん恐れ入りましたがスプンといふものを何か遣して下さいませんか
女「畏こまりました只今……旦那何だかお客様がスッポンを買て遣せと云ひますが……
旧「スッポン、ヱ、吉兵衛が早く帰て来て呉れゝば宜いんだが何処へ行てるんだなア何しろスツポンと云ふものは本にも見えなかつたが大方洋食の中に鼈があるんだらう、早速夫ぢやア柳原が宜いから鼈の大きいのを五疋ばかり買て来なさい

（「素人洋食」、前掲「百花園」第四十一号、六ページ）

洋食の作り方をただ一人だけ知っている吉兵衛がいなくなってしまったことが、今田旧平が台所で大騒ぎする要因であり、また、下女が「スプン」を「スッポン」と発音したことから、「鼈」を客席に生きたまま次々と投げ入れて大騒ぎになる要因になっている。

これに対し美妙の原作では、「主人は台所で一人で目をまはすほど急がしがッて居ます」（「読売新聞」一八八九年〔明治二十二年〕十月十四日付〔別刷〕）とだけ書かれていて、そもそも吉兵衛がい

なくなるというくだりは存在しない。

このとき、本来なら作れるはずの者がいなくなってしまうという円遊が加えた要素は、「鰻屋」との関係を示唆する部分だろう。

しかし、「鰻屋」については、明治期の速記は確認できず、大正期に入ってから高座にかけられた三升亭小勝による口演の記録が残されているだけである。

> 主「ヘエ、生憎鰻割きが用達しに出かけまして　○「用達しに出かけたッてお前が割けるだらう　主「それは割けない事もございません　○「それじやア焼て貰らい度エが　主「ヘエ、何しろ貴下、此の塗盆地（たゝき）の中に鰻がゾロ〳〵揃つて居りますが、今日々の鰻は皆達者なものばかりでございます
>
> （三升亭小勝「鰻屋」、三升亭小勝講演、浪上義三郎速記『小勝新落語集』所収、三芳屋書店、一九一五年〔大正四年〕、二二一―二二三ページ）

「鰻屋」は鰻を調理する「鰻割き」が出かけてしまったことが騒動の発端となる。客は鰻を捕まえることができず、主人のほうはなんとか鰻を捕まえるものの、鰻があまりにぬるぬると手から抜けようとするので、それを握っていようと鰻の動きに合わせているうちに外へ駆け出していってしまう。なおも鰻は暴れ回り、鰻屋の主人は八百屋の車を片付けさせ、とうとう道端にある郵便箱も片付けてほしいと言い始める。

この噺は、素人が鰻を捕まえようとするときに手のなかでぬるぬると動く鰻を落語家がどのように演じるかという、視覚的な要素が非常に強い噺になっている。そして、八代目桂文楽や十代目柳家小三治が演じた「素人鰻」では、「鰻屋」のサゲがそのまま用いられている。

ここで注意しなくてはならないのは、初代円遊が高座にかけた「素人鰻」は、特に後半の部分が、現代の高座にかけられている「素人鰻」と大きく異なる内容だった点だろう。

後者の噺は、屋敷に出入りしていた鰻割き職人である「神田川の金」を頼りに士族が鰻屋を開業したものの、金は酒癖が悪く、酔うと暴れだしてしまうというものである。世話になった主人のためにいったんは酒を断つはずだったが、開業式の夜に祝酒を飲んで暴れ、家を飛び出してしまう。その後も同じように酒で暴れたため、主人はまた金を追い出してしまう。そんななかに客が来てしまったので、素人である主人が鰻を捕まえようとするという内容である。したがって、料理をするはずの職人がいなくなってしまうという趣向は、現行の「素人鰻」だけでなく、「素人洋食」とも共通している。

しかし、円遊が演じた「素人鰻」では、後半の部分が、鰻が捕まえられず家の外に飛び出してしまうというサゲではなく、主人がなんとか鰻を捕まえて実際に焼いてみるという噺になっている。けれども鰻は生焼けで骨が数多く残っているだけでなく、塩辛くて食べられたものではない。客たちが女中に不満を言うと、主人は腹を立てて客のところに乗り込んでいく。

主「ナニ食（た）べられないと、怪（け）しからんことをいふ乃公が那（あ）れほどにして焼（やい）てやつたものが食（く）はれんといふ事はない、職人が焼ても乃公が焼ても同なじ事だ素人だと思つて那の客は軽蔑をするんだらう、乃公が往て見ると旦那が二階に上つて来て

主「貴所方に此の鰻が食べられないといふは何ういふ訳です、同なじ焼方で然うどうも違ふ筈は御坐いません

甲「イヤ実は私も此男が然ういうから然んな事はないと威張たんだが食べて見ると如何にも食はれん、御主人試しに食べて見玉へ

主「ウム……少々是は不味いけれども、食べられない事は御坐いません

甲「どうして食ます

主「左様です我慢をすれば食べられませう

（「素人鰻」「百花園」第五十三号、金蘭社、一八九一年〔明治二十四年〕七月、五九ページ）

円遊の「素人鰻」は、鰻を捕まえられない主人を見せる噺ではなく、まずい鰻でも「我慢をすれば食べられませう」と言い張る士族と客たちとの会話劇である。

このように、まずい鰻を焼いているにもかかわらずそれを気にも留めずに偉そうに振る舞ってしまう士族のズレた感覚を揶揄する内容は、明治のはじめの時期であれば通用したものの、大正期以降に演じられた「素人鰻」で伝わるとは思えない。そのため、「鰻屋」の噺と交ざり合っていくことになったと推察される。現在の柳派や古今亭一門が「鰻屋」のことを「素人鰻」と呼称することがあるのも、こうした事情が関わっていると考えるのが妥当だろう。

一方で、素人がまずい料理を作るという要素は「素人汁粉」（「士族の商法」）や、「素人洋食」と共通しているだけでなく、士族である主人が庶民から軽蔑されるという要素は、「鰻屋」や現在の「素人鰻」にはなく、円遊の「素人鰻」と「素人洋食」とに共通する要素である。

このように考えた場合、「素人洋食」は、円朝作とされる「素人汁粉」（「士族の商法」）やもともと明治二十年代に演じられていた「素人鰻」と、大正期以降に演じられている「素人鰻」あるいは「鰻屋」も含めた現在の落語の、ちょうど中間点に位置する傍系の噺として演じられていたことがわかる。すなわち円遊の演じた「素人洋食」は、落語の噺がどのように受け継がれ、作り替えられ、そして後世に残っていったのかという問題について、その明治二十年代の状況を探ることができる、きわめて稀有なテクストなのである。

おわりに

これまで、山田美妙原作、三遊亭円遊口演の「素人洋食」について、それが口演では原作からどのように作り替えられたのか、その作り替えに「素人汁粉」（「士族の商法」）や「素人鰻」「鰻屋」がどのように関わっていたのかを考えてきた。また、そのなかで、明治二十年代に落語の噺がどのように生成されていたのかという問題を扱った。

「素人洋食」での円遊の役割は、これまでの研究で言われていたような、明治期の新しい文化を噺のなかに取り入れたことではない。むしろそれは美妙がおこなったことであり、円遊はそうした美妙の原作に対して、落語の世界で語られていた聴衆になじみがある要素を次々に付け加えていくことで、落語とも小説ともつかなかった美妙の原作を、より落語らしく改変したことにある。江戸期以来の古典落語を明治を舞台とした噺に置き換えていた円遊が普段おこなっていた口演の手法とは正反対のやり方によって、「素人洋食」を「原作」から滑稽噺としての「落語」へと変容させていたのである。

同時に「素人洋食」は、美妙が書いた小説に落語としての様式が次々に取り込まれていくことによって、落語へと生成されていった過程を明確に示している。このことは言い換えれば、たとえば夏目漱石が『三四郎』(一九〇八年〔明治四十一年〕)に落語の「宮戸川」を取り入れ、『吾輩は猫である』(一九〇五―〇六年〔明治三十八―三十九年〕)に「出来心」を取り入れたときに、それを単純に影響関係として捉えるのではなく、具体的な表現としての位相で小説としてどのように書き換えたのかを考えることができることを示している。したがって、落語と近代小説との関わりを考えるときには、たとえば落語が小説に影響を与えたというような大きな枠組みで考えるのではなく、そのときの具体的な表現のあり方や変容について考えていくことを通して、一つの物語が表現メディアを越境するときの様態を考えることができる。それと同時に、その様態で書き換えられ翻案される部分から、それぞれのメディアがもっている表現の様式性を抽出することが可能になるはずである。

注

（1）「ステテコ踊り」など明治期の噺家がおこなった芸については、永嶺重敏『明治の一発屋芸人たち——珍芸四天王と民衆世界』（勉誠出版、二〇二〇年）に詳しい。

（2）興津要「演目解説 素人洋食」、暉峻康隆／興津要／榎本滋民編『口演速記 明治大正落語集成』第一巻所収、講談社、一九八〇年、五〇七ページ

（3）山田有策「解題」、「山田美妙集」編集委員会編『山田美妙集』第二巻所収、臨川書店、二〇一二年、四三〇ページ（二巻の校訂は山田有策）

第6章　講談・落語・小説の境界
――快楽亭ブラック「英国実話 孤児」

1　実話としての落語

初代快楽亭ブラック「英国実話 孤児」の冒頭に、次のような一節がある。

爰に演じますお話しは英国に実際ありましたことでございますが皆さんのお聞取りよいやうに姓名だけ仮に日本に改めますが頃は只今から二十年前のことでありまして倫敦府より六十里程離れて居りますリーズ街といふ所でございますが茲は左のみ広い所ではございませんが一万戸位はあります田舎にいたしては一寸繁華な地でございます

（快楽亭ブラック講演、今村次郎速記『英国実話 孤児』金桜堂、一八九六年〔明治二十九年〕、一ペ

ージ）

「英国実話 孤児」は、初演などの経緯は不明だが、一八九四年（明治二十七年）五月二十八日から七月二十三日にかけて、「やまと新聞」附録として刊行されている。引用の単行本はその後、九六年（明治二十九年）七月に金桜堂から刊行されたものである。また、秋郊庵錦羅による序文では、これが「滑稽的に演述」した「西洋人情話」と記述されている。したがって、著者標記に「講演」とあるものの、講談ではなく落語として演じられたものとして認識されていた可能性が高いことがわかる。

そのうえで引用箇所を見てみると、語られる噺が「英国に実際ありましたこと」として位置づけられ、聴衆にもわかりやすいように作中人物の名前を「日本に改め」たという枠組みが示されている。

この落語が実話として語られているという問題については、すでに森岡ハインツによる指摘がある[1]。そのなかでも言及しているように、「英国実話 孤児」はチャールズ・ディケンズ『オリバー・ツイスト』を翻案したものである。

原作である『オリバー・ツイスト』は、行き倒れになって救貧院に運ばれた若い女が出産し、オリバー・ツイストと名付けられた孤児がさまざまな困難を乗り越え、出生の秘密を知るに至るまでを描いた物語である。葬儀屋のサワベリーのもとに売られたオリバーは、徒弟であるノアたちのいじめに耐えかねてロンドンに逃亡し、ユダヤ人であるフェイギンの窃盗団に入る。一度はスリの被害にあった紳士のブラウンローに助けられるが、フェイギンの一味であるナンシーによって連れ戻され、ビル・サイクスのもとで強盗をはたらくときに銃で撃たれてしまう。しかし、強盗に入った家の女主人メイリーと養女のローズに助けられ、オリバーの周辺で暗躍していたモンスクが実は彼の兄で、私生児であるオリバーを悲惨な境遇に追いやることで、父の遺産を独り占めにしようとしていたことが明らかになる。

これに対して「英国実話 孤児」のほうでは、オリバー・ツイストが高橋清吉、ブラウンローが福田勇吉、フェイギンが藤五郎、ビル・サイクスが関田文六、ナンシーがおみねと、全員が日本人の名前に変更されている。また、物語内容としては、三分の一程度に縮約されているため全体にあらすじを説明するような部分が多いほか、フェイギン周辺の盗賊たちや、葬儀屋を営んでいるサワベリーの周辺など、細かいエピソードは基本的に削除されている。また、特に前半は比較的原作に基づいた筋の運び方をしている一方で、サイクス（関田文六）によるナンシー（おみね）の殺害が物語の中盤に移され、それ以降、ブラウンロー（福田勇吉）が物語で果たす役割が非常に大きなものになっている。このほか、道徳的な価値観を福田勇吉が語る場面の存在や、殺しの場面と女郎買いの場面などが加えられていることも指摘できる。

こうした書き換えはあるものの、物語全体として大きな変更は少ない。したがって、そのなかで「英国実話 孤児」が冒頭でわざわざ実話として位置づけられたことは、そのようにした必然性も含めて、現代の視点から見ると大きな違和感がある。特に引用箇所に関わる部分では、オリバーが育った救貧院（workhouse）は、「The stone by which he was seated, bore in large characters an intimation that it was just seventy miles from that spot to London.」(Dickens, *Oliver Twist*, Chapter Ⅷ, vol.1, p. 116) という記述からロンドンまでおよそ七十マイル、約百十二キロメートルの距離にある街にあったことはわかるものの、リーズだったという記述はない。これに対して快楽亭ブラックの「英国実話 孤児」では、最初の舞台をわざわざリーズの街に設定し、現実に存在する街を舞台とするものに書き換えている。そのうえで、「只今から二十年前のこと」と、事件が起きた年代までも記述して、この噺が「実際ありましたこと」だと強調するように変更している。しかし、このように細かな書き換えをしてまで実話としての枠組みを形作ったことが、物語で機能しているとは言い難いのである。

　この問題について前掲の森岡は、「ディケンズの場合、なまなましい英国社会批判の素材であったから、具体的事情はぼかしたかったに違いない」[2] と推測するだけにとどまっている。しかし、こうした実話としての位置づけの問題は、この時期の落語、特に長篇人情噺のあり方や、同時代に講演されたり書かれたりしていた講談や小説との関係から考えたときに、はじめて見えてくるものだと考えられる。そこで本章では、同時代でのこうした物語のあり方と、そこから見えてくる問題系について考察を進めていきたい。

2　快楽亭ブラックの西洋人情噺

はじめに、快楽亭ブラックという落語家そのものについて確認しておく。

快楽亭ブラックについては従来から、多くの伝記的な文章が書かれてきた。小島貞二編『落語三百年』[3]に「快楽亭ブラック自伝」として収められている関如来編『当世名家蓄音機』（文禄堂、一九〇〇年〔明治三十三年〕）所収の「快楽亭ブラック（実歴談）」（三一九―三四二ページ）が基本資料だが、小島はこのほかにも『快楽亭ブラック――文明開化のイギリス人落語家』『決定版 快楽亭ブラック伝』[4]などを刊行している。また、オーストラリアの日本研究者であるイアン・マッカーサー（Ian McArthur）が内藤誠・堀内久美子の翻訳によって『快楽亭ブラック――忘れられたニッポン最高の外人タレント』[5]を刊行し、シドニー大学に提出した博士論文でも快楽亭ブラックの事跡をまとめている[6]。

これらの文章と、前掲の森岡ハインツによるもの[7]とをあわせて見ていくと、快楽亭ブラックは、一八六一年（文久元年）から横浜で刊行されていた日本で最初の日刊英字新聞「デイリー・ジャパン・ヘラルド」（*The Daily Japan Herald*）の記者でありスコットランド出身の歌手でもあるジョン・レディー・ブラック（John Reddie Black）を父にもち、五八年（安政五年）に生まれている。十八歳で三代目柳川一蝶斎のもとでハール・ブラックという名で西洋奇術師として日本橋南茅場町にあった寄席の宮松亭などに出たあと、七八年（明治十一年）、二代目松林伯円のもとで講釈師として活動を始めている。その後、一時は演芸の世界を離れて英語教師をしたり、八四年（明治十七年）ごろに三遊派の高座にあがったりしたあと、九一年（明治二十四年）からは快楽亭ブラックを名乗るようになったと考えられる。一方で、一八九一年（明治二十四年）六月三十日付「朝日新聞」の記事「ブラックの講釈師兼業」で「落語家英人ブラックは昼席だけ講釈師となり来月から銀座の寿亭と筋違の白梅亭へ出て見台をたゝくとは器用な男」とされているように、講談の高座も続けていて、両方の高座で人気を博していた。特に、探偵小説をはじめとした西洋の小説を原作とする西洋人情噺で評判になっていたほか、英語教師として『容易独修 英和会話篇』（中外堂、一八八七年〔明治二十年〕）を刊行したり、晩年には催眠術やレコード制作にも携わったりするなど、非常に多才な人物だったことがうかがわれる。

こうした経歴からわかるのは、オーストラリアからやってきたスコットランド人というそもそも日本の演芸に縁がなかった人物が、落語や講談に携わっていたということである。このことは言い換えれば、あるジャンルの内部にいる人間がそのジャンルの論理だけでそこに携わっていたのではなく、ジャンルの外側にいてそのジャンルを対象化し、理解したうえで、実際に演じられていたのが快楽亭ブラックによる講談や落語だったということになる。すなわち、同時代には講談や落語といった演芸がどのように捉えられることができたのか、そこでの捉え方が、新しい本や噺が編成されるときにどのように機能していたのかを考えていくうえで、快楽亭ブラックの西洋人情噺は一つの視座を示していることになる。

以上のことを踏まえて快楽亭ブラックによる西洋人情噺を見ていくと、「英国実話 孤児」と同じように、実話としての枠組みが与えられている場合が少なくないことがわかる

> 今を去る五六年前でありましたが我が英国の都の近在ベドフード村に隠居して居ります高山祐吉と云はれる七十八九になります一の老人がありました
>
> （英人ブラック口演、今村次郎筆記『切なる罪』銀花堂、一八九一年〔明治二十四年〕、一一ページ）

> 本日より演じまするお話しは今を去る七年以前英国倫敦府に実際有りました出来事で御坐います
>
> （英人ブラック口演、今村次郎速記『剣の刃渡』文錦堂、一八九五年〔明治二十八年〕、一ページ）

「切なる罪」は「英国実話 孤児」と同じように、もともとヨーロッパで書かれた物語の作中人物を日本人風のものに変えたうえで、主人公である高山祐吉が、五、六年前にベドフード村に実在し、これから語られる事件が実際に起こったという枠組みになっている。また、「剣の刃渡」のほうはより直接的に、「実際有りました出来事」として語り出されている。

快楽亭ブラックの西洋人情噺については、正岡容が「いづれもブラックの作ではなからう。彼地の笑話並びに通俗小説を適宜に翻訳口演したものと見てよからう」[8]と指摘したように、何かしらの小説が種としてあり、翻案したものだったと推察される。そうした原作があるにもかかわらず、快

楽亭ブラックはそれらを実話として書き換えていて、その点を特に強調して繰り返し述べていたと考えられる。

3　様式としての実話

しかし、このように実話として位置づけていくという枠組みは、快楽亭ブラックの西洋人情噺に限ったものではなかった。

たとえば第2部第4章で考えたとおり、「錦の舞衣」はヴィクトリアン・サルドゥ『ラ・トスカ』を翻案したものであり、「tragique（悲劇）」であり「mélodrame（メロドラマ）」である『ラ・トスカ』が、落語や講談、浄瑠璃で見られる仇討物の物語様式に当てはめられていくことで翻案されたと考えられる。そうしたフィクションとしての戯曲について、冒頭部分では、この噺が「天明、寛政、文化、文政、天保、弘化時代」（「名人競」「第一席」「やまと新聞」一八九一年〔明治二十四年〕七月二十三日付）に実在し、名人となった職人や画工などの逸話をまとめたものであることが示されている。したがって、快楽亭ブラックの西洋人情噺と同様、実話として位置づけていることになる。実際、こうした枠組みを作ったことで、本当にこれを実話だと信じてしまった鏑木清方が、坂東お須賀と狩野鞠信の墓を探して谷中の南泉寺を訪れたものの墓が見つからなかったという報告を円朝にしたところ、そんなものがあるはずないと笑われたという逸話も残っている。(9)

同様に、三遊亭円朝『西洋人情話 英国孝子ジョージスミス之伝』に寄せられた若林玵蔵による序文でも、この噺が同じ枠組みをもっていることが指摘されている。

> 西洋に有名なる小説を婦女子の了解し易き為め円朝子が我国の事実に翻案し寄席に於て毎度高評を博せし人情話なるを余が速記法を以て直写せしものなれば一読猶ほ円朝子の演述を聞くが如き興あるを信ず　（前掲、若林玵蔵「序文」）

若林玵蔵による認識では、『西洋人情話 英国孝子ジョージスミス之伝』の原作は、あくまで「西洋に有名なる小説」である。これを、「我国の事実に翻案」したものであり、だからこそ「婦女子の了解し易き」ものになるのだと位置づけている。

ここで特に「婦女子」としているのは、草双紙や戯作が婦女童幼を想定読者とするという建前をもっていたことに由来するものと思われる。これに対して、「我国の事実」という発言は、落語の人情噺が少なくとも建前上は「事実」に由来する物語であると位置づけられるという認識を示している。したがってこうした方法は、円朝と若林玵蔵とのあいだで共有されていたことがわかる。

しかし円朝の人情噺では、西洋人情噺に限らず、「怪談 牡丹灯籠」でも同じ枠組みが与えられていたことは注意を要する。

> 寛保三年の四月十一日まだ東京を江戸と申しました頃湯島天神の社にて聖徳太子の御祭礼

を執行ましてその時大層参詣の人が出て群集雑踏を極めました。茲に本郷三丁目に藤村屋新兵衛といふ刀剣商が御座いましてその店頭には善美商品が陳列てある所を通行かゝりました一人のお侍は

（三遊亭円朝演述、若林玵蔵筆記『怪談 牡丹灯籠』第一編、東京稗史出版社、一八八四年〔明治十七年〕、一丁オ）

「怪談 牡丹灯籠」の物語は、店先で飯島平太郎（のちの平左衛門）が黒川孝蔵を斬り捨てたことに端を発している。平左衛門と孝助の関係を描いた仇討ちの物語は、時間と空間が現実世界の過去に設定されていて、実話であると明示されてはいないものの、実話であるかのように語り出されている。これに対し、飯島の娘であるお露と萩原新三郎の関係をめぐって展開する物語は、伴蔵による虚偽の語りという入れ子構造になっている。

一方で、中国の小説を翻案する際により明確に実話として位置づけていたのが、三代目春風亭柳枝が演じたものが残されている「唐土模様倭粋子」である。

伏魔殿破れて一百八の悪星人界に生を受人を殺し火を放ち世を騒がせしも後竟に衆庶本然の善に帰し国に忠義を尽しぬる唐土宋の世の水滸伝を皇国の事に編りかへ且漢語のむづかしき件を和ぐ倭粋子天罡星に因ある天保年間の頃かとよ江戸下谷黒門町に有名なる呉服店伊藤松坂屋の手代にて金次郎といふ者あり

(春風亭柳枝演、伊東専三編輯『嵐山花五郎黒船風理吉/唐土模様倭粋子』、『新編都草紙』初編、滑稽堂、一八八三年〔明治十六年〕六月四日、一丁オ〔丁付は噺ごとに通しで振られている〕)

ここでは、「唐土模様倭粋子」がもともとは「水滸伝」を翻案した「倭粋子天罡星」をもとにした噺であることが示される。このとき、「天保年間の頃」に、あたかも黒門町にあった伊藤松坂屋の手代にいた金次郎という人物が実在し、その人物をめぐって実際に起きた出来事であるかのような語り口をもっている。

すなわち、西洋で書かれた小説を日本の「事実」に書き換えるという西洋人情噺と同じく、中国の小説を日本の「事実」に書き換える際にも、日本で過去に実際に起きた実話として語り出すという枠組みが少なからず機能していて、こうした枠組みが長篇人情噺の一つの様式だったことが確認できる。

4 講談と落語のあいだ

それでは、このように実話として長篇人情噺を語り出すという枠組みは、どのように編成されたものなのだろうか。

この問題について考えるための手がかりを示しているのが、快楽亭ブラックの「流の暁」に見られる次の語りである。

> ブラックは大袈裟の事を云ふ、何ぼ講釈師扇子で嘘を叩き出しと云つても最う些と真実らしい嘘を云つて貰ひたい真逆僅か百年前に仏国に於て、斯様の事は無かつたらうとお考へなさるお方も定め御坐いませうが私毎夜寄席へ出席してお話しを申し上るには成丈け事情に背く嘘言等は申し上んやうに致して居りやす、
>
> （快楽亭ブラック講演、今村次郎速記『流の暁』三友舎、一八九一年〔明治二十四年〕、一八―一九ページ）

「講釈師扇子で嘘を叩き出し」という語りや、「ブラック講演」という著者標記から、「流の暁」は落語としての西洋人情噺ではなく講談の世話物（世話講談）として語られていて、落語家・快楽亭ブラックとして演じられたものではなく、講釈師・英人ブラックとして読まれたものだったことがわかる。

そのうえで、「成丈け事情に背く嘘言等は申し上んやうに」とあるように、ここで語られる物語が「嘘」ではないことがことさらに強調されている。ここには、講談やその脚本となる実録（実録体小説）や同時代の芝居がもっていた、物語で事実を語るときの枠組みが関わっている。

小二田誠二が指摘するように、講談や実録では講釈師と聴衆とが解釈共同体を構成し、解釈として納得可能な事実を共有するという共同体の論理を伴っていた。そこで読まれる物語が史実である

かどうかを検証することが可能になるのは、書き留められ、活字化されたテクストを小説と同じように読む後世の読者の受容においてである。(10)

もちろん、講談であたかも講釈師が見てきたかのように読まれる現実離れした物語は、たとえ実在した人名を用いて講演されていたとしても、一部の聴衆たちはブラックが語るようにおそらく「嘘言(いつはり)」だろうということは理解している。しかし、そうした虚構としての物語でありながらも、建前としては史実として読まれ、そうした建前としての事実が共有されるというのが講談という演芸での発信と受容の様式だった。ブラックはそうした講談という演芸の様式性を十分に理解したうえで、フランスを舞台にした小説を原作としているだろう「流の暁」を、あくまで事実、実話として語るという枠組みに落とし込んでいるのである。

快楽亭ブラックがこれと同じ発想を落語の西洋人情噺に持ち込んでいたとすれば、「英国実話 孤児」が実話としての枠組みをもっていることの説明がつく。そして、快楽亭ブラックに限らず、円朝や柳枝といった同時代の長篇人情噺を手がける噺家が同じ発想をもっていたことは、西洋人情噺に限らず、同じ枠組みをもつ長篇人情噺そのものが、講談がもつ物語の方法によって編成されていたことを示す。

講談は読む芸、落語は語る芸という差異はあるものの、落語の一席物の滑稽噺では、そもそもこうした仕掛けは必要がなかった。しかし、続き物として寄席の高座に連日かけられる長篇人情噺が作られる際に、同時代に流行していた講談の様式が取り込まれていたことが、こうした物語のあり方を規定していたと言えるだろう。たとえば三代目春風亭柳枝がもともとは講談だった「柳田格之進」を落語に持ち込んだように、流行していた講談の本が落語に書き換えられていくというのは明治期にはしばしば見られるが、講談と落語を渡り歩いた外国人快楽亭ブラックによる西洋人情噺や世話講談だからこそ、彼がどのように物語の枠組みを理解し、それを自身の落語や講談にどのように反映させていたのかがより鮮明に浮かび上がってくるのである。

5　小説との関わり

そして問題は、近代日本で西洋の小説という枠組みが受容されていくときに、これまで見てきたような史実、実話としての物語のあり方が、少なからず関与していたことである。

しからば小説家と正史家との区別は果していづこに在るやと問はゞおのれはまづ之に答へていはんとす夫れ小説家は多少妄誕なる事を嗜むものなり故に事実を叙するに臨みて只ありのまゝに其事をば記載し去るに忍びぬ由あり識らず知らず幾分かの文飾を加へて其事実をしも誤る事あり是小説家の歴史家に異なる所以の第一点なり

（坪内雄蔵『小説神髄』下、第八冊、「時代小説の脚色」、松月堂、一八八五―八六年〔明治十八―十九年〕、三十七丁ウ）

坪内逍遥は『小説神髄』のなかでたびたびこの問題を取り上げ、「正史」に記述される「事実」と「小説」の歴史叙述との関係性の問題に踏み込んでいる。

そのなかで、引用箇所では、あくまで「正史」の「事実」としての歴史を記述する「歴史家」「正史家」と、「事実」に「文飾」としての虚構性をもたせることで物語として叙述する「小説家」とを切り分けている。これは、ハートの修辞学で「The novelist naturally shapes the facts to suit his story, instead of shaping his story to suit the facts」[11]とされているものなどを受けた記述だろう。

一方で『小説神髄』の「実録」はあくまで「正史」としての歴史の記述に含まれるものであり、実録体小説や講談と、そこから落語へと展開していった噺の位置づけには踏み込んでいない。

これに対し、講談、落語と小説の関係という問題に、より直接的に踏み込んでいくことになったのが、初代談洲楼燕枝だった。

或仏蘭学の大先生がこの三人男の小説は日本の続話に適当と思ふから追々談してきかせるゆゑよく暗記勉強して各席にて演述しろと有難いおほせを受けまして舌習し暗誦の為め当金蘭社へ依頼致しまして申上升併しながら本文の人名に至りましては仏国人の各目にて認め升と私しが覚え切れぬ異名のみゆゑ地名だけを仏国に致しまして姓名は日本人の名前で申上升が左様致すと如何やら頼政朝臣が射とめたとか申す鵺のやうに猿虎蛇でござい升から曖昧と致してお読み憂うございませうが悪いところは彼処は斯うしろ此処は斯う改めろとお投書にて指揮下され升やう看官諸君へ願上升る

（談洲楼燕枝聞書『仏国三人男』初編、金蘭社、一八九〇年〔明治二十三年〕、一―二ページ）

ここで「仏蘭学の大先生」とあるのは、おそらく森田思軒のことを指している。彼に概要を教えてもらった「法蘭西法律学士某氏」が作った小説を、落語として翻案したと考えられる。このとき、「この三人男の小説は日本の続話に適当と思ふから」とあるように、あくまで「小説」としての「続話」であることを前提として、活字メディアに移していることがわかる。

第2部第4章で、「やまと新聞」に掲載されていた「小説」が、戯曲、物語の口述筆記、現代でいういわゆる小説など、多様な物語ジャンルを領域横断的に含みうる用語だった問題について考えたが、このような「小説」と西洋人情噺とをめぐる言説状況を見ていくと、落語と小説とを横断するテクスト群は、日本の近代の小説のあり方が模索されていくなかで、そこで描かれる物語の虚構性をどのように扱うかというきわめて重要な問題を含んでいたことになる。また、多様な物語ジャンルをどのように越境するのかということも大きな問題であり、この点については次章で詳しく検討したい。

おわりに

これまで、初代快楽亭ブラックによる西洋人情噺は、ヨーロッパの小説を日本の落語に翻案していく際に、それが現実世界で起きた事実としての実話の様式を与えられるという枠組みをもつことについて確認してきた。

また、こうした枠組みは三遊亭円朝や三代目春風亭柳枝によって演じられた落語にも見られ、長篇人情噺でも少なからず様式化されていたものだと考えられる。この場合、講談の脚本である実録体小説がもっている枠組みとの接続の問題、講談と落語とで同じ物語が共有されるという問題、また、同時代の落語や講談と小説との関係性について考えるための手がかりになりうることを指摘してきた。

もちろん本章の指摘がすべての落語、講談、小説に当てはまるわけではないものの、明治期の物語ジャンルの切り分けや、近代小説の編成について考えるうえで、一つの重要な視点を与えるものと思われる。

一方で、同時代の落語と講談、小説の関係性は、講談を中心に編成されてきた怪談や侠客物の物語が落語で多く演じられているという問題や、いわゆる言文一致の編成で落語と講談がどのように扱われたのかという問題とも関わっているように思われる。

注

(1) 佐々木みよ子/森岡ハインツ『快楽亭ブラックの「ニッポン」——青い眼の落語家が見た「文明開化」の日本と日本人』(二十一世紀図書館)、PHP研究所、一九八六年。森岡は「英国実話 孤児」

で「話の実在性が強調されている」とし、そうしたあり方が「実話である方が日本の庶民の耳をそばだてたであろう」としている（一二三―一二四ページ）。

（2）同書一二四ページ

（3）小島貞二編『落語三百年――明治・大正の巻』毎日新聞社、一九六六年、七〇―八〇ページ

（4）小島貞二『快楽亭ブラック――文明開化のイギリス人落語家』国際情報社、一九八四年、同『決定版 快楽亭ブラック伝』恒文社、一九九七年

（5）イアン・マッカーサー『快楽亭ブラック――忘れられたニッポン最高の外人タレント』内藤誠／堀内久美子訳、講談社、一九九二年

（6）Ian McArthur, *Mediating Modernity Henry Black and narrated hybridity in Meiji Japan*, University of Sydney, 2002.

（7）前掲『快楽亭ブラックの「ニッポン」』

（8）正岡容『寄席行灯』柳書房、一九四六年、六六ページ

（9）鈴木古鶴「円朝遺聞」「西洋物の種」、三遊亭円朝『円朝全集』第十三巻所収、春陽堂、一九二八年、六一二ページ

（10）小二田誠二「実録体小説は小説か――「事実と表現」への試論」、日本文学協会編「日本文学」二〇〇一年十二月号、日本文学協会、三四―三六ページ

（11）John S. Hart, *A Manual of Composition and Rhetoric: A Text Book for Schools and Colleges*, 1871, p. 286.

第7章　落語を「小説」化する

——談洲楼燕枝「西海屋騒動」

1　「西海屋騒動」について

三遊亭円朝は落語の三遊派にとっての大名跡であるだけでなく、落語界全体の中興の祖とされていて、初代円朝が作った噺は現代でも多く高座にかけられている。これに対し、柳派（やなぎは）の大看板だった初代談洲楼燕枝は、あまり振り返られることがない。近年、柳家三三が「嶋鵆沖白浪（しまちどりおきつしらなみ）」を、柳家さん助が「西海屋騒動（さいかいやそうどう）」を高座にかけるなど、柳派の落語家を中心に現代に復活させようとする動きが出てきているものの、初代燕枝による噺は、一九〇〇年（明治三十三年）に死去して以降、演じられることが稀になっている。

しかし、燕枝は紛れもなく、円朝と並び称される名人だった。その燕枝による噺のなかで、「西海屋騒動」は、代表作の一つとして数えられている。この噺には、一八九七年（明治三十年）五月四日から八月二十七日にかけて、「毎日新聞」（「横浜毎日新聞」の改題）に全百回で大団円まで掲載されたテクストもある。

この「西海屋騒動」が、いつ、どのように作られ、初演されたのかについてはわかっていない。暉峻康隆は、「「水滸伝」の花和尚魯智深の件を翻案し、それに曲亭馬琴原作の「西海屋騒動」をとり合わせた「御所車花五郎」など、彼の苦心の作である」として、中国の明代にまとめられた小説『水滸伝』を、燕枝が馬琴の作品を踏まえて翻案した落語として位置づけている。[1] しかし、伊東橋塘が一八八三年（明治十六年）から八四年（明治十七年）にかけて作っていた叢書『新編都草紙』（滑稽堂）に、三代目春風亭柳枝演、伊東専三編輯「嵐山花五郎黒船風理吉／唐土模様倭粋子」が連載されている。伊東専三は橋塘の本名であり、これは「西海屋騒動」と基本的に同じ内容をたどる噺である。あとで詳しく検討するように、この「唐土模様倭粋子」のほうが、「西海屋騒動」よりも翻案の種本である『水滸伝』との距離が近いことから、もともと「唐土模様倭粋子」が先にあり、それを燕枝が改作したのが「西海屋騒

図10　談洲楼燕枝
（出典：「毎日新聞」〔「横浜毎日新聞」〕1897年4月10日付〔東京大学大学院法学政治学研究科附属近代日本法政史料センター明治新聞雑誌文庫蔵〕）

動」だと考えたほうが妥当だろう。この場合「西海屋騒動」は、基本的に「唐土模様倭粋子」の筋をそのままたどりながら、作中人物の名前を改め、冒頭にある御所車花五郎のエピソードをはじめ細かいところを膨らませたり、改変したりしたうえで、さらに後半部分でさまざまな人物やエピソードを加えていくことで形作られたことになる。したがって、暉峻が「苦心の作」とした評価については、見直す必要がある。

一方で、現存する「毎日新聞」掲載のテクストには、落語が活字化されるときに生じる問題や、同時代の「小説」という枠組みのあり方について、円朝やブラックの噺とは異なる問題が見いだされる。本章ではそれらの問題を明らかにすることで、明治期の小説、講談、落語の関わりをより立体的に考えるための手がかりを探っていきたい。

2　初代談洲楼燕枝と「小説」

「西海屋騒動」について具体的に考える前に、まずは初代談洲楼燕枝という噺家の来歴をまとめ、燕枝の噺が活字メディアに掲載される際の特徴について確認しておく。

円朝は芝居咄と三題咄で人気を博し、怪談や人情噺によってその地位を固めていった。一方の燕枝も、同じく芝居咄や三題咄で人気となり、落語家たちが芝居を演じる鹿芝居で評判を得るとともに、侠客を描く活劇を含んだ噺を多く作っている。このことで、明治十年代から二十年代にかけて

「三遊派」と「柳派」が江戸落語の中心となり、それ以降、明治期の落語界を担っていったと言える。

燕枝には、前半生を記した自叙伝である「燕之巣立実痴必読」（通称「燕枝日記」）が、没後まもなく雑誌「歌舞伎」（歌舞伎発行所）で、一九〇〇年（明治三十三年）八月号から翌年の一九〇一年（明治三十四年）一月号にかけて連載されている。また、六代目柳亭燕路が収集した資料をもとに、山本進によって伝記的な記録がまとめられている。(2)

図11　芸人、芸妓、食べ物屋など東京の名物を貼り交ぜにした錦絵のシリーズ『東京自慢名物会』（福田熊次郎、1896年〔明治29年〕―97年〔明治30年〕）の一つ。二世梅素玄魚（案）。「ビラ辰」「魚問屋　伊勢吉」「新ばし小松屋ゑん　川瀬のぶ」に加え、扇子の図案に「談洲楼燕枝」の名が見える。東京都立図書館蔵

これらによると、初代談洲楼燕枝は三河国西尾新渡場（現・愛知県西尾市）にあった高須家の次男だった清助が、江戸小石川で漬物屋を営んでいた長島安兵衛のもとで奉公していたときに、その娘だった千代の婿養子となり、その二人のあいだに一八三八年（天保九年）に生まれたとされる。幼名を伝之助といい、のちに通称として長島伝次郎を名乗った。幼少のころから芝居や落語が好きで、水戸藩に出入りしていた料理屋・萬屋勘兵衛の養子に入って店を継いだものの、番頭に店を譲って五六年（安政三年）初代春風亭柳枝に入門して春風亭伝枝となった。そして真打になったときに、自ら柳亭燕枝を名乗るようになったという。

談洲楼の亭号は、九代目市川団十郎と縁が深かったことから、一八七九年（明治十二年）ごろから使っていたと考えられる。その後、八一年（明治十四年）から本郷（現・東京都文京区本郷）にあった春木座で鹿芝居の興行を始めたときにも用いていて、八五年（明治十八年）三月に燕枝にこそ談洲楼の亭号がふさわしいとのことで、正式に用いられるようになった。また、燕枝の一周忌に襲名した二代目の談洲楼燕枝（一八六九〔明治二年〕—一九三五〔昭和十年〕）も、長男が歌舞伎役者の二代目中村歌門、妹が前進座の創立者である三代目中村翫右衛門の妻となるなど芝居と縁が深く、当初は柳亭燕枝を名乗っていたのを談洲楼燕枝に改めたという経緯がある。逆に、三代目の燕枝（一八九四〔明治二十七年〕—一九五五〔昭和三十年〕）は談洲楼を名乗らず、最後まで亭号を柳亭で通した。したがって談洲楼という亭号は、芝居との関わりを根拠として名乗られていたことがわかる。

こうした経緯からもわかるように燕枝は芝居好きで知られていて、雑誌などで劇評も掲載していた。劇評以外の文筆の仕事にも携わり、読書を非常によくしたと言われる。また、仮名垣魯文に弟子入りして、戯作者として「あら垣痴文」の名を与えられていることから、饗庭篁村、幸堂得知、福地桜痴らをはじめ、特に「根岸派」と呼ばれた文人や作家たちとの交流が深かった。燕枝の死後、雑誌「歌舞伎」に寄せられた追悼文で、劇作家の伊原青々園と三木竹二が「柳の一葉」（前掲「歌舞伎」一九〇〇年〔明治三十三年〕三月号）二八ページで、「小説家の作を高座で演じたのは燕枝が一番です」と記している。

特に注目されるのは、本書でたびたび言及しているとおり、海外から日本に輸入されたテクストに由来する噺を多く高座にかけていたことだろう。

たとえば「元旦の快談」は、チャールズ・ディケンズの小説『クリスマス・キャロル』を翻案して一八八八年（明治二十一年）に「読売新聞」に連載された饗庭篁村「影法師」をもとにしていると考えられる。また、「あはれ浮世」は、ヴィクトル・ユゴーの小説『レ・ミゼラブル』を福地桜痴が翻案した同名の戯曲（一八九七年〔明治三十年〕）に基づいているほか、「仏国三人男」も、一八九〇年（明治二十三年）に金蘭社から刊行された書籍の序文で、「法蘭西法律学士某氏」が作ったものの翻案であることが示されている。燕枝がフランス語を読めたとは考えがたいことから、これらの噺は基本的に、福地桜痴や森田思軒が翻訳、翻案したものをさらに翻案することで、落語の様式に落とし込んでいたと考えるのが妥当だろう。

一方で文筆で仮名垣魯文の弟子だったことは、この時期の戯作者、小説家と落語家の距離が非常に近かったことも示しているだけでなく、現存する燕枝のテクストについて非常に重要な問題を含

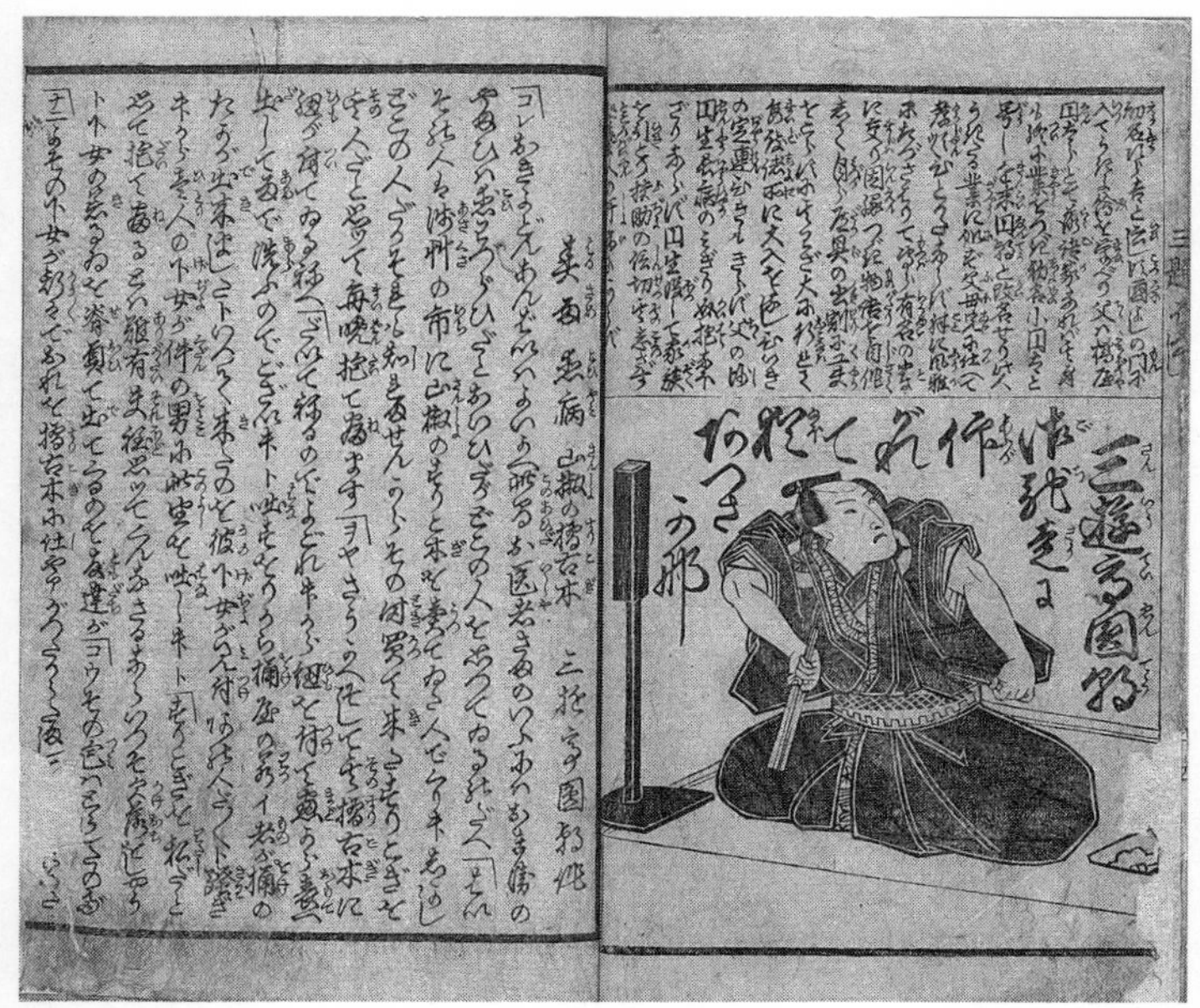

図12　魯文が開催していた三題噺のグループ・粋狂連のメンバーについて記した『粋興奇人伝』の円朝の部分
（出典：仮名垣魯文『粋興奇人伝』宝善堂、1863年跋〔東京都立図書館蔵〕）

んでいる。

まず、仮名垣魯文は文久年間（一八六一―六四年）から、二世河竹新七（のちの河竹黙阿弥）や山々亭有人（条野採菊など）らとともに作った粋狂連で三題噺の自作自演をおこなっていた。若き日の円朝もこれに加わっていたほか、燕枝の師である初代柳枝も参加している。したがって、円朝と同様に三題噺で人気を博すようになった燕枝が粋狂連に何らかのかたちでつながりがあった可能性についても想定しておくべきだろう。

一方、燕枝の噺では『情話写真 墨絵之富士』（文事堂、一八八七年〔明治二十年〕）。のちに

『静岡土産 いんぐわ塚』『怪談 伊豆の吉松』『市川路周』と改題して刊行）が、大阪で速記者として活動していた丸山平次郎筆記によって、速記を活字化したテクストとして残されている。しかし、それ以外の噺の多くが速記ではない形態で刊行されていることには、燕枝が魯文の弟子の戯作者でもあり、文筆をよくしたことが関与していると思われる。

たとえば前掲の「嶋衢沖白浪」は「唐土模様倭粋子」とともに『新編都草紙』に連載されていて、その際には「柳亭燕枝口演、伊東専三編輯」となっている。「編」「編輯」という著者標記は単純に現代的な意味での「編集」を意味するだけでなく、別の人間によって創られた物語をあらすじ本にしたり、芝居などを小説形式に書き換えたりするときに用いられていたと考えられる。宮信明も指摘するように(3)、現在残っている「嶋衢沖白浪」も、燕枝の口演を聞いた伊東橋塘が、それをもとに小説形式に書き換えたものだと考えるのが妥当だろう。また、一八八一年（明治十四年）から八二年（明治十五年）にかけて、胃腸薬・宝丹を売っていた上野の薬屋守田治兵衛（もりたじへえ）が刊行していた雑誌「芳譚雑誌（ほうたんざっし）」（守田宝丹）に掲載された「岡山紀聞筆の命毛（おかやまきぶんふでのいのちげ）」は、「柳亭燕枝編述」「転々堂（てんてんどう）主人校正」という著者標記をもっている。この場合、普通に解釈すれば、燕枝が自ら演じた落語を文章として書き留めたものを、転々堂主人こと高畠藍泉（たかばたけらんせん）がさらに小説としての完成度を高めるよう書き改めていたことになる。

これらのテクストについては、一八八四年（明治十七年）に若林玵蔵が円朝の『怪談 牡丹灯籠』を書き写してから、落語や講談の速記本が刊行されるようになる以前のものであるため、同時代に比較的よく見られる出版形態だったと言える。むしろ問題となるのは、落語の速記が流行し始めて以降のテクストや、特に一八八九年（明治二十二年）から一九〇〇年（明治三十三年）にかけて刊行された速記雑誌「百花園」に掲載のテクストなどでも、燕枝の噺が速記を活字に起こしたものとしては掲載されていないことである。

たとえば、一八八五年（明治十八年）に刊行された談洲楼燕枝演述、雑賀豊太郎編輯『洋妾お花鬼清吉刺青阿市／善悪草園生咲分』（牧野惣次郎）は、燕枝と同じく仮名垣魯文の門人だった戯作者の彩霞園柳香が小説形式に書き換えたものと考えられる。また、「百花園」に掲載の本文は、ほとんどの落語家による噺や講釈師による講釈には今村次郎、酒井昇造をはじめ速記者の名前が記されているのに対し、燕枝の噺は「談洲楼燕枝」とだけ記載されている。このような記載になっている要因は、次の記述から推察することができる。

元旦の快談は時候がらとて機に後れざるやう旧臘より筆を起して第四十一号即ち一日初刊より掲載いたせしところ旧臘押しつめたる事なれば物事のとやかくと机の塵よりも多きに任せ短文ながら第一回を書き綴りしが第二回にはお埋め合せに長々しきものに致したく存ぜしところ思ひ掛けなく新年早々インフルエンザに罹りて未だ褥に在りて今回も図らず短文となりしは観客諸君に恐縮の至りなれば次号よりは充分お埋め合せを致し升

（談洲楼燕枝「元旦の快談」「第二席」、前掲「百花園」第四十二号、一一〇―一一一ページ）

インフルエンザに罹ったために「元旦の快談」の原稿が間に合わなかったという釈明の文章だが、

注目されるのは「旧臘より筆を起して」と明確に記述している点だろう。「元旦の快談」は一八九一年（明治二十四年）一月号（金蘭社）の序文で、「各席亭の高座に口演なすこと爰に一周年」とあり、一八九〇年（明治二十三年）から一年間さまざまな寄席で高座にかけてきたものであることが記されている。しかし「百花園」に掲載のテクストでは、それを落語の速記として載せるのではなく、燕枝が文章として書き直していることが明確である。このことから考えれば、「百花園」に掲載され「談洲楼燕枝」という著者標記だけで速記者の名前がない落語は、単純に速記を活字として起こしたものではなく、燕枝自らが筆を執って文章として再構成したものだと考えるべきだろう。「百花園」とともに燕枝の咄が多く掲載された「毎日新聞」でも同様の傾向が見られ、「旗本五人男」（一八九七年〔明治三十年〕一月一日―五月二日付）、「骸骨於松」（一八九七年〔明治三十年〕八月二十八日―十二月二十九日付）、「侠客小金井桜」（一八九八年〔明治三十一年〕一月一日―四月六日付）、「仮名政談恋畔倉」（一八九八年〔明治三十一年〕六月二日―八月十日付）などで、すべて著者標記が「談洲楼燕枝述」とだけ記載されている。

「西海屋騒動」も、その例に漏れない。それに加え、「第一席」で「扇と筆とは持工合が違ひます故」（「毎日新聞」一八九七年〔明治三十年〕五月四日付）という記述がある。したがって、「毎日新聞」の「談洲楼燕枝述」という標記も、燕枝による高座を速記したものではなく、燕枝が自ら筆を執って、自身の高座を文章として再構成したものだろう。

第2部第4章で、同時代の「小説」という用語が必ずしも現代的な意味で用いられる文章ジャンル、文学の表現ジャンルとしての小説を指すわけではなく、どちらかというと物語を伴う表現メディアを総体的に含む枠組みをもっていた可能性に触れた。その意味で、この時期の落語、講談、歌舞伎、小説は現代の目からは同じ物語を多様にメディアミックス展開しているように見えるのだが、一方で大枠では同じように物語を伴うメディアとして認識されていて、それらが活字になった場合に「小説」と呼ぶべきものになるという発想があったことは注意が必要だろう。

こうした視点から燕枝のテクストを見ると、燕枝が自ら口演した落語の噺を文章として書き改めたとき、それらは円朝をはじめ同時代の噺家たちが数多く残していた落語の速記ではなく、あくまで「小説」だったことになる。また、燕枝は、自身の作った噺を活字のテクストとして公刊するにあたって、「持工合(もちぐあひ)が違(ちが)」うことを明確に認識していた。この場合、燕枝は物語の位相ではメディア横断的に展開することが可能であることを知りながら、表現メディアそれぞれには異なる表現様式が備わっていて、その様式性に合わせて書き換える必要があることに自覚的に取り組んでいた演者であり、書き手だった可能性が生じてくる。こうしたあり方が、噺の大半が速記によって残された円朝のテクストと、そうではなく「小説」形式で多く残っている燕枝のテクストとのあいだで、大きな差異を生じさせているのである。

3 翻案としての「西海屋騒動」

一方で、「唐土模様倭粋子」と「西海屋騒動」のテクストを比較してみると、見えてくるのはむしろ、落語を文章としての「小説」に書き換える際に生じるさまざまな問題点である。

まず、「西海屋騒動」の概要を確認すると、この噺は大きく五つの物語で構成され、複雑に入り組んだ構造になっている。冒頭に語られるのは、信州の松代で悪政をおこなう町奉行の郡伴蔵の威を借りて、小蝶という娘を自分のものにした権次を、御所車花五郎が大暴れして懲らしめたあと、原田市之進によって髷を切られて出家し、名を善導と改めるまでの物語である。第二の部分では、伴蔵の死によって郡家が没収となったために松代から逃げ出した妾のお照が殺され、遺された伴蔵の子の義松が博打者になって親の仇を討ったあと、善導に救われて江戸の回船問屋である西海屋で奉公することになる。第三は、主人が死んで愚か者の宗太郎が継ぐことになった西海屋を、死んだ前の主人に助けられて西海屋で育てられていた清蔵が、宗太郎を殺して品川にある土蔵相模の遊女だった妾のお静とともに乗っ取るものの、お静を義松に奪われて西海屋が没落してしまうという、いわゆる「西海屋騒動」にあたる部分である。第四の部分では、安房に逃れた義松がお静を女郎に売り飛ばし、柳橋で売れっ子だった芸者の弁吉といい仲になる。実はこの弁吉が、許嫁として義松と兄妹のように育てられ、生き別れになっていた娘のお糸であり、最終的には義松がそのお糸を殺してしまうように至る。そして最後の部分では、前橋で博徒の親分株となった義松が捕縛されそうになるものの逃げ延びる。一方で、善導によって鍛えられていた西海屋の宗太郎の子である松太郎は、親の仇討ちを達成する。最後の場面では、義松の前に兄として育てられた重太郎と善導の二人が現れ、義松はこれまで重ねてきた悪行を自戒して自害することになる。

全体としては奸曲を憎む侠客である花五郎（善導）が、松代の人々を苦しめていた伴蔵を殺し、伴蔵の子で生来の悪人として生まれ育った義松を改心させ、自害に至らしめるまでの物語として一応の形にはなっている。一方で、場面ごと部分ごとにさまざまな既存の物語を切り張りしたような構成になっているのは、この時期の物語によく見られる形式である。そのなかで最も完成度が高く、物語としてよくまとまっているのは、「第一席」から「第十席」までの御所車花五郎の物語である。これは御所車花五郎のエピソードが、『水滸伝』で魯達が旅芸人の金老爺と金翠蓮父娘を恫喝していた鄭屠を殴り殺して逃亡したエピソードを下敷きにしているためだと思われる。

以上を確認したうえで、「唐土模様倭粋子」と「西海屋騒動」とを見ていきたい。

燕枝の「西海屋騒動」の種になったと考えられる「唐土模様倭粋子」の「粋子」は『水滸伝』のことであり、したがってそれを「倭」、すなわち日本に舞台を置き換えて翻案したものであることが示されている。それに加え「唐土模様倭粋子」では、「花和尚魯智深が小覇王てふ周通を打するゑたるに髣髴たり」(『新編都草紙』第二編「第二回」、著述堂、一八八三年〔明治十六年〕六月九日、四丁オ)、「嵐山の夜風花五郎を散して茲に花和尚の再生を出す造化の黙計妙なるかも」(『新編都草紙』第五編「第五回」、著述堂、一八八三年〔明治十六年〕六月二十四日、十丁ウ)などのように、たびたび『水滸伝』に言及し、これがその翻案であることを示す語りになっている。

一方の「西海屋騒動」ではそうした語りが後退し、松代や高崎、江戸を舞台とした実録的な位置づけの内容になっている。たとえば、「唐土模様倭粋子」では嵐山花五郎が魯心と名を変えることになっているが、「西海屋騒動」では御所車花五郎が出家して善導という名前に変わる。したがって「西海屋騒動」では、「花五郎」という名前からしか、この人物が「花和尚」に由来していることをうかがうことができない。このように「唐土模様倭粋子」から「西海屋騒動」への改変では、物語が翻案されていく過程で、もともとの種本だった『水滸伝』から次第に離脱していく過程が明確に見て取られるのである。

また、『新編都草紙』に掲載の「唐土模様倭粋子」では、「唐土宋の世の水滸伝を皇国の事に編りかへ且漢語のむづかしき件を和ぐ倭粋子天崗星に因ある」（『新編都草紙』初編、著述堂、一八八三年〔明治十六年〕六月四日、一丁オ）とあることから、「倭粋子天崗星」が「唐土模様倭粋子」の種になっているらしいことがわかる。しかし、このテクストは未見であり、「天崗星（天岡星）」というのも『水滸伝』のいわゆる「百八星」には含まれていない。この表記自体が誤りである可能性もあるが、この「倭粋子天崗星」が、そもそも『水滸伝』を翻案した講談種だった可能性も想定しておく必要がある。なぜなら、現代の講談で嵐山花五郎（御所車花五郎）の物語をかけた高座は未見だが、大衆演劇では嵐山花五郎の演目が引き継がれていて、劇団たつみ演劇BOXなどによって公演がおこなわれている。したがって、現在ではほとんどの演目で残っていない花五郎というキャラクターが、当時ではさまざまな演目で用いられていた可能性が想定できるためである。

4　落語を「小説」化する

「西海屋騒動」のもう一つの特徴としては、「唐土模様倭粋子」に比べてエピソードが大きく膨らみ、作中人物の活躍が、より生き生きと描かれていることが挙げられる。

側の小蝶も夫と悟り。お前さん方は金次郎に頼れてのお出ならんが素本夫といふ訳では無く義理に迫つて此国まで一所に遁ては来もの丶意気地がないので愛想が附き妾の方から仮父に頼で女房に来た訳なれば夫を兎や角被仰は余計なお世話でありませうと薄き唇る翻へし言ば作造耐へ兼。我親分を何と思ふ無礼な女と立掛らんとするを花五郎押止め。行ぬといふとも遣ずに置んや女め来いと立上り小蝶の首筋取より早く手玉の如く作造の側へ撞と投出しソレと目を以て知すれば

（三代目春風亭柳枝演、伊東専三編輯「唐土模様倭粋子」「第二回」、滑稽堂、一八八三年〔明治十六年〕六月九日、三丁ウ―四丁オ）

金次郎が江戸から連れてきた芸者の小蝶だったが、松代の鍛冶町にある柳生楼の主人である権次は、松代の奉行である寒蔵に妹のお雪を嫁がせたことで権勢を振るっていて、金次郎から小蝶を奪って夫婦として披露目をしてしまう。金次郎が毎日のように泣き暮らしているという話を聞いて怒った花五郎が権次のところに乗り込んでいったところ、権次の傍らで酌をしていた小蝶が言い訳を始めるという場面である。小蝶によれば、金次郎に意気地がないために愛想を尽かし、自分から権次の女房にしてほしいと頼んだのだという。

同じ場面が、「西海屋騒動」では次のように語られる。

小蝶は酒が言するのか　小「モシ親分とか兄さんとか、今聞て居れば何ですと、主のある女を如何したとか斯したとかお言ですが、私は亭主も無けりや色も無から、爰の親於に頼んで、女房に持て貰ひますのサ」作「何だ、亭主も色も無なんぞつて、しらばつくれるな、花生に居る金次郎と云ふ男は何だ、爾が為に御主人をしくじつて旅他国迄来たぢやアねへか」小「アノ金さんですか、アレハ私の供ですよ、何でもありやしませんよ、夫ぢやア金さんに頼まれて来たんですか、大きにお世話ですよ――」作「ヤイ女子己の親分に向つて、大きにお世話ですよ――とは何だ、詞ア過るぞ」花「コレ待て作蔵、ヤイ女、金次郎と云ふ男は手前故に店をしくじり、今ぢやア外に便りの無へ者、それを見捨て権次と馴合ひ、不人情な事を仕やアがるか、男と見込んで此御所車が頼まれたからは、何処迄も汝等が勝手な事はさせねへ、サア女来い」ト癇癪持の花五郎、立上つて小蝶の襟髪むんづと執り宙に引上げ其儘に、廊下の方へ投出し花「作蔵、アノ女を花生の内へ連て行け、手荒い事をするな」

（談洲楼燕枝述「西海屋騒動」「第四席」「毎日新聞」一八九七年〔明治三十年〕五月七日付）

「唐土模様倭粋子」に対して「西海屋騒動」のテクストでは、この場面が小蝶、作蔵（「唐土模様倭粋子」では作造）、花五郎の会話によるやりとりになっている。このことで、たとえば「唐土模様倭粋子」では小蝶が金次郎に対して「意気地がないので愛想が附き」たとしているだけだったのに対し、「西海屋騒動」では「亭主も無けりや色も無」状態であり、金次郎は「私の伴」にすぎないとうそぶいて、自身の振る舞いの正当性を主張する。小蝶が「不人情」であることを示すこうした台詞が、花五郎が小蝶の襟首をつかんで放り投げることで懲らしめるという演出につながっている。「唐土模様倭粋子」では「無礼な女」だという作造の言葉だけを根拠に小蝶が放り投げられているのだが、「西海屋騒動」では小蝶という女が金次郎を裏切ったという側面を強調することで、「癇癪持」の花五郎が怒るに足るだけの理由付けがなされているのである。

ただ、こうした改変が、必ずしも燕枝の創作によるものではない可能性については、想定しておくべきだろう。ここには、落語を速記本の活字化ではなく、あくまで「小説」として活字にする際に生じていた重要な問題が示されている。

たとえば三遊亭円朝の場合にも、燕枝のテクストと同じように、落語を「小説」形式に書き改めたものがある。具体的には、岩波書店版の『円朝全集』の「別巻二」で、「口演による文芸」としてまとめられている六作である。

このなかで山々亭有人補綴『菊模様皿山奇談』（三遊亭円朝作話、錦朝楼芳虎画、若栄堂、一八七〇年〔明治三年〕、一八七一年〔明治四年〕序）、山々亭有人補綴『今朝春三ツ組盞』（三遊亭円朝作話、錦朝楼芳虎画。原話は「粟田口霑笛竹」。一八七一年〔明治四年〕序）、篠田仙果『雪月花三遊新話』（朝香楼芳春〔初輯・二篇〕、梅堂国政〔三篇〕画。「松の操美人の生埋」の原話。一八七九年〔明治十二年〕御届〔初輯・二篇〕、一八八一年〔明治十四年〕序〔三篇〕）の三作は、円朝の噺を挿絵入りの草双紙として仕立てたものであり、作中人物による会話を中心に構成している。これに対して、山々亭有人補綴『花菖蒲沢の紫』（三遊亭円朝作話、一蕙斎芳幾画、一八七五年〔明治八年〕）は、[4]『円朝全集』「別巻二」の「後記」で佐々木亭が「明治五年に発令された三条の教憲以降姿を消したはずの人情本が新作として刊行されていた」と指摘するように、[5]『今朝春三ツ組盞』と同様に「粟田口霑笛竹」を基本としながら人情本としての体裁に書き換えられていて、文体や蔵本などの様式としても人情本に沿ったものになっている。

一方で、「諸芸新聞」に連載された古川魁蕾子寄稿「温故知新（またあふはら）」（「諸芸新聞」一八八二年〔明治十五年〕一月二十二日―七月九日付、三遊亭円朝演）は、作中人物の会話としては書かず地の文を基調とした文体になっていて、円朝の高座からあらすじをまとめたという側面が強い。同誌に連載の春雨亭主人「有馬土産千代の若松」（「諸芸新聞」一八八一年〔明治十四年〕九月十二日―十二月十二日付、三遊亭円朝演）は、十回の連載のうち作中人物の会話を入れ込みながら筋をまとめた前半の「第五回」までと、「温故知新（またあふはら）」に似た地の文を基調とする様式に改められた後半の「第六回」以降とで文体が異なっている。これは、「第六回」の末尾（「諸芸新聞」一八八一年〔明治十四年〕十月三十一日付、四丁ウ）で「記者曰（きしやいはく）」として「此一条（このひとくだり）の物語（ものがた）りは今（いま）を去（さ）る二十七年前（ねんぜん）の話（はな）し」であり、本編に対する「余談（よだん）」であると述べられていることから、記述されている内容の位置づけに由来する可能性もある。

これらのテクストからうかがわれるのは、同時代では落語を「小説」化する際に、どのようなジャンル、様式の「小説」にするのかには、物語の内容やメディアのあり方など多様な要素が関与していたことである。燕枝が口演していたような侠客物を合巻にしたり、人情噺を人情本に書き換えたり、切附本のように内容を換骨奪胎して書いたりといったジャンルごとの枠組みだけでなく、どのようなメディアに掲載するか、物語で重要な場面であるかどうかなど、さまざまな要素が複層的に関与している。特に、江戸期であれば、草双紙と合巻、読本、人情本、滑稽本のように、「小説」はジャンルによって判型や文体、物語の方向性が決まっていて、それに合わせた作り方がなされていた。しかし、明治期に入って以降は活字による印刷物が中心となり、新聞、雑誌といった新しいメディアが登場してしまうと、江戸期以来の「小説」にあった様式性が判型によって切り分けられなくなる。そのなかで生じたのは、それぞれのジャンルが抱えていた物語や文体の様式性についても、境界線がより曖昧になっていくという事態だったはずである。

5 燕枝による「小説」の変容

明治期の「小説」をめぐるこのような状況のなかで、「唐土模様倭粋子」は、『新編都草紙』という活字による叢書というメディアで刊行されている。したがって判型によって「小説」としてどのジャンルに翻案されたのかを読み取ることができず、物語の内容や文体から、これがどの「小説」ジャンルであり、どのような書き方が選び取られているのかを判断するしかないという状態が生じている。

この場合、「唐土模様倭粋子」で会話文をもたない文体が選び取られたのであれば、まず想定されるのは、古川魁蕾子寄稿「温故知新（またあふはら）」や、春雨亭主人「有馬土産千代の若松」の「第六回」以降の後半部分と同じように、あらすじをまとめた本文として記述された場合だろう。「唐土模様倭粋子」を「編輯」した伊東橋塘は燕枝と同じ仮名垣魯文の弟子であり、魯文は安政期に鈍亭魯文を名乗っていた時代に数多くの切附本を手がけていた。高木元が指摘するように、(6)切附本は中本型読本としての体裁をもっていて、物語としては縮約されたり改編されたりしているものの、文体の面では読本と同じような地の文を基調とする語りの様式をもっていた。

しかし「唐土模様倭粋子」と「西海屋騒動」の別の箇所を読み比べてみると、「唐土模様倭粋子」が、単純にあらすじを記述したものではないことがわかる。

二個の武士左右ひとしく抜連て打て掛れば邪魔ひろぐなと花五郎は先に進し一個を忽地空竹割かへす刀に今一個の腰の番を撲地と切ば二つ成て倒れたり目前家来を二個討れ急込寒蔵かたへなる刀を抜て切て掛るに加勢せんと権次もまた長脇差を抜連て切て掛れば花五郎左右に敵を受ながら更に憶(ママ)する色もなく精神ます〳〵加りて丁々発石と戦ひしが隙を計つて足を上げ権次の肚をしたゝか蹴ればアッと叫て倒れたる

（三代目春風亭柳枝演、伊東専三編輯「唐土模様倭粋子」「第四回」、『新編都草紙』第四編、滑稽堂、一八八三年〔明治十六年〕六月十九日、七丁ウ。傍線は引用者）

小蝶を金次郎から奪った権次だったが、権次の所業に怒った花五郎によって小蝶は取り戻され、金次郎と小蝶はもとの夫婦に収まることになった。そのことを逆恨みした権次は、自身が花五郎によって殺されたとみせかけて、妹のお雪、その夫で松代の奉行の寒蔵のところに転がり込む。権次、お雪、寒蔵の三人が花五郎をなぶり殺しにしようと算段していたところに、捕縛されたとみせかけて奉行所に潜入した花五郎が乱入。松代の人々の憂いをなくしてから街を去ろうと、大暴れをして三人を斬り殺す場面である。

この場面が、「西海屋騒動」のテクストでは、次のように描かれている。

> 近侍と目明し左右より打て掛るを　花「エ、邪魔するな」と先に立たる侍を唐竹割にパツリズウーン、返す刀に目明の腰の番ひをハツタと切れば、二ツになつてドウと伏す、目前味方を二人討れ、急込む伴蔵権次も共に切て掛れば、御所車は左右に敵を請けながら、少しも臆する色も無く、精神益々加りて一上一下と戦ひましたが、隙を計つて足を上げ、権次の肚をしたゝか蹴れば、アツと叫て倒れたる、
>
> （「西海屋騒動」「第八席」「毎日新聞」一八九七年〔明治三十年〕五月十二日付。傍線は引用者）

まず注目されるのは、波線部が、振り仮名の表記は異なるものの、「唐土模様倭粋子」と同じ文章になっている点である。また、直前の傍線部も、「花五郎」と「御所車」という呼び方や、漢字表記の違いを除けば、「更に」と「少しも」だけが異なっている。このほか、引用箇所の前半は「唐土模様倭粋子」が地の文を基調とした文体、「西海屋騒動」が会話文を挟み込んだ文体になっているものの、二重傍線部「左右」から敵が襲いかかってくることや、「邪魔」をするなという花五

郎の言葉、花五郎が敵を「空竹割（唐竹割）」に切り捨てることなどは共通している。

重要なのは、「邪魔」をするなという花五郎の言葉を除けば、これらがすべて地の文になっていることだろう。このことは、「唐土模様倭粋子」と「西海屋騒動」が「小説」として書き換えられているものの、切附本のように単純にあらすじをまとめたものではなく、少なからず三代目柳枝や燕枝による地の語りを地の文に反映させながら、読本の文体様式に書き換えたものである可能性を示唆している。小二田誠二が実録について「幕末に至って戯作や芝居からの影響、特に読本からの影響を強く受けるように」[7]なったと指摘するように、特に幕末には読本と実録体小説とは接続していて、したがって落語よりは講談と接近していたジャンルである。「唐土模様倭粋子」や「西海屋騒動」が読本の様式で「小説」化されていたとすれば、これらの噺がより講談に近い種であり、したがって読本の様式が、それ以外の「小説」ジャンルよりも近しいと判断されていたことを示唆している。

このように考えた場合、「小説」としての「西海屋騒動」の文体は、地の文を基盤として語りだされる読本のあり方に、もともとの落語に含まれていた作中人物の発話を組み込んだものとして位置づけられる。さらにそれを「　」（かぎ括弧）で括って独立させていくことで、読本の様式とは異なる文体を形作っていた。

ここには当然、落語の速記本が無数に出版されていたために、落語を活字化する際のあり方として噺家が高座で演じた作中人物の発話をできるかぎり再現する方向性が示されていたことも関わっているだろう。一方で、活字によって物語を紡ぐ「小説」という表現メディアそのものが、草双紙の合巻や読本、人情本といった江戸期以来の枠組みから変容し、様式性とジャンルごとの境界が融解し、講談を種とした時代小説が出版されていくなかで、落語を「小説」にするという翻案の発想が作り出されていたことを示しているのである。

おわりに

ここまで確認してきたように、一八八一年（明治十四年）に伊東橋塘が「唐土模様倭粋子」を翻案した「小説」と、九七年（明治三十年）に談洲楼燕枝が「西海屋騒動」を翻案した「小説」が、もともと同じ種でありながら異なる様相を示したのには、「小説」という表現のあり方そのものへの問題意識が異なっていたことが見て取られる。九〇年（明治二十三年）に三代目柳枝に譲るまで、柳派の頭取を務めた明治期の柳派を代表する噺家であると同時に仮名垣魯文に弟子入りした戯作者「あら垣痴文」でもあった談洲楼燕枝は、江戸期以来続く「小説」から明治期の「小説」へと至る過程を、自らの噺を「小説」として翻案するなかで示していたのである。

また、三遊亭円朝の噺の大半が速記として活字化されていたのに対し、談洲楼燕枝の噺はその大半が「小説」として流通していた。しかもそれらは、落語として語ることと「筆を執る」ことが異なっていて、したがって「小説」には落語とは異なる書き方があることを意識してなされたものだったのである。

仮名垣魯文の兄弟弟子である山々亭有人や彩霞園柳香、伊東橋塘による明治初期の「小説」は草双紙の合巻や人情本、読本、中本型読本としての切附本など、それぞれのジャンルがもつ「小説」の様式に組み込まれていた。それに対して燕枝は、読本の様式に基づく地の語りのなかに、速記本や同時代の「小説」に見られるような作中人物の会話を組み込み、「小説」としての文体のあり方そのものを改変していくという方法を採っていた。すなわち燕枝による噺は、当時を代表する噺家の一人であり、戯作者「あら垣痴文」でもあった本人によって記述されたことで、江戸期から明治期にかけて起きた「小説」というメディアの変容の様態そのものを映し出すテクストとなったと言えるだろう。

もちろん、こうした「小説」への向き合い方は、燕枝独自のものだったわけではなく、同時代のほかの書き手たちも同じような問題を共有していたはずである。したがって、本章で考えた視座は、落語を「小説」にするときに限らず、たとえば講談を「小説」にする過程、すなわち明治期から昭和期にかけて全盛を誇った時代小説の文体や、あるいは明治末期に始まる書き講談としてのいわゆる「新講談」のあり方について考えるときにも、重要な視座を示してくれるように思われる。

注

(1) 暉峻康隆『落語の年輪』講談社、一九七八年、二〇二―二〇三ページ

(2) 山本進「談洲楼燕枝（初代）――柳・三遊全盛時代をもたらす」、至文堂編「国文学――解釈と鑑

賞」二〇〇三年四月号、ぎょうせい

（3）宮信明「長編人情噺時代の話法――円朝・燕枝・柳桜」、立教大学日本文学会編「立教大学日本文学」第百二十六号、立教大学日本文学会、二〇二一年、五〇ページ

（4）延広真治は「三遊亭円朝作「粟田口霑笛竹」」（東京大学教養学部編「東京大学教養学部人文科学科紀要」第九十七輯、東京大学出版会、一九九三年）の六三―六五ページで「粟田口霑笛竹」と人情本『花菖蒲沢の紫』との関係について言及している。

（5）佐々木亨「花菖蒲沢の紫」、三遊亭円朝、倉田喜弘／清水康行／十川信介／延広真治編集、佐藤至子／佐々木亨／山本和明／延広真治／清水康行／佐藤かつら／磯部敦／吉田弥生／倉田喜弘校注『円朝全集』別巻二所収、岩波書店、二〇一六年、八二八ページ

（6）髙木元「切附本瞥見――岳亭定岡の二作について」「日本文学協会近世部会会報」第八集、日本文学協会、一九八六年、一一―一二ページ、同「末期の中本型読本――所謂「切附本」について」、日本近世文学会編「近世文芸」第四十五号、日本近世文学会、一九八六年、五〇ページ

（7）小二田誠二「実録体小説」、時代別日本文学史事典編集委員会編『時代別日本文学史事典 近世編』所収、東京堂出版、一九九七年、一六六ページ

第3部　「人情」と言文一致

第8章　翻訳と言文一致との接点

1　明治初期の「豪傑訳」

これまで、第1部では初代三遊亭円朝、第2部では円朝のほか初代談洲楼燕枝、初代（三代目）三遊亭円遊、初代快楽亭ブラックの噺について考えることで、落語がもっている様式性の問題、同時代の「小説」や講談との関係、西洋から次々に入ってくる新しい言説や物語を落語がどのように取り入れたのかなどについて考えてきた。

それではこうした諸問題を踏まえたうえで近代文学成立期の小説とそれに関わる諸言説をあらためて見たとき、いわゆる言文一致の問題や、小説で「人情」を描こうとする坪内逍遥の発想はどのように位置づけられるのだろうか。第3部では、こうした視点から、明治期の翻訳と言文一致をめぐる問題や、『小説神髄』の「人情」論を再考していきたい。

まず、明治初期の小説の翻訳といった場合には、いわゆる「豪傑訳」が想起されることが少なくない。吉武好孝はこの「豪傑訳」について、次のように記している。

> 当時は外国語の知識のレベルが非常にひくく、辞書も満足なものは一つもなかったのだから、翻訳者は自分のおぼつかない外国語（主として英語）の知識をたよりに、自分の想像をまじえていいかげんな解釈をして意味をデッチ上げ、それをめいめい勝手に、ある者は漢文直訳式に、また他の者はそれに口語訳をまじえ、さらに他の者は、自己流の文章体を勝手につくり出して翻訳（豪傑訳）するというような無政府状態だった。[1]

これはたとえば、ウォルター・スコットの『ラムマームーアの花嫁』(Sir Walter Scott, *The Bride of Lammermoor and A Legend of Montrose*, 1819) を翻訳したソル・ヲルタル、スコット原著、橘顕三訳述（実際の翻訳者は坪内逍遥）『春風情話』（一八八〇年〔明治十三年〕）などを念頭に置いたものだと考えられる。具体的に「春風情話」の冒頭を見てみよう。

> 聞道、往昔「蘇格蘭」州の東、「魯志安」の山陰なる、要衝の地に、「烏林」と云ふ一箇の堅城あり、これが城主の名は、同じく「烏林」と呼て、遠き上つ世よりその系統綿々として断えず、家門富み栄えて、平彪、素因遁、道嚕、なんど呼ばるゝ当国の名高き豪族と、累世秦

晋の縁を結び、権勢肩を並ぶるものなく、世に知られたる門閥なり、但し這些の豪族の興廃存亡につきては、云ふべき事も少からねど、そは大方「蘇国」の青史(ママ)に載せて委細なるゆゑ、今はくだ〳〵しきを厭ひて省きつ、

（ソル・ヲルタル・スコット原著、橘顕三訳述『春風情話』、「第一套 紅涙襟ヲ霑ス古堡ノ夕 白刃空ニ閃メク葬場暁」、一八八〇年〔明治十三年〕、一ページ）

原文は以下のとおりである。

In the gorge of a pass or mountain glen, ascending from the fertile plains of East Lothian, there stood in former times an extensive castle, of which only the ruins are now visible. Its ancient proprietors were a race of powerful and warlike barons, who bore the same name with the castle itself, which was Ravenswood. Their line extended to a remote period of antiquity, and they had intermarried with the Douglasses, Humes, Swintons, Hays, and other families of power and distinction in the same country. Their history was frequently involved in that of Scotland itself, in whose annals their feats are recorded. (Scott, op. cit, CHAPTER II, p. 28. 引用は、一八七八年版[2])

この部分は、原書では「Chapter II」の冒頭にあたり、「Chapter I」の内容は訳出されないまま

図13　ソル・ヲルタル・スコット原著、橘顕三訳述『春風情話』第1編、中島精一、1880年、口絵（国立国会図書館所蔵）

削除されている。しかし、この箇所の原文と逍遥による翻訳とを見てみると、東ロージアンがいまでは遺跡しか残っていないということや、そこが肥沃な土地だったという情報が削除されてはいるものの、それ以外の部分は比較的丁寧に翻訳されている。

一方で、「第一套 紅涙襟ヲ霑ス古堡ノ夕 白刃空ニ閃メク葬場暁」という中国の宋代に見られた章回小説を思わせる章立てのしかたや、「累世秦晋の縁を結び、権勢肩を並ぶるものなく」と対句的に語り出していくような語り口、また、「レーベンスウッド」一族の歴史がスコットランド史に大きく関わっているという情報を、「但し這些の豪族の興廃存亡につきては」以下、語り手が顔を出して講釈を始めてしまうという語りのあり方に変更が見られる。

　また、特に目につくのは、図13で示した口絵だろう。この口絵から、スコットランドの「鳥林（レベンスウード）」を舞台にしていたはずの小説が、舞台を鎌倉時代に移し替えられていることが明らかになる。吉武好孝は「自己流の文章体を勝手につくり出し」たと位置づけているものの、どちらかというと江戸期の「読本（よみほん）」から明治期の「合巻（ごうかん）」へと展開していく小説の様式を受け継いだものになっている。

　このような「豪傑訳」について、吉武好孝は「レベルが非常にひくく」と明確に述べている。同様に柳田泉は「粗大自儘な特色が、東洋的豪傑の風格を思わせたところから出ている」とし、西洋文学の雰囲気や味わいを、戯作風の文体を用いながら東洋の「豪傑」に置き換えたものとしている。[3]また山田有策は、「強引にプロットを圧縮したり、結果として珍妙な表現でしか表しきれなかったりする」[4]ものとする。このように「豪傑訳」はこれまで非常に低く評価されていて、中村光夫が「翻訳の技術も、最初は大体の筋を抄出するだけであったのが、次第に原文に近づくことに努めるように」[5]なったとしているように、明治十年代の「豪傑訳」による抄訳や意訳、翻案を経て、明治二十年代になって逐語訳に近い森田思軒の「周密訳」へと至ることで、日本での近代的な翻訳のあり方が定着していったというのが、かつての日本近代文学史の一般的な見方だった。すなわち、西洋の言語を日本語でどのように再現し、移し替えることができているかどうかが明治期の翻訳に対する一つの評価軸となっていたのであり、そこには時期を追うごとに翻訳のあり方が進歩していったという見方が含まれていたのである。

2　逐語訳による翻訳

しかし、江戸期から明治初期にかけて、小説以外の領域でどのような翻訳がおこなわれてきたのかということに目を向けると、「豪傑訳」と呼ばれてきた小説の翻訳のあり方が、ここまで挙げてきたような近代文学研究での指摘とはまったく別の意味を帯びていたことが見えてくる。

明治期の西洋の言語の翻訳は、江戸期の蘭学を土台にしている。このとき、柳父章が指摘したとおり、蘭学でのオランダ語の翻訳では漢文訓読の方法が非常に大きな影響を与えていた。(6) 大槻玄沢『蘭学階梯』（一七八八年〔天明八年〕）ですでに、オランダ語の単語一つ一つに翻訳語として漢字を用いた訳字を当てはめ、それを日本語の語順に並べるという翻訳例が載せられていたのである。

さらに、図14に示したのは、北海道大学附属図書館が所蔵する藤林普山『蘭学逕』（一八一〇年〔文化七年〕跋）の本文である。(7) 左ページ後半から、オランダ語を日本語に翻訳する際の具体的な方法について示している。このとき、「Milt」に「脾ハ」、「is een」に「也リ」、「rood」に「赤」以下、それぞれの語に対応する翻訳語を右側に書き込んでいるのは、『蘭学階梯』と同じ方法である。そして藤林普山はさらに、「也」に「二」、「軟スル物」に「一」をつけて、漢文の返り点のように読む順序を数字によって明らかにしていくことで、冒頭の「De milt is een rood of bruinachtig en week deel, het welk zich gemakkelyk laat van een fcheiden, 't heeft zyn plaats aan de linkerzyde

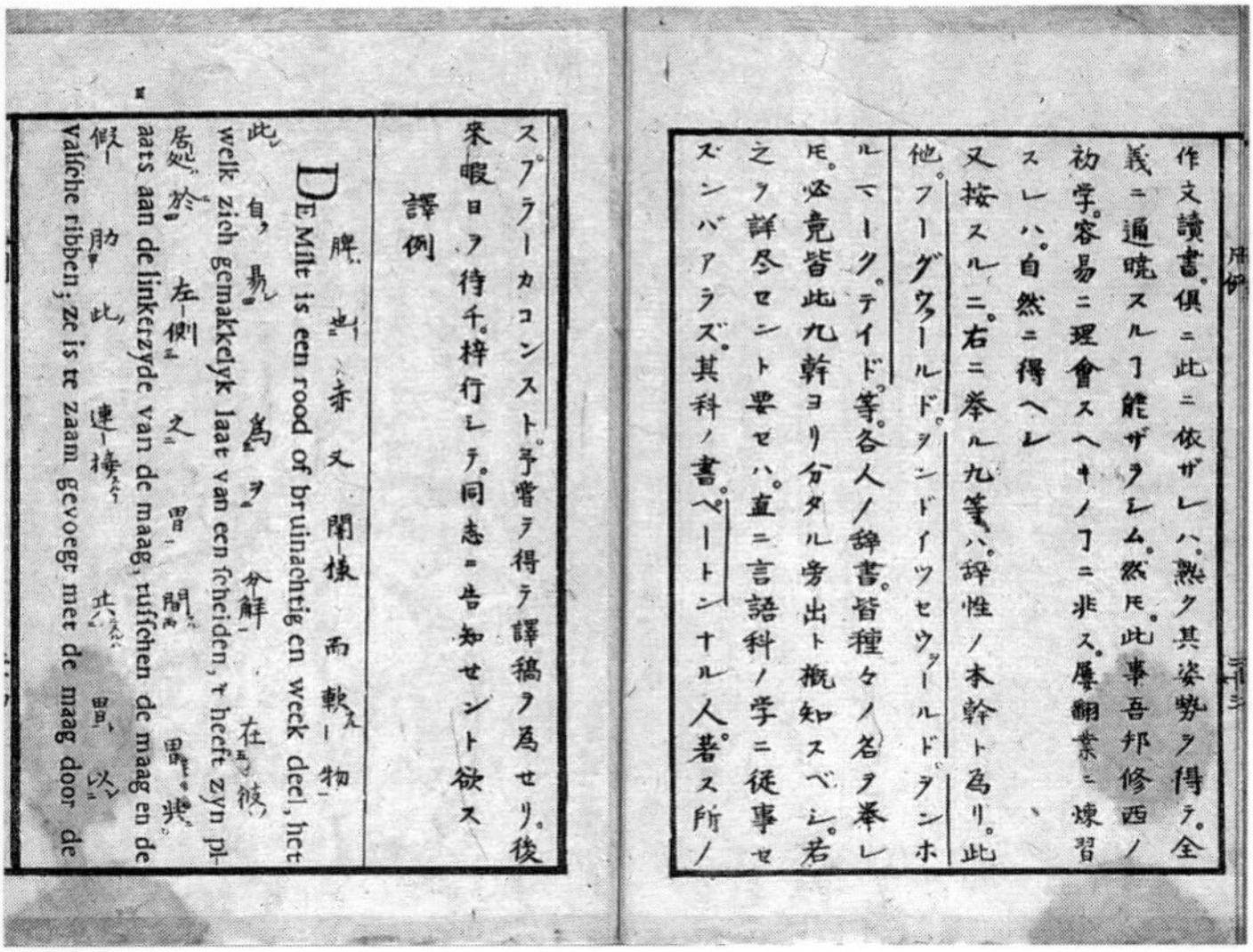

図14　藤林普山『蘭学逕』1810年跋、本文（北海道大学附属図書館所蔵）

van de maag,」を「脾は赤又闇様にして軟なる物なり。此れ自ら分解を為し易し、彼の居処は胃の左側に在り」と翻訳していく。このように蘭学では、オランダ語を漢語を中心とした翻訳語に置き換え、それを漢文と同じように読み下すことによって、日本語に逐語訳していくというシステムで翻訳されていたのである。

こうした翻訳の方法は、幕末から明治期にかけて英語やフランス語、ドイツ語が入ってきたときでも、基本的には変わらなかった。このことは、明治期に入ってからの英語学習用の書籍を見ると明らかである。

たとえばウィルソン『英第一リードル挿訳』（一八七二年〔明治五年〕）は、ウィルソンによる英語講読のテキスト（Marcius Willson, *The first reader of the school and family series*, 1860）を用いる際に使われた

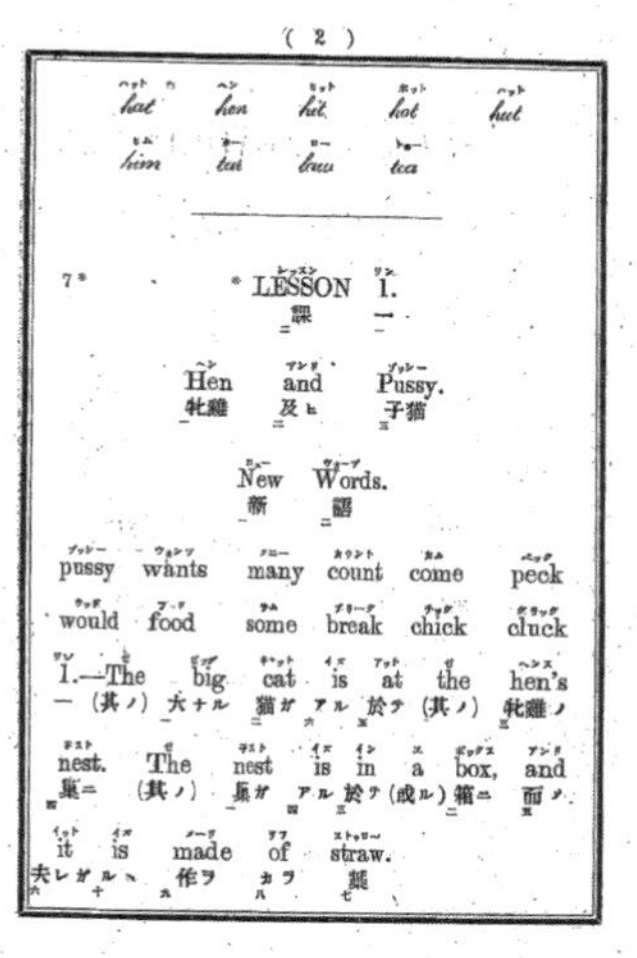

(2)

hat hen hit hot hut
him ten bun ten

LESSON I.
課 一

Hen and Pussy.
牝雞 及ヒ 子猫

New Words.
新 語

pussy wants many count come peck
would food some break chick cluck

1.—The big cat is at the hen's
一 (其ノ) 大ナル 猫ガ アル 於テ (其ノ) 牝雞ノ

nest. The nest is in a box, and
巣ニ (其ノ) 巣ガ アル 於テ (或ル) 箱ニ 而シテ

it is made of straw.
夫レガ ル 作ヲ カラ 藁

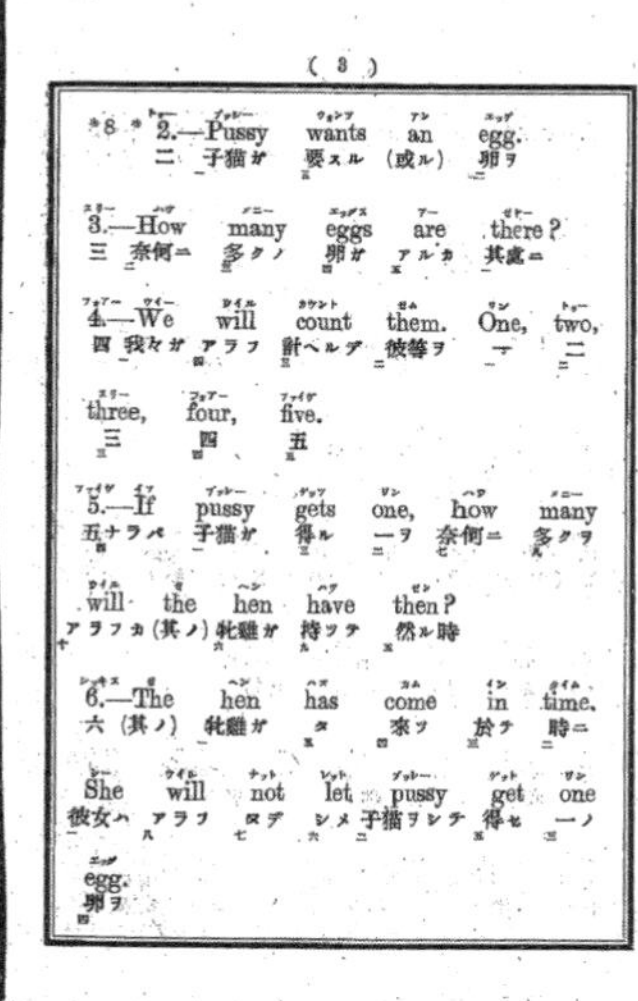

(3)

2.—Pussy wants an egg.
二 子猫ガ 要スル (或ル) 卵ヲ

3.—How many eggs are there?
三 奈何ニ 多クノ 卵ガ アルカ 其處ニ

4.—We will count them. One, two,
四 我々ガ アラフ 計ヘルデ 彼等ヲ 一 二

three, four, five.
三 四 五

5.—If pussy gets one, how many
五 ナラバ 子猫ガ 得ル 一ヲ 奈何ニ 多クヲ

will the hen have then?
アラフカ (其ノ) 牝雞ガ 持ツテ 然ル時

6.—The hen has come in time.
六 (其ノ) 牝雞ガ 來ツ 於テ 時ニ

She will not let pussy get one
彼女ハ アラフ 不デ シメ 子猫ヲシテ 得セ 一ノ

egg.
卵ヲ

図15　ウイルソン『英第一 リードル挿訳』紀伊国屋源兵衛、1872年（早稲田大学図書館洋学文庫〔勝俣銓吉郎旧蔵〕）

日本語版の参考書である。(8) この英語テキストは、西本喜久子などが指摘するように一八七三年（明治六年）の『小学読本』巻四を制作するときに参考にされたものとして知られているほか、(9) 明治初期の英語学習では基本的なテキストの一つとして用いられていた。このテキストは、藤林普山『蘭学逕』と同様に、たとえば「The ape and the ant. The ape has hands.」（一丁オ）という英文について、「ape」に「猿」、「and」に「及ビ」、「ant」に「蟻」と翻訳語を宛て、漢数字で単語を読む順番を示して、「猿及び蟻。猿が手を持つ」という翻訳を作れることを示している。

　このような形式の書籍は、井上蘇吉訳、関根定吉閲『サンダー氏ユニオン第一リードル独案内』（沢屋蘇吉、一八八四年

〔明治十七年〕)、高柳政篝『ウィルソン氏第一リードル独案内』(報告堂、一八八五年〔明治十八年〕)、春藤作太郎・片貝正晋訳『ロングマンスインファントリードル独案内』(博聞社、一八八七年〔明治二十年〕)など(図15)、明治十年代後半から二十年代にかけて大量に出版されている。この時期には、こうした参考書を作ることが当時の学生にとっての手軽な小遣い稼ぎになり、同時に、どちらかというと英語が苦手な学生たちによって、試験勉強のための虎の巻として用いられていたと考えられる。

一方で、こうした書籍の内容は、西洋の言語の翻訳では、あくまで漢文訓読の方法を応用した逐語訳が基本だったことをうかがわせる。したがって、「豪傑訳」と呼ばれてきたような翻訳のあり方は、むしろ小説に見られるきわめて特殊な翻訳の方法だったことがわかる。

3　アダプテーションとしての「豪傑訳」

それでは、「豪傑訳」の発想は、どのような表現のあり方に由来していたのか。この問題を考えるうえで手がかりの一つとなるのは、伊蘇普『通俗伊蘇普物語』(渡部温訳、無尽蔵、一八七二年〔明治五年〕)での翻訳のあり方である。[10]

或日狐葡萄園にはいり。赤く熟せし葡萄が高き架より披纚にさがりたるを見て。是は甘さうじやと。鼓舌をして賞揚て。幾度となく躍上り踊上りたれどもとゞかず。そこで狐が怒を発て。
「ヨシ。なんだこんなものを。葡萄はすッぱいぞ
　なんでも手前勝手のものじや。自分の思ふ様になれば賞る。ならねば誹る。こゝが情の
　私する処じやゆゑ常に戒めねばならぬぞ
（伊蘇普『通俗伊蘇普物語』巻之一、渡部温訳、「第一 狐と葡萄の話（一）」、無尽蔵、一八七二年〔明治五年〕、一丁オ―一丁ウ）

『通俗伊蘇普物語』は、トマス・ジェームスが翻訳した英訳本の『イソップ物語』（Thomas James, *Aesop's Fables: A New Version, Chiefly from Original Sources*, 1848）から日本語に重訳したものであり、府川源一郎が「近代口語文体の創造という観点からも、注目すべき仕事」[11]としているように、ここで用いられた文体と、近代口語文体、言文一致文体との接続という観点から扱われることが多い。しかし、より注目されるのは、木坂基が「江戸戯作か落語のことばのような俗語で書いている」[12]とするなど、江戸期の言葉とのなんらかの接続性を見いだされながら、それがどういうものかが明らかになりにくい点だろう。

　この問題について考えるためには、渡部温が「例言」で、「易解を主旨と」するために「俗言俚語」を用いたとしたうえで、「訳書は原文の面目を改ざるを以て尊する事は論を待ず。されど予が此訳述は。意味徹底を旨とすなれば。前後の文気と斡旋転換の勢とに因て。文を辞に代へ辞を文に換へ」たとしていることが、手がかりになるように思われる。これは具体的に、どのような発想に

基づいていたのか。

このとき、先の引用で「なんでも手前勝手のものじや」と、物語を話し終えたあとで教訓を語り聞かせる語り手が、「じや」を文末にもつ文体を用いていることに注目したい。「例言」で「徳教を婦幼に説示す径捷」と『通俗伊蘇普物語』を位置づけていることから考えれば、ここでの「じや」を基調とする文体は、柴田鳩翁『鳩翁道話』（一八三五―三八年〔天保六―九年〕）などの心学道話の文体などを意識している可能性が高い。

> むかし京に今大路何某といふ名医がござつた。名高ひ御人じや。或時鞍馬口といふ所の人。霍乱の薬を製して売弘めまするにつき。看板を今大路先生に御願ひ申て。書てもらはれました。
>
> （柴田鳩翁『鳩翁道話』正編巻一上、一八三五年〔天保六年〕、一丁オ―一丁ウ）

『鳩翁道話』は、続篇に寄せられた北大路竹窓（源寵天錫）の序文で「婦女童豎」に向けられた「道を説く」ものであることが示される。また、同じく続篇の中山美石による序文では「書籍の意を俗言にやはらけてものする」ものとされ、そのなかで用いられた言葉が「俗言」であることを明示し、そこでは文末表現に「じや」のほか、「ござります」「申ます」「ました」「ます」などが用いられている。

森岡健二は「話し言葉を下敷きにした文章表現、あえて言えば、当時における共通語に基づいた言文一致体というべき性格のもの」と非常に曖昧にしか定義できないということを前提としたうえで、このような文体を「道話体」と呼んでいる。[13] ここで重要なのは、『通俗伊蘇普物語』の文体が、道徳的な教えを大人である語り手が「婦女童豎」「婦幼」に向かって語り聞かせるという構造や、古語と江戸語の口語との混在などで、森岡が指摘した「道話体」といくつもの文体的な共通性が見いだされることだろう。そのなかで「じや」を用いた文末は、金水敏が論じた「役割語」に近い発想のものと思われ、[14] 子どもに向かって老人が教え諭す文体として選び取られている。

もちろん、『通俗伊蘇普物語』と『鳩翁道話』をはじめとした心学道話の文体とは、日本語学でおこなわれているような電子データを用いた自然言語処理の研究をおこなっていけば、具体的な語彙や文法構造は少なからず異なっているはずである。この点が、日本語学の研究で、江戸期のなんらかの文章を参照していると位置づけられながらも、何に基づいているのかが明らかになりにくかった理由だろう。

しかし、同時代の文体をめぐる発想では、どのようなジャンルの文章を書くのかによって、それぞれのジャンルがもっている文体の枠組みや様式、構造が規定され、その文体的な規範にゆるやかに対応して日本語が記述されていたと考えられる。したがって、どのジャンルの文体を意識していたのかというジャンル性そのものと、そこで用いられた文体の構造、文章がもっている様式性が大きな問題となる。

このことは、たとえば坪内逍遥がシェイクスピアの『ジュリアス・シーザー』(William Shakespeare, *The Tragedy of Julius Caesar*, 1599) を翻訳した『該撒奇談 自由太刀余波鋭鋒』の「附言」で示していた翻訳の方向性からうかがわれる。

> 原本はもと台帳の粗なる者に似てたゞ台辞のみを用ひて綴りなしたる者なれば所謂戯曲にはあらず、こゝの院本とは全く体裁を異にしたる者なるを今此国の人の為めにわざと院本体に訳せしかば、原本と比べ見ば或は不都合の廉多かるべし　（『該撒奇談 自由太刀余波鋭鋒』「附言」）

逍遥が『自由太刀余波鋭鋒』を翻訳したときの発想は、「台辞」だけを書いた原書をそのまま翻訳しても「此国の人」には理解できないため、それを「院本体」にしたというものだった。このことは言い換えれば、「台辞」を逐語訳することも可能だったのだが、日本人の読者が理解できるように、あえて歌舞伎の台本である「院本」の様式や文体に当てはめて翻訳（翻案）したと読み取ることができる。

このほか、フェネロンの『テレマコスの冒険』(François de Salignac de La Mothe-Fénelon, *Les Aventures de Télémaque*, 1699) を翻訳した宮島春松訳の『欧州小説 哲烈禍福譚』（一八七九年〔明治十二年〕―一八〇年〔明治十三年〕）では、『春風情話』と同じように、江戸期の読本から明治期の合巻にかけての文体や様式によって翻訳されている。また山田美妙は、早稲田大学図書館本間久雄文庫に所蔵されている初期の草稿で、次のように述べる。

> 翻訳文は多く是れ彼の妙処を移すに難しかゝれば文の妙よりも寧ろ事実を主眼とすべし然りといへども此言は翻訳文に就て言ふのみ別に自家の脚色を起し編成したる物に於ては此言を適

用すべからず
（山田美妙初期草稿、早稲田大学図書館本間久雄文庫所蔵、請求記号：文庫十四―A九十、一八八六年〔明治十九年〕ごろ）

ここで「事実」というのは、原文がもっている意味や、それぞれの語がもっている概念という意味だと思われる。また「翻訳文」は、漢字カタカナ交じりの漢文訓読体を土台として、日本語の文法を交えて翻訳に用いた文体を指している。したがって美妙の主張によれば、「翻訳文」では語と語、文と文とを擦り合わせて、原文と翻訳文とができるかぎり同じ内容を表現しなければいけないという、逐語訳の発想が示されていることになる。

これに対して掲げられるのは、「自家の脚色を起し編成したる物」である。これは、単に創作した小説ということだけでなく、いわゆる「豪傑訳」のように翻案として再編成したものも含んでいたと考えられ、そうした文章は引用箇所のあとの部分で、「和文」によって書く必要があるとしている。そのうえで、当時の英国史の教科書に記述されたアレキサンダー大王（Alexandros）の事蹟を、読本の様式と文体とによって記述した自身の小説『竪琴草紙』を出版したいという主張を展開している。(15)したがって『竪琴草紙』は、美妙が書いた小説のなかで現存している最古のものであると同時に、英国史の教科書を用いたある種の翻案であり、「豪傑訳」と同じ発想で書かれたものと位置づけることができる。

このように明治十年代までの文体では、読本から合巻へと至るジャンルのほかにも、人情本、滑稽本などをはじめ、それぞれのジャンルごとにきまった文体や様式が備わっていた。これは小説や「院本」に限ったことではなく、和文や漢文訓読体、漢文訓読をもとにした翻訳文体など、あらゆる場面で意識されている。そのなかで『自由太刀余波鋭鋒』は日本で言えば「院本体」にしたほうが、読者に理解されやすいという判断があった。また、『欧州小説 哲烈禍福譚』や『竪琴草紙』は、歴史的な過去を題材にした冒険譚とも言える内容が日本で言えば読本や合巻にあたるという判断があり、そのジャンルの様式によって記述されていた。このように、原本が日本で言う読本や合巻、人情本、滑稽本、あるいは院本などのどのジャンルに近いのかという判断が翻訳者によってそのつどおこなわれ、その判断に基づいて、それぞれのジャンルがもっている文体や様式に当てはめて翻訳、翻案されていたのである。

このことは、この時期の翻訳が、原文の言葉をどのように日本語に置き換えるかという言葉のレベルだけでおこなわれていたわけではないことを意味している。原典がどのような内容をもったジャンルなのか、それが日本で言えばどのジャンルにあたるのかという擦り合わせを踏まえて、ジャンルそのものがもつ文体や様式性を含めた総体を日本にある既存の様式に置き換えてしまうというのがここでの翻訳のあり方であり、その結果として生じたのが「豪傑訳」と呼ばれてきた翻訳の実態だったのである。たとえば第2部第1章で取り上げた三遊亭円朝「錦の舞衣」はメロドラマとしての戯曲を仇討物の落語へと翻案していたが、これと同じようなジャンルと文体、様式の発想がこのとき機能していたと言える。

明治初期の翻訳の実態を以上のように考えた場合、いわゆる「豪傑訳」を、原文に忠実でないという点や、原文がもつ西洋文学の雰囲気や味わいが失われているという点から、単純にレベルの低い翻訳と考えることはできない。

序章で触れたように、近年の文学研究、文化研究では、リンダ・ハッチオンが提唱した「アダプテーション」の理論が非常に注目を集めている。[16] こうした「アダプテーション」の視点に立ったとき、「豪傑訳」と呼ばれてきたテクスト群は、西洋の物語を日本の物語がもつ様式性に合わせて適応させた、まさに「アダプテーション」としてのテクストだったと言える。したがって、原典がもつ雰囲気や味わいを損ねたことを批判してきた従来の近代文学研究の見方から離れ、これらのテクストがどのように書き換えられ、そのときにどういう様式性や文体が作用したのかという具体的なあり方を見ていくことで、明治十年代の翻訳小説がもつ豊かな表現世界を考えていくことができる。

4　文体としての言文一致体

それでは、以上のような翻訳と文体とをめぐる明治十年代の枠組みのなかで、文体としての言文一致体はどのように考えていくことができるのか。結論から先に述べれば、言文一致体は、和文や漢文訓読体、翻訳文の文体、さまざまなジャンルごとに異なる小説文体とも違い、既存の様式性や規範性をそもそももっていない新しい文体だった。したがって、それらをどのように規範化していくかということが、最も大きな問題だったと考えられる。

言文一致文体の規範化には、さまざまな方法が考えられる。そのなかで一つの重要な視点を示したのが、山田美妙だった。美妙は、一八八六年（明治十九年）から翌八七年（明治二十年）にかけて活字非売本の『我楽多文庫』に「嘲戒小説天狗」を掲載したときには「言」を中心とした言文一致を目指していて、自らが主宰して創刊した婦人雑誌「以良都女」の創刊号（成美社、一八八七年〔明治二十年〕）に掲載した「風琴調一節」の「緒言」では、そこで用いた文体を「円朝子の人情噺の筆記に修飾を加へた様なもの」としている。

しかし美妙は、このような「言」を中心とした言文一致から、どのようにして「文」を構造化していくかという問題意識へと、方向性を次第に転換していくことになる。

> それも俗語には規則も無く、俗語は極めて不完全な物で迚も改良する目的が無いものならば、それを捨てゝ古文を取るのも、又は新に普通文を作るのも仕方の無い事ですが、しかし小生が年来しらべた処に因れば俗語には殆ど完全な規則が無くは無いのです。
> （山田美妙「言文一致論概略」「学海之指針」一八八八年〔明治二十一年〕三月号、学海之指針社、四一―四二ページ）

ここでの議論では、「俗語」を用いた「文」に、「規則」として「現在」「過去」「小未来」「大未来」といった時制による書き分けがあることが前提となっている。これは、早稲田大学図書館本間久雄文庫に所蔵されている、美妙が一八八六年（明治十九年）に書いた文法論の草稿「日本文法草稿」（請求記号：文庫十四―A八十八―一）などを下敷きにしたものだろう。

同時代での「文法」という用語は、多くの場合、これまで触れてきたような「文体」に近い語感をもっていて、文章ジャンルによって異なる文章の書き方という程度の意味であることが多い。しかし、美妙の「日本文法草稿」は中根淑『日本文典』（大角豊治郎、一八七六年〔明治九年〕）を基本として「後詞」、現在の文法で言う助詞と助動詞について考察したものであり、時制の問題はそのなかに記述されている。したがって、現代の「文法」と近い概念で用いられていて、そのなかで日本語の述語部分の文法に日本語の「規則」の核を見いだし、その部分を分析することで言文一致を達成できるとしていたのである。

このほかにも美妙の言文一致論は、『日本大辞書』（日本大辞書発行所、一八九二―九三年〔明治二十五―二十六年〕）に収められた「語法摘要」や、「言文一致を学ぶ心得（一）」（「以良都女」第五十六号、成美社、一八九〇年〔明治二十三年〕）などをはじめ、文法論と一体に進められていることに特徴がある。すなわち、「言」を文法によって規範化し、その規範に従って口語の語彙を構造化することで、「文」としての言文一致文体を達成しようとしていたのである。特に『日本大辞書』は、序文にあたる「日本辞書編纂法私見」で、「言文両用」ができる「普通語」の概念を一つ一つ規定したうえで、そこで規定された語彙を「語法（文法）」に従って並べていくという方向性が示されている。

このように美妙の言文一致論は、文法や語彙を整備し、述語部分を中心として言語としての日本語を新たに整備していくことで、日本語の規範そのものを作り替えていこうとする方向性をもっていた。このことで、既存の文体様式が存在しない新しい文体としての言文一致を、ある意味で人工的に作り上げていこうとしていたのである。

　こうした美妙の試みには、一つには、美妙の祖父である桜本吉風が国学者であり、美妙のもっていた基礎教養が国学に大きく依拠していたことが関わっているだろう。一方で、こうした文法論は、自らが主宰して「以良都女」や「都の花」（金港堂）を刊行していくなかで行動をともにすることになった編集者の新保磐次（しんぽいわじ）と共有されている。

　『日本普通文如何』（金港堂、一八八七年〔明治二十年〕）の著者として知られる新保磐次は、東京師範学校で教壇に立ったあと、明治二十年代に教科書を刊行していた金港堂の編集者になり、自らも談話体を多く採用した教科書『日本読本』（日本読本、一八八七年〔明治二十年〕）を編纂している。また、婦人雑誌である「以良都女」には、しばしば無署名で「文法」に関する記事が掲載される。これらは臨川書店から刊行されている『山田美妙集』などでは美妙による記事とされているものの、美妙が「以良都女」に記事を書くときは必ず署名をしていることから、無署名の記事は編集部で書いたものと考えたほうが妥当だろう。この場合に最も可能性が高いのは、新保磐次による執筆だったということになる。

　新保磐次は、県立新潟学校英語教場で三宅米吉から教えを受けていて、大槻磐渓に学んだ父の新保正与（まさとも）（西水）は、自らが設立した曽根尋常小学校などで早くから談話体の教育を実施したあと、新潟師範学校での教育に携わっていた。したがって、この時期の県立新潟学校英語教場と新潟師範学校は、学校教育での言文一致文体の編成を考えていくうえで非常に重要な位置を占めている。

大槻磐渓の子である大槻文彦の文法論や『言海』（大槻文彦、一八八九―九一年〔明治二十二―二十四年〕）と『日本大辞書』との関係、婦人雑誌「以良都女」を通じて女子の作文教育に携わっていたことを考えると、美妙の言文一致は、小説表現の実験としてだけでなく、こうした同時代の教育界の動きと連動して試みられていたことを視野に収める必要がある。

5　翻訳と言文一致との接点

言文一致と翻訳との接続という問題も、美妙が示したような「文法」に従って言葉を記述しようとする文章構成のあり方から考えていくことができる。このとき、美妙にきわめて近い考え方をもっていたのが森田思軒だった。

今ま試みに我々か未た嘗て筆を執りしことあらずとし初めて筆を執り文を作るを学ふと仮定めよ我々は如何なる文を学ふべき歟如何なる文章の体裁を手本とすべき歟看わたせは今の文学世界には種々様々の文体の雑然として並び行はれり支那の古文辞を其儘に読むが如き文体あり日本の古詞を主張し仮名つかひにヤカマしき文体あり西洋の文章を翻読するか如き直訳の文体あり平生の談話を其儘に文章に成さんとする新文体あり其他一々挙ぐるには遑まあらす今の文学世界には是れぞ日本普通の文章なりと云へる一定の体裁あらさるなり

（「日本文章の将来」「郵便報知新聞」一八八八年〔明治二十一年〕七月二十四日付）

思軒が日本語による文章表現で問題としていたのは、日本語で文章を書こうとしたときに、「文体の雑然として並び行はれ」ていることである。すなわち美妙と同じように、「支那の古文辞」を用いた漢文訓読体、「日本の古詞を主張し仮名つかひにヤカマしき」という和文体、「西洋の文章を翻読するか如き直訳の文体」という翻訳文などがあり、文章を書くときにはそれぞれがもっている様式をいちいち修得しなければならないという認識が前提となっている。そうした現状を乗り越えて新しい「日本普通の文章」を創らなくてはいけないというのが思軒の主張であり、そのためには新たに「一定の体裁」を構築する必要があるという。

ここには、引用の直後で「一個普通の文体なるのあらずしてゆかんことは教育の上よりも政治の上よりも社会交際の上よりも各々皆な其の不便を感するの甚しきに堪へす」と述べていることから、文体を統一することによって言葉の学習をより容易にしようという功利主義の発想が関わっている。したがって、この文章の別の箇所で「談話と文章」とが別々の文体をもっているという現状を批判し、「談話即ち文章を成す」ということを求めているのも、この文脈のなかにある。

問題は、「普通の文章」での「体裁」をどのように構築するか、また、「談話即ち文章を成す」という状態をどのように創り出していくかという点である。

まず文章の「体裁」の問題について、思軒は「平生の談話を其儘に文章に成さんとする新文体」というあり方には批判的であり、そのうえで求めていたのは文法書としての「文典」によって、

「文法」を整備していくという方向性だった。

> 諸君は平生西洋の文章を読みて其詞の置方の錯綜し曲折し順逆回転自在なるを知り居るへし其詞の置方は固よりソレ〳〵文典上の法則あるものなれとも其働きの広くして自由自在に入組めるは決して支那日本の文章か企てそめも出来ぬ所なることを知り居るへし是は其筈なり彼か如き入組みたる思想を写すには彼か如き入組みたる性質の文章にあらされは決して之を写し得可らされはなり文章に於て詞を陳列する仕方は支那にて謂はゆる造句措辞西洋にて謂はゆるエキスプレッションなり日本現時の文章か益々其働きを発達して自由自在に入組みたる考を写さんと欲するには如何にするも勢此の西洋の造句措辞即ち詞の置方を手本とせねはならさるへし
>
> （「郵便報知新聞」一八八八年〔明治二十一年〕七月二十七日付）

「エキスプレッション（expression）」は、当時の日本で比較的流通していた『ウィリアム・スウィントン英文典』（William Swinton, *A Grammar Containing the Etymology and Syntax of the English Language*, 1885）で「The expression *grammatical form*」という語が用いられていて、主語、述語、目的語といった言語の要素を文法的にどのように配置するかという問題について述べたものである。西洋の言語はその点で日本語や中国語よりも整備されていて、だからこそより「細密」な記述が可能になっているという。そのうえで思軒は、「日本文章の将来」における規範を引用のあとの箇所で「能く人に通する直訳の文体」に求め、さらに「談話即ち文章を成す」という状態を創ることを目指そうとしていた。すなわち、美妙の文法論が述語に非常に大きな意味を見いだしていたのに対し、日本語の主語、述語、目的語の記述という問題に大きく踏み込んだのが思軒であり、それを試みたのが「周密訳」という翻訳文体だったのである。

また、思軒が「直訳の文体」でどのような語彙を用いるかという問題をどう考えていたのかは、一八八七年（明治二十年）十月二十一日の「国民之友」第十号に掲載した「翻訳の心得」から明らかになる。

之を要するに翻訳の文は成る可く平易正常の語を択み特種の由来理義を含まさる癖習なき語を択み談話的の語を用て文章的の道に由らは庶くは上乗に幾からん
（森田思軒「翻訳の心得」「国民之友」第十号、民友社、一八八七年〔明治二十年〕十月二十一日、二一―二二ページ）

この部分から、思軒が日本語の文章で用いられる語彙を旧来の文語文で用いられてきたものから「談話」で用いるものに変えていくことによって、新しい文体を実現しようとしていたことを読み取ることができる。「日本文章の将来」と「翻訳の心得」とをあわせて考えると、思軒が主張していた口語を基本とした新しい文体は、主語、述語、目的語を中心とした文法構造を整備し、そのうえで口語的な語彙をその規則に従って配列していこうとする方向性をもっていたことになる。このような問題意識が翻訳から出てきたという点が、明治二十年代以降の言文一致文体を考えるうえで、非常に重要なものだと思われる。[17]

おわりに

ここまで考えてきたように、明治十年代の翻訳では、まずは文章のジャンルごとに異なっている文体の規範が最も大きな問題になっていた。そのなかで従来、「豪傑訳」と呼ばれてきた翻訳は、特に江戸期から明治期にかけてジャンルごとにさらに細分化された文体をもっていた小説の翻訳で、文体様式そのものを日本のものに適応させていこうとする翻訳（翻案、アダプテーション）のあり方だったことを確認してきた。

また、こうした文体をめぐる状況のなかで、山田美妙と森田思軒が主張し試みようとしていたのは、日本語の「文法」そのものを文法書としての「文典」のレベルから見直し、その規範のなかにより厳密に概念規定をおこなった口語の語彙を当てはめていくことによって、言文一致を達成していこうとする方向性であり、そこに翻訳と言文一致との接点があった。両者の文法論には、文法のなかで特に述語に大きな意味を見いだした美妙と、主語、述語、目的語による日本語の記述としての「文典上の法則」を主張した思軒とで差異はあったものの、特に山田美妙の言文一致は、金港堂にいた新保磐次との関わりによって、学校教育や女子教育とも接続していく。

こうした言文一致のあり方から考えた場合、たとえばいわゆる近代文学史が想定してきたような三遊亭円朝の速記本などを参考にして、口頭語をそのまま記述することで言文一致を達成しようしていた発想と、美妙や思軒が考えていた「文法」を強く意識した言文一致の方向性とは、少なからず異なる位相にあったと考えるべきだろう。こうした「文法」をめぐる問題意識にはフェルディナン・ド・ソシュールの『一般言語学講義』(Ferdinand de Saussure, *Cours de linguistique générale*, 1916) へと至る同時代の英語圏の言語学で、さまざまな言語に共通して見いだされる言語の一般的な法則性が存在するのではないかという議論があり、だからこそ名詞、動詞、形容詞などの品詞や、主語、述語、目的語といった文の構成要素が、西洋の言語と日本語で共通して見いだされるはずだという同時代の言語学の世界的な潮流が関わっている。日本語の主語の記述の問題も、このような西洋の文法を日本語に当てはめていこうとする発想のなかから編成されていくことになる。

一方で、美妙や思軒が論じていた言文一致の方向性は、必ずしもほかの論者に共有されていたわけではないことも注意が必要だろう。明治十年代から二十年代にかけての翻訳や言文一致の問題は、論者ごとに多様な試みがおこなわれ、そのなかで編成されている。

山本正秀は、言文一致の「完成」を終着点としてそこに至るさまざまな試みを一つの「歴史」と位置づけてまとめた。[18] このように言文一致の「完成」から近代以降の日本語を考えようとするあり方は、イ・ヨンスクの「国語」をめぐる議論、[19] 近年では野村剛史の論じた「日本語スタンダード」などにも共通している。[20]

しかし、明治初期の言文一致について考えていくうえでは、このように言文一致の終着点としての「完成」を考えるのではなく、むしろ論者、実践者ごとにおこなわれた多様な言語の試みそれぞれの具体的な様相を捉えていくべきである。このことで、この時期の日本文化と日本語、日本文学の豊かさ、日本語表現のさまざまな可能性を見いだしていくことができるはずである。

注

（1）吉武好孝『翻訳事始』（ハヤカワ・ライブラリ）、早川書房、一九六七年、六六ページ

（2）〔訳〕「東ロージアンの肥沃な平原から昇る峠や山の峡谷に、かつては広大な城が立っていたが、いまでは遺跡しか見ることができない。そこの古くからの所有者は有力かつ好戦的な男爵の一族で、城と同じ「レーベンスウッド」という名をもっていた。彼らの家系は遠い昔から発展し、ダグラス家、ヒューム家、スウィントン家、ヘイズ家、そのほか同じ国の権力者や著名な一族と婚姻関係を結んだ。彼らの歴史はしばしばスコットランド自体の歴史に関係していて、その偉業が記録されている」

（3）柳田泉『明治初期の文学思想』上（「明治文学研究」第四巻）、春秋社、一九六五年、一七九ページ

（4）山田有策「翻訳小説」、三好行雄編『近代文学史必携』（別冊国文学）所収、学燈社、一九八七年、七六ページ

（5）中村光夫『明治文学史』（筑摩叢書）、筑摩書房、一九六三年、八九ページ

（6）この点については、柳父章「日本における翻訳――歴史的前提」（柳父章／水野的／長沼美香子編『日本の翻訳論――アンソロジーと解題』所収、法政大学出版局、二〇一〇年）五一八ページに端的にまとめられている。

（7）藤林普山『蘭学逕』一八一〇年跋、北海道大学附属図書館蔵、二十四丁オ、書誌ID：100259298。

引用は、国文学研究資料館の「新日本古典籍総合データベース」（https://kotenseki.nijl.ac.jp/biblio/100259298/viewer/28）〔二〇二二年十二月二十四日アクセス〕。

（8）ウィルソン氏『英第一 リードル挿訳』一八七二年、早稲田大学図書館洋学文庫蔵。引用は、早稲田大学図書館の「古典籍総合データベース」（https://www.wul.waseda.ac.jp/kotenseki/html/bunko08/bunko08_c0665/index.html）〔二〇二二年十二月二十四日アクセス〕。

（9）西本喜久子「『ウイルソン・リーダー』の編纂者 Marcius Willson に関する研究」、全国大学国語教育学会編「国語科教育」第七十巻、全国大学国語教育学会、二〇一一年

（10）『通俗 伊蘇普物語』の見返しには一八七二年（明治五年）官許とされているが、実際の刊行が七三年（明治六年）だったことが谷川恵一解説『通俗伊蘇普物語』（渡部温訳〔東洋文庫〕、平凡社、二〇〇一年）の解説で言及されている。

（11）府川源一郎「「イソップ寓話」、あるいは「イソップ物語」の受容」、子どもの本・翻訳の歩み研究会編『図説 子どもの本・翻訳の歩み事典』所収、柏書房、二〇〇二年、三八ページ

（12）木坂基「明治期の『伊蘇普物語』の文章」、山内洋一郎／永尾章曹編『近代語の成立と展開』（研究叢書）所収、和泉書院、一九九三年、九〇ページ

（13）森岡健二「口語史における心学道話の位置」、日本語学会編「国語学」第百二十三号、日本語学会、一九八〇年、三三ページ

（14）金水敏『ヴァーチャル日本語 役割語の謎』（岩波書店、二〇〇三年）ほか。

（15）美妙の『竪琴草紙』は、山田俊治／十重田裕一／笹原宏之編著『山田美妙『竪琴草紙』本文の研究』（笠間書院、二〇〇〇年）で全文が翻刻されている。

（16）Hutcheon, *op. cit.* 日本語訳は、前掲『アダプテーションの理論』。

(17) 齊藤美野は『近代日本の翻訳文化と日本語——翻訳王・森田思軒の功績』(ミネルヴァ書房、二〇一二年) 一四六—一四八ページで「日本文章の将来」の「細密」の問題について思軒の用語をそのまま使って言及しているだけだが、美妙と同時代の言説だったことを考えれば、語の概念をより厳密に規定し、文法的な法則に従って言語を記述していくということで、言語と人間の思考とのあいだの差異をできるだけ少なくしていこうとする発想が含まれていたと考えるのが妥当だろう。

(18) 山本正秀『近代文体発生の史的研究』(岩波書店、一九六五年) など。

(19) イ・ヨンスク『「国語」という思想——近代日本の言語認識』岩波書店、一九九六年

(20) 野村剛史『日本語スタンダードの歴史——ミヤコ言葉から言文一致まで』岩波書店、二〇一三年

第9章　『源氏物語』と坪内逍遥の「人情」論

はじめに

坪内逍遥『小説神髄』では、しばしば『源氏物語』についての言及がなされている。

　現実派は前の二派に異なり現にある人を主公とするなり梅暦の丹次郎源氏物語の光君の如き即ち是なり春水翁の時代には丹次郎其人の如きものは幾個も世の中にありしなるべく又式部刀自の時代に於ては彼の光君に似たりし人現に貴紳中にありしなるべしされぱこそ曲学の和学者なんどは源氏物語を評論して時世を諷誡せし書ぞといひ其篇中なる男女の如きもみなそれぐに時の人を表せしものぞといひつたへき是はなはだしき誤謬にして彼式部刀自が現実派の作者

たりしをしらざるものなり　（坪内逍遥『小説神髄』下、第九冊、「主人公の設置」、四十五丁オ）

ここでは、為永春水『春色梅児誉美』（一八三二―三三年〔天保三―四年〕）の丹次郎と『源氏物語』の光源氏とが、ともに「現実派」に属する主人公だと位置づけられている。これは、春水の時代には丹次郎のような人物が現実に存在し、紫式部の時代には光源氏のような人物が現実に存在したというように、それぞれの時代の現実が物語に反映されているという認識に基づいている。

ここで示された『源氏物語』についての捉え方や、それを「現実派」と位置づける発想は、現代の視点から見ると非常に特異なもののように見える。しかし、ここでの議論は『小説神髄』で核となる部分に深く関わってくるものであるだけでなく、近代文学成立期の『源氏物語』の受容という点でも、重要な問題を含んでいると考えられる。

そこで本章では、まずは逍遥がここでおこなった『源氏物語』の位置づけが同時代言説のなかでどのように考えられるのかについて確認していきたい。そのうえで、『源氏物語』をこのように受容したことが、逍遥の『小説神髄』での論理とどのように関わっていたのかについて考察を進めていくことにする。

1 「世態」の反映としての『源氏物語』

坪内逍遥と同時代の『源氏物語』受容の一つとして、末松謙澄によるものが挙げられる。謙澄は一八八二年（明治十五年）に、*Genji Monogatari, or the most celebrated of the classical Japanese romances* をロンドンの Trubner 社から刊行していて、その前年に次のように述べている。

藤壺女宮ハ皇族ニ出ルト雖モ要スルニ後進ノ一女御ニ過キズ故ニ桐壺帝ノ為メニ謀ルニ后ヲ立テント欲スレバ則チ弘徽殿ヲ立ルヨリ善ハナシ而シテ帝遂ニ此ニ出デズ私愛ヲ以テ藤壺ヲ立タリ宮中ノ党争是ニ至テ益々甚シ

（末松謙澄「英国帝室諸礼観察報告」一八八一年〔明治十四年〕四月十六日）

宮内庁書陵部が所蔵する「英国帝室諸礼観察報告」は堀口修の発見によるもので、[1] 川勝麻里が特に『源氏物語』に関わる部分について詳細に報告している。[2] そのなかでも指摘されているように、報告書中の引用部分は謙澄がイギリス留学中に王室について調査して、イギリス王室と『源氏物語』に描かれた皇室とを比較しながら、双方の類似性を指摘したものである。

ここで問題にされているのは、『源氏物語』「桐壺」巻の次の部分である。

上も、限りなき御思ひどちにて、「な疎みたまひそ。あやしくよそへきこえつべき心地なんする。なめしと思さで、らうたくしたまへ。つらつき、まみなどはいとよう似たりしゆゑ、かよひて見えたまふも似げなからずなむ」など聞こえつけたまへれば、幼心地にも、はかなき花紅葉につけても心ざしを見えたてまつる。こよなう心寄せきこえたまへれば、弘徽殿女御、また、この宮とも御仲そばそばしきゆゑ、うち添へて、もとよりの憎さも立ち出でてものしと思したり。世にたぐひなしと見たてまつりたまひ、名高うおはする宮の御容貌にも、なほにほはしさはたとへむ方なく、うつくしげなるを、世の人光る君と聞こゆ。藤壺ならびたまひて、御おぼえもとりどりなれば、かかやく日の宮と聞こゆ。

（引用は紫式部「桐壺」〔『源氏物語 一』（「新編日本古典文学全集」第二十巻）所収、小学館、一九九四年、四四ページ〕）

桐壺更衣が世を去ったあと、悲嘆に暮れて喪に服していた帝は、桐壺更衣に生き写しの藤壺宮（先帝の四の宮）を入内させる。藤壺が帝の心を慰める一方、のちに「光る君」と呼ばれるようになる若君は、母の面影を求めて藤壺を慕う。

この前の場面で帝は、「いとひき越さまほしう」と、第一皇子である弘徽殿の女御の子どもを飛び越えて、のちに「光る君」と呼ばれるようになる若宮を東宮にしたいと願っていた。しかし、後見人がいないことと、若宮が東宮になることを世の中が受け入れることは難しいだろうという判断とによって、第一皇子を東宮としている。このことで弘徽殿の女御はいったん安堵するものの、帝による若君の寵愛は収まることがなかった。

さらに弘徽殿の女御は、新たに入内した藤壺とも、「この宮とも御仲そばそばしき」とあるように険悪な関係にあった。帝が藤壺をかわいがるにつれて、弘徽殿の女御は若君への憎悪も再び甦らせる。一方で周囲の人々は、美しい源氏を「光る君」、藤壺を「かかやく日の宮」と呼んで称賛する。このことで、旧来からの世俗的な価値観で権勢を得る弘徽殿の女御と、見目麗しさと帝の寵愛という異例の理由によって権勢を獲得する若君、藤壺とが、並び称されるようになる。

このような弘徽殿の女御と藤壺との関係について謙澄は、こうした事態が生じたのは皇室による専制政治がおこなわれていることが要因であり、その結果として双方のあいだで「党争」が起きていることを批判的に記述している。このことで、イギリス王室のような君主制を日本で敷くことによって生じうる問題点を指摘しているのである。

このときの『源氏物語』の捉え方には、一つの大きな特徴が認められる。

> 源氏ノ書ハ造意ノ作語ニ過ギズト雖モ其実々録ト相距ル遠カラズ謙澄其書ヲ読ミ専制政府宮中党争ノ事ヲ思フ毎ニ未ダ嘗テ悚然トシテ恐懼シ慨然トシテ歎息セザルハアラズ
>
> （「英国帝室諸礼観察報告」）

謙澄は『源氏物語』を「造意ノ作語ニ過ギズ」としながらも、「其実々録ト相距ル遠カラズ」と述べる。ここで「作語」というのは珍しい漢語だが、「造意ノ」とあることからフィクションとして創られたものという程度の意味と解せられる。したがって、『源氏物語』が創作であることを認めながら、一方で「実録」に近い内容も含んでいるのだという。「実録」という用語は非常に問題が大きいが、ここで述べていたことがどのような内容をもっていたのかについては、翌年に刊行された謙澄による『源氏物語』の翻訳書の「Introduction」から推察できる。

> On the whole my principal object is not so much to amuse my readers as to present them with a study of human nature, and to give them information on the history of the social and political condition of my native country nearly a thousand years ago. They will be able to compare it with the condition of mediæval and modern Europe.
>
> (Murasaki Sikibu, *Genji Monogatari: the most celebrated of the classical Japanese romances*, Translated by Kencho Suematsu, 1882, p. xvi)(3)

ここでの記述に従うのであれば、謙澄が『源氏物語』を翻訳した目的は、英語圏の人々に、平安時代の日本に関する社会的・政治的状況についての情報提供をすることにあった。このことは言い換えれば、謙澄の理解では、『源氏物語』に描かれたそれらの要素がある程度歴史的な事実を反映していて、そのなかで特に天皇を中心とした貴族たちによる専制や、それによって生じた混乱が、そうした事実のなかに含まれるという判断をしていたことになる。

　こうした理解は一見、坪内逍遥と共通しているように見える。しかし、逍遥が作中人物である光源氏について同じような人間が現実に存在していたと考えていたのに対し、謙澄が想定していた『源氏物語』での歴史的事実の反映は、あくまで社会的・政治的状況の範疇にあった。「小説（せうせつ）の主脳（しゆなう）は人情（にんじやう）なり世態風俗（せいたいふうぞく）これに次ぐ（つ）」（『小説神髄』「小説（せうせつ）の主眼（しゆがん）」上、第二冊、十九丁ウ）という『小説神髄』の用語に従うならば、逍遥が『源氏物語』の「人情（にんじやう）」の部分にまで物語が現実を反映しているとしていたのに対し、謙澄はあくまで「世態風俗（せいたいふうぞく）」に、現実世界との接点を見いだしていたことになる。

　以上のように逍遥と謙澄との差異を確認すると、同時代では謙澄の発想のほうがより一般的な認識だったことが見えてくる。たとえば三上参次・高津鍬三郎『日本文学史』では、次のように『源氏物語』を捉えている。

　さて此書は、式部が、当時平安城裡の実相を写し出でたるものなれば、完全なるわが写実流小説の、最も古くして且つ最も巧みなるものなるべし。然れども、式部は、写実より入りて、理想の境に進みたるものなる事を知らざるべからず。既に前に云ひし如く、当時の上流社会は優柔懦弱にして、詩歌、管絃を弄び、花鳥風月に戯るゝ外は、唯癡嬌を事とせしのみ、源語も其材料を、これ等の真像に取りしに相違なしといへども、もと作り物語なるが故に、よき人としたる人の上の事は、何事もめでたからざるはなく、あしき方に伴ふことは、一として悪しからざるはなく、善きは極めて善く、悪しきは極めて悪しく、描き出せるか故に、其人物は、概ね所謂理想的の人物なるのみ。

（三上参次／高津鍬三郎『日本文学史』金港堂、一八九〇年〔明治二十三年〕、上巻二六五―二六六ページ）

ここでは「写実」だと指摘されている部分が、平安時代の「上流社会」の「実相」に限定されている。これに対して作中人物はあくまで「理想的の人物」であり、「善きは極めて善く、悪しきは極めて悪しく」というように人物の一つの側面だけを強調して描くことによって、ある種のキャラクターとして造形されていると位置づけられている。逍遥の「現実派」としての『源氏物語』の読み方ではなく、作中人物をあくまで想像上の人物として捉えていることになる。

また、関根正直が『源氏物語』をめぐる議論のなかで「文学は、世態の反映なり。当時上流社会の淫風甚しく、道徳の程度いと低かりし」（関根正直講述『日本文学史（哲学館第六学年講義録）』哲学館、一八九四年〔明治二十七年〕、六一ページ）としているほか、『源氏物語』について「当時の世態風俗をよくうつし」とした鈴木弘恭・小串隆記・黒川真頼閲『源氏物語講義』第一冊（一八八四年〔明治十七年〕、一丁ウ）、依田学海『学海日録』の一八九五年（明治二十八年）十月八日の記事でも「源氏の上品なるは上流社会を写したるにより」（依田学海、学海日録研究会編纂『学海日録』第十巻、岩波書店、一九九一年、一六一ページ）という島村抱月の見解にも示されているとおり、書かれた当時の「世態」や「社会」が物語に反映されているという視点から『源氏物語』を読む捉え方が同時代言説には圧倒的に多かった。逆に、『源氏物語』について「人情」と現実との接続を論じた坪内逍遥の発想は、非常に珍しいものだったことがうかがわれる。

2　英語圏の「小説」観との差異

こうした議論は、同時代の英語圏で編成されていた言説と対照することで、その位置づけが明確になる。たとえば大学予備門で英語教師をしていたコックスが、『クワッケンボスの修辞学』(G.P.Quackenbos, *Advanced Course of Composition and Rhetoric*, 1854) を基本として日本の学生向けに制作し、使用していた教科書では、小説を次のように位置づけていた。

(b). The *Novel*, which is a pure fiction describing the incidents of modern social life or manners, containing every possible variety of character and of scenery, and designed to excite the reader's interest by a rapid succession of events, an involvement of interests, and the unravelling of intricacies of plot.

(c). The *Romance*, which relates incidents of bygone days, heroic exploits of former times, or extravagant flights of fancy or of imagination. In other respects, the Romance resembles Novel.

(W.D.Cox, *The Principles of Rhetoric and English Composition for Japanese Students part2*, Z.P.

Maruya, 1882, p. 294)[4]

コックスによれば、「Novel」はそのテクストが書かれた時代の社会を反映し、そのなかで起きた出来事を描いたものということになる。また、その物語は多様な「character」と「scenery」を含んでいるという。ここで「scenery」は物語の背景や道具立てを示すものであり、それに対する「character」は作中人物の「性格」「人格」というよりも、それらを背負った「作中人物」そのものという意味合いが前景化する用い方がなされている。したがって、ここでの小説観では、三上参次や末松謙澄が論じたのと同じように小説に反映されるのはそれが書かれた時代の社会状況であって、逍遥が論じたような作中人物の「人情」が現実を反映しているというところまでは想定されていない。

一方で、ハートの修辞学では、小説の別の側面が論じられている。

Novels of a Higher Aim. — A good many novels have a higher aim, being intended by their authors to disseminate theories of life and morals, and even of religion. Dickens's novels, for instance, are aimed mainly at social vices, and so efficiently has he propagated his opinions on these subjects, by means of his fictions, that he has created a strong public sentiment in favor of his social views. (Hart, *op. cit.*, p. 287)[5]

ハートの議論は、「A Fiction is a story made up of incidents invented for the purpose.（フィクションとは、ある目的をもって考案された出来事によって構成される物語である）」という「Fiction」の定義を前提に構成されている。そのなかで、より高次な小説の目的として、物語に著者の人生観や宗教観が反映されるという点が示されている。さらにハートはディケンズの小説に、社会悪を暴露的に描き出すことで、そうした悪そのものを大衆としての読者に知らしめるという小説の役割を見いだしている。すなわちハートの小説観は、作中人物よりも著者がもつ思想と、そこに関わる同時代的な社会性の表象という点に注目した議論だと言える。

このほか、同時代の日本に流入していた言説ではベインの修辞学（Alexander Bain, *English Composition and Rhetoric a manual*, 1867）やヘップバーンの修辞学（A. D. Hepburn, *Manual of English Rhetoric*, 1875）のように、「Poetry」については扱っているものの「Novel」や「Romance」についての記述がそもそもない修辞学の本も少なくない。これらの言説は、亀井秀雄による一連の研究で、『小説神髄』が書かれるときにさまざまに参照されたことが明らかになっている。[6] しかしこうした言説空間のなかに布置してみても、先述のような『小説神髄』での『源氏物語』の捉え方がきわめて珍しいものだったことがわかる。

3 『小説神髄』と『源氏物語玉の小櫛』との関係

それでは、逍遥が『源氏物語』に「世態風俗」と「人情」との両方が反映された「現実派」としての位置づけを見いだしたのは、どのような発想に基づいていたのか。

この問題について考える一つの手がかりとなるのが、『小説神髄』の次の記述である。

> 右に引用せる議論のごときはすこぶる小説の主旨を解してよく物語の性質をば説きあきらめたるものといふべし我国にも大人のごとき活眼の読者なきにしもあらざりけれどもそは絶無にして希有なるから他の曲学にあやまられて彼の源語をさへ牽強して勧懲主意なるものなりなどいとしたり皃に講釈せる和学者流も多しときく豈はなはだしくあやまらずや
>
> （『小説神髄』上、第三冊、「小説の主眼」、二十六丁ウ）

ここで「右に引用せる議論」と述べているのは本居宣長『源氏物語玉の小櫛』（一七九六年〔寛政八年〕稿）を、直前で非常に長く引用したことを受けている。また、『源氏物語』を「勧懲主意なるものなりなど」としているのは、宣長が安藤為章『紫家七論』（一七〇三年〔元禄十六年〕稿）を批判していて、逍遥はその議論に同調して「勧懲」についての議論を展開していることを指す。

そのうえで、逍遥が『源氏物語玉の小櫛』について「小説の主旨を解して」いると評価しているのは、『源氏物語』「胡蝶」巻について触れている部分だったと考えられる。

> こてふの巻にいはく．むかし物語を見玉ふにも．やう〱人のありさま．よの中のあるやう

を．見しり給へば．

すべて物語は．世にある事．人の有さま心を．さま〴〵かけるものなる故に．よめば．おのづから世の中の有さまを．よくこゝろえ．人のしわざ情（コヽロ）のあるやうを．よくわきまへしる．これぞものがたりをよまむ人の．むねとおもふべきことなりける．

（本居宣長『源氏物語玉の小櫛』巻一「大むね」、一七九九年〔寛政十一年〕、十六丁オ）

宣長は、「胡蝶」巻の「すべて物語は．世にある事．人の有さま心を」という部分を、「人のありさま．よの中のあるやう」と言い換え、この部分に「物語どものおもむき」があると位置づけている。これが逍遥の言う「小説（せうせつ）の主旨（しゆし）を解（かい）して」いる部分であり、また「小説（せうせつ）の主旨（しゆし）」という表現が「小説（せうせつ）の主脳（しゆのう）」という用語と同じ枠組みをもっていたとすれば、宣長が「人のありさま．よの中のあるやう」としたのが、逍遥の用語で言えば「人情（じんじやう）」と「世態風俗（せいたいふうぞく）」に相当するものだったことになる。

このように考えられるのは、逍遥の論じた「小説」の「人情」「世態風俗」が、曲亭馬琴、為永春水が「小説」について語る際に用いていたのと同じ語でありながら、それらとは少なからず内容を異にしているためである。

まず馬琴の「人情」は、服部仁による論[7]や、大屋多詠子による論考[8]が示すように時期によって変容しているため一概には言えないものの、おおよそ、忠義によって結ばれた主従関係である武士の「義理」を意味する「公道」と対立する概念であり、夫婦や親子、友人に対して恩に報い、あるいは信義を貫くという理念を示した用語だった。

『小説神髄』の「人情」は逍遥が曲亭馬琴を愛読していたことから、作家論的に馬琴の「人情」と結び付けられてきたものと思われるが、逍遥が「写実流小説」として、『源氏物語』とともに「梅暦の丹次郎」、すなわち為永春水『春色梅児誉美』を挙げていたことを考えれば、『小説神髄』により深く関わっていたのは為永春水が論じた「人情」と「世態」だったはずである。

前掲の服部仁の論で、春水の「人情」が「春水の世態風俗を後の世に伝えるという主張から必然的に出てきた」とされているように[9]、為永春水の「人情」は「世態」との関係から考える必要がある。

　春水曰そも〳〵予が著す草紙はいづれも人情の他をしるさずこゝにおゐて其段取相同じ故に狂言の如く今の世態にあたらぬ場はこと〴〵く夢となす夢にして夢ならずかくも在けんとおもはるゝこともあるべしこは画組と目前の同じきを変化する所為とゆるしたまへかし

（為永春水『風月花情 春告鳥』巻之九、一八三七年〔天保八年〕、十九丁オ—ウ）

『春告鳥』巻之九の末尾で、春水は自分の小説には夢の場面が多いという批判に応えている。「今の世態」とは異なる「時代の風俗」（『春告鳥』第三編巻八）を描く必要があるときには、「夢」の場面として扱うことをここで述べている。言い換えると、過去を描くときには虚構としての「夢」として物語を描く一方、「人情」はあくまで「今」の世の「世態」を描いていくなかで扱われることになる。

こうした春水の「人情」をめぐる発想は、『源氏物語』が紫式部にとって同時代の宮中を描いた当時としての現代小説だったと考えれば、そのまま横滑りさせることができる。『源氏物語』はあくまで当時としての「今」の世の「世態」と「人情」とを描いた物語である。だからこそ末松謙澄や三上参次、高津鍬三郎らが平安時代の社会的・政治的側面にだけ現実世界との接続を見いだしていたのに対し、「人情」の面でも現実世界を生きる人間との接続が可能となる論理が構築できるのである。

また、こうした論理が、逍遥が「勧懲」を批判していくなかで生じたものだった点も注意が必要だろう。本居宣長は『源氏物語』について「此物語を．勧善懲悪のため．殊には好色のいましめなどいふは．ひがことなること」（『源氏物語玉の小櫛』巻一、二十一丁ウ）というように、安藤為章をはじめとしたそれまでの『源氏物語』についての見方を批判することで、「世にある事．人の有さま心を」（同、十六丁オ）を描いているという『源氏物語』の読みを形作っていた。こうした「勧善懲悪」の否定はまさしく『小説神髄』と接続するものであり、その意味で『小説神髄』の「人情」「世態風俗」をめぐる論理は、宣長による『源氏物語』解釈を基盤とし、それに為永春水による「人情」「世態」についての見方を重ね合わせることによって編成されていたと考えることができる。

注

（1）堀口修「末松謙澄の英国帝室諸礼調査について――宮内省による近代皇室制度調査によせて」、明治聖徳記念学会編「明治聖徳記念学会紀要」第二十八号、明治聖徳記念学会、一九九九年

（2）川勝麻里『明治から昭和における『源氏物語』の受容――近代日本の文化創造と古典』（研究叢書）、和泉書院、二〇〇八年、二七―一三一ページ

（3）〔訳〕「全体として、私の主な目的は読者を楽しませることではなく、人々に人間の本性についての研究を紹介し、千年近く前の私の祖国の社会的・政治的状況の歴史について情報を提供することである。人々はそれを中世ヨーロッパと現代ヨーロッパの状況と比較することができるだろう」

（4）〔訳〕「(b)．小説とは、現代の社会生活や社会様式に関わる出来事を描いた純然たるフィクションであり、作中人物やその背景についてのあらゆる多様な可能性を含み、出来事の矢継ぎ早の展開、興味との関わり、プロットの複雑さの解明によって読者の興味をかき立てるように設計されている」「(c)．ロマンスとは、過ぎ去った日々の出来事や、かつての英雄的な偉業、空想や想像の奔放な飛行と関わっている。ほかの点では、ロマンスは小説と近似している」

（5）〔訳〕「高次な小説の目標――多くの小説はより高い目標をもっていて、著者が人生や道徳、さらには宗教の理論を広めることを意図している。たとえば、ディケンズの小説は主に社会的悪を対象にしていて、彼はこれらの問題についての彼の意見を非常に効率的に小説によって伝えてきたので、彼の社会的見解を支持する強い大衆感情を作り出した」

（6）亀井秀雄による一連の研究は前掲『「小説」論』にまとめられている。

（7）服部仁「馬琴と人情」「同朋大学論叢」第三十六号、同朋学会、一九七七年

（8）大屋多詠子「馬琴の「人情」と演劇の愁嘆場」、東京大学文学部国文学研究室編「東京大学国文学論集」第二号、東京大学文学部国文学研究室、二〇〇七年

（9）前掲「馬琴と人情」八〇ページ

第10章　キャラクターからの離脱

——坪内逍遥『小説神髄』「小説の裨益」「主人公の設置」

1　円朝と日本の近代文学

日本の近代文学と円朝との関係について語られるときには、多くの場合、二つの文章が念頭に置かれている。一つには、二葉亭四迷が晩年に記した、「余が言文一致の由来」であり、もう一つは『怪談 牡丹灯籠』第二版に坪内逍遥が寄せた序文である。「余が言文一致の由来」で参照されるのは、具体的には以下の部分である。

もう何年ばかりになるか知らん、余程前のことだ。何か一つ書いて見たいとは思つたが、元来の文章下手で皆目方角が分らぬ。そこで、坪内先生の許へ行つて、何うしたらよからうかと話して見ると、君は円朝の落語を知つてゐよう、あの円朝の落語通りに書いて見たら何うかといふ。

で、仰せの儘にやつて見た。所が自分は東京者であるからいふ迄もなく東京弁だ。即ち東京弁の作物が一つ出来た訳だ。早速、先生の許へ持つて行くと、篤と目を通して居られたが、忽ち礑と膝を打つて、これでいゝ、その儘でいゝ、生じツか直したりなんぞせぬ方がいゝ、とかう仰有る。

（前掲「余が言文一致の由来」一一ページ）

よく知られた文章だが、四迷は「文章下手」だという自覚があり、小説の文章をどのように書いたらいいのかがわからなかったのだという。そこで坪内逍遥のもとを訪れたところ、「円朝の落語通りに」書いてみるように勧められたとされている。これを素直に解釈すれば、逍遥と四迷は円朝の速記本に記された文章を口語に基づく文体として捉えていて、それを小説文体として採用することが、言文一致文体による小説の記述に結び付いたということになる。

こうした捉え方は、たとえば「じじつ作者は、逍遥から小説を書くことをすすめられ、円朝の落語のやうにかいてみてはといはれ、いろいろ考へた末、式亭三馬の深川言葉を参考にしたと「余が言文一致の由来」のなかで告白している」（矢崎弾『近代自我の日本的形成』鎌倉書房、一九四三年〔昭和十八年〕、四五ページ）、「二葉亭が、逍遥の助言を受けて、円朝の落語や三馬の滑稽本などに学びながら、新しい国民的な文学の創造に腐心した」（榊原美文「逍遥・二葉亭」、『岩波講座 日本文学史』第十一巻、岩波書店、一九五八年〔昭和三十三年〕、四一ページ）、「彼は逍遥から三遊亭円朝の語り口をまねたらどうかとすすめられたそうですが」（成瀬正勝『明治の時代』〔講談社現代新書〕、講談社、一九六七年〔昭和四十二年〕、一七四ページ）などのように、いわゆる日本の近代文学史を記述する際に、小説での言文一致文体の成立の問題と結び付けて扱われてきた。しかし、円朝の速記本が言文一致文体で「参考」にされたという点については留保が必要である。

たとえば、山田俊治が円朝の速記本で記述されたものが「言」そのものではなく、演じられた口演の「声」であり、そうした「口演の「言」と速記の「文」という二重性をひとつの文体として実現した」ものだと指摘したように、(1)速記という技術は決して口頭語そのものを再現できるものではなかった。また円朝の口演自体も、落語という様式のなかで作られた言語である。さらに、速記によって記述された言葉を文章に起こす過程で文章語として再構成されてしまうことに加え、第3部第8章で述べたとおり、言文一致は単純に口頭語を文章として書き写したり、口頭語により近い言語体系を用いてそれを記述したりすれば成立するというものではなかった。語と概念との関係や、思考と言語とをどのように擦り合わせ、頭の中にある想念をどこまで言語化することが可能なのかという言語実験を含んでいて、そのなかであくまで文章語としての新しい文体を編成しようとという方向性を少なからず帯びていたと考えられる。この場合、言文一致で円朝の速記本を「参考」にしたというのは慎重に再検討する必要がある。

一方で、たとえば片岡良一に始まり小田切秀雄に引き継がれたいわゆる〈近代自我〉史観も、円朝と近代文学との関わりという文脈にある。しかしこの枠組みには、より大きな問題が見られる。

小説はじめて人間の具体的な存在に密着し、その簡単には割り切れぬ心理や感情や微妙な力までが、まさに追及にあたいするものとされたのである。そしてそのような立ち入った追及にふさわしい近代的な口語文体（いわゆる言文一致）による表現を、三遊亭円朝の講談の速記や江戸戯作までを参考にしながら創造し（現代口語文の成立に二葉亭の努力がどれだけ大きな役割をはたしたかは、次節「国民語へのさまざまな試み」にくわしい）、手さぐりされはじめていた口語文に文学者としてまったく新しい生命を支えることに成功したのであった。

（片岡良一監修、小田切秀雄編集『日本近代文学の成立——明治 上』〔「講座日本近代文学史」第一巻〕、大月書店、一九五六年〔昭和三十一年〕、一四三ページ。項目執筆者は小田切秀雄）

四迷の「言文一致の由来」を踏まえたと思われるこの箇所では、「三遊亭円朝の講談の速記」と記されている。昭和三十年代には講談と落語とはジャンルとして差異化されていて、したがってこれは誤記である可能性が高い。この場合に問題となるのは、こうした誤記がどのように起こりうるのかという点だろう。

小田切秀雄が円朝の速記本を読んでいれば、それらを「講談の速記」と認識することは考えにくい。したがって、速記本を読まずに円朝と四迷との関係を論じていた可能性が生じるだけでなく、そもそも小田切秀雄が講談と落語との差異を十分に認識できていなかったのではないかという疑念さえ生じる。少なくとも、円朝が落語の「人情噺」を得意としていて、だからこそ逍遥の『小説神髄』の「人情（にんじやう）」との関わりが問題となるという状況がどこまで把握できていたのかについては、大きな疑問が残るだろう。言い換えればこの誤記は、逍遥の「人情」論に〈近代的自我〉、あるいは近代文学での〈内面〉の記述の萌芽を見いだすという文学史観が、あくまでそれを前提とした演繹的な思考で『小説神髄』を読んだために生じたものであり、後世の視点から「人情」という用語を恣意的に意味づけたにすぎないものである可能性を示唆している。

また、四迷のエピソードの重要性そのものについても、早くから疑問が呈されてきた。中村光夫は「こゝで明かなごとく彼が坪内氏に仰いだのはたんなる文章上の指示にすぎぬ（2）」とし、ほとんど重要視しなかった。一方で山本正秀が指摘したように（3）、四迷の談話が掲載された「文章世界」の次の号で、坪内逍遥はこの談話の内容を否定している。

> 小生はあの折同君の筆ではじめて言文一致体といふものにお目にかゝつて只管感歎したといふまで、批評をしたのも例の向う見ずのさしで口。同君の言ひやうが余り謙虚だから、誤解する人があるといけないから一寸断つておきます。
>
> （坪内逍遥「言文一致について」「文章世界」一九〇六年〔明治三十九年〕六月号、博文館、四ページ）

逍遥の発言を信じるのであれば、四迷の談話は誇張して記すことで逍遥の功績を称揚したものであり、必ずしも事実を述べたものではないことになる。そして中村光夫だけでなく十川信介の論がそうだったように（4）、こうした立場から論じられるときには四迷の『浮雲』での「写実」の問題や、それがなぜ「未完」に終わったのかという点が論じられてきたのである（5）。

以上のような経緯を考えると、円朝と近代文学との関わりという問題について考えるときには、むしろ『怪談 牡丹灯籠』第二版に坪内逍遥が寄せた序文のほうが、検討に値すると思われる。

> 単に叟の述る所の深く人情の随を穿ちてよく情合を写せばなるべくたゞ人情の皮相を写して死したるが如き文をものして婦女童幼に媚むとする世の拙劣なる操觚者流は此灯籠の文を読で円朝叟に恥ざらめやは
>
> （春のやおぼろ「牡丹灯籠序」、『怪談 牡丹灯籠』第二版）

第1部第1章では、引用箇所の直前にある「宛然まのあたり萩原某に面合はするが如く阿露の乙女に逢見る心地す」という表現から、『小説神髄』「文体論」での「俚言俗語」下（第五冊、八丁ウ）の問題と、『一読三嘆 当世書生気質』（晩青堂、一八八五―八六年〔明治十八―十九年〕）に見られる表現との関係性について考えた。

一方で重要なのは、「人情の随を穿ち」という部分だろう。これは、「小説の主脳は人情なり世態風俗これに次ぐ」（「小説の主眼」）をはじめ、『小説神髄』の「人情」論を想起させる。したがって円朝と日本の近代文学との関わりを考えるためには、やはりここで論じられた「人情」という枠組みがどのようなものだったのか、それが具体的に円朝の人情噺とどのように結び付きうるのかについて考え直す必要がある。

そこで本章では、特に『小説神髄』の「小説の裨益」と「主人公の設置」に注目することで、この問題について考えていくための問題点を示していきたい。なぜなら、亀井秀雄が指摘したように[6]、

『小説神髄』についての多くの研究は前半の理念的な部分に重きを置いていて、後半の小説を実際に書くためのハウツーとも言える枠組みが示された部分については十分な検討がなされてこなかった。しかし、『小説神髄』「小説の裨益」「主人公の設置」で示された論理や、そこでの枠組みにどのようにこの問題が関与していたのかについて考えることによって、『小説神髄』での「人情」という枠組みについて再検討するための重要な視座を得ることができると考えられるためである。

2　「人情」論と『倍因氏 心理新説』

以上のような問題意識のもと、まずは『小説神髄』「主人公の設置」で展開された論がどのようなものであるのかについて確認していく。

「主人公とは何ぞや」という冒頭の一文が示すように、この章は小説の作中人物の構成法について述べたものである。そのうえで逍遥は、「主人公」のことを「本尊」と呼んでいる。

> 主人公に男女の別あり男性なる者を男本尊といひ女性なる者を女本尊といふ夫れ小説は人情を語るものなるからおのづから男女の相思を説かざるを得ず是小説に男女の本尊ある所以なり
>
> （『小説神髄』下、第九冊「主人公の設置」、四十一丁オ）

「本尊」は珍しい用語だが、漢語としては「寺院ニテ主トシテ崇ムル仏像」（前掲『言海』第四冊、九三三ページ）のような用例が通常であり、翻訳語としても「The principal idol in a Buddhist temple.」（『和英語林集成』「和英の部」一八六七年〔慶応三年〕、一二四ページ）とされて以降、「Principal idol.」（大原鉄蔵編『伊呂波引 和英新字典』大原鉄蔵、一八八八年〔明治二十一年〕、七二ページ）のように省略して記されることはあるものの、基本的には仏教の用語とみなされている。一方で歌舞伎では同様の発想があったと考えられ、「本尊」という用語は、そうした文脈を援用して逍遥が比喩的に用いたものであると考えられる。

また、ここでいう「主人公」は、現代の用い方とは内容を異にしている。引用箇所のあとで「一部の中に夥多の男本尊を設くる事あり」として『南総里見八犬伝』『朝夷巡島記』『水滸伝』などを挙げているように、小説で視点人物となったり、中心として描かれる一人の人物を念頭に置いたりしているというよりは、物語のエピソードで中心的に描かれる機会がある人物をすべて「主人公」と呼んでいて、現代でいう作中人物、登場人物に近いニュアンスを帯びた用語であることがわかる。

そのうえで逍遥は、男性主人公を「男本尊」、女性主人公を「女本尊」とし、小説が「人情を語るもの」であるために、双方が「相思」する関係を描くことになるという論理を展開する。このように男女の「相思」と、そこで描かれる「人情」から小説という文章ジャンルを規定するという発想は、「主人公の設置」より前の「小説の裨益」ですでに論じられた内容である。

げに小説は情を主として其脚色をばまうくるものゆゑ男をなごの情話のごときはもつとも

> 必須の材料なりかし蓋し情欲多けれども愛憐といふ情合ほど重なるものはあらざればなりされば真正の小説にも主として男女の相思をとけども彼の為永派の作者の如くにいふ可らざる隠微を穿ちて卑猥の状をば写さんとはせずたゞ人情の秘蘊をあばきて心理学者がときもらせる心理を仔細に見えしむるのみ（『小説神髄』上、第四冊「小説の裨益」、三十三丁ウ）

これによれば、小説には男女の恋愛を描いた「情話」が題材として採られることが多く、そのなかで二人のあいだの「情慾」「愛憐」が描かれるという。『小説神髄』には「喜怒愛悪哀懼欲の七情も其皮相のみをあらはすにはさまでむづかしきことにあらねど其神髄を見えまくほりせば画工の力もて及ぶべくもあらず」（『小説神髄』「小説総論」上、三丁オ―三丁ウ）、「人情とは人間の情欲にて、所謂百八煩悩是なり」（『小説神髄』「小説の主眼」上、第二冊、十九丁ウ）という考え方があり、したがって「人情」は「情欲」、あるいは「喜怒愛悪哀懼欲」の「七情」に置き換えられることが前提になる。そのなかで、「情話」では「愛憐といふ情合」が前面に押し出されて描かれることになるという。

一方で逍遥は、「為永派の作者」の「隠微を穿ちて卑猥の状をば写さん」というような「人情」の描き方には批判的であり、「心理学者」のように人間の「心理」を詳細に記述することを求めている。この具体的な内容は、「為永派」による人情本とリットンの小説を原作とする織田純一郎『花柳春話』（坂上半七、一八七八年〔明治十一年〕）とを比較した「脚色の法則」の記述から明らかになる。

笠頓翁の情史の如きは其物語の性質より其脚色の塩梅まで我為永派の情史に似たれどなほ野卑なりとの嘲笑をば世上に得ざりし所以のものは豈たゞ書中の人物事件が高尚なりしによるのみならんや其模写法の美妙にして彼の有形なる態度をうつさで他の無形なる情緒をしもいとつまびらかに写せしゆゑなり我将来の小説作者は宜しく此区別に眼を注ぎて其新作をものすべきなり

（『小説神髄』下、第八冊、「脚色の法則」、三十丁オ）

『花柳春話』は「為永派の情史」と「似」たところがあるとする一方、「人物事件が高尚」であることに加え「模写法」に差異があるとする。具体的には、リットンが「有形なる態度」、すなわち挙動として他者に認知できる作中人物の感情ではなく、「無形なる情緒」の位相まで記述しているという点だという。したがって『小説神髄』「小説の裨益」の論理では、「無形なる情緒」を記述することのできる小説こそが、「心理」を記述した小説であり、「為永派」の小説を改良した、明治の世にふさわしい小説として位置づけていたと捉えられる。

しかし、実際にそういう小説を書くことは、容易ではなかった。富塚昌輝が指摘するように、逍遥は主人公の創出を生理学の枠組みに求め、『一読三嘆　当世書生気質』で作中人物の容貌をことさらに描写し、そこから作中人物の性格や感情を描き出そうとした。[7] これが「心理学」に拠っていたとすれば、当時流通していたのは西周『奚般氏　心理学』（文部省、一八七五―七六年〔明治八―九年〕）か『アレクサンダー・ベインの心理学』（*Mental and Moral Science: A Compendium of Psychology and Ethics*, 1868）を抄訳した井上哲次郎抄訳、大槻文彦校訂『倍因氏 心理新説』（同盟舎、一八八二年〔明治十五年〕）である可能性が高く、逍遥が読んでいたのがより確実なのは後者のほうである。そのなかで、他者の心理を把握する方法として、次のように述べている。

> 他人ノ感応ヲ知ラント欲セバ、唯々其外面ニ発現スル徴候ニヨリテ、之ヲ推察セザルヲ得ズ、徴候ハ、第一、表識、第二、行状、第三、思想ノ経過、是レナリ、
>
> （前掲『倍因氏 心理新説』第三、七丁ウ―八丁オ）

『倍因氏 心理新説』は、巻之一と巻之二で「BOOK I」の「Movement, Sence, and Instinct」を抄訳したうえで、巻之三では「BOOK II」の「The Intellect」を飛ばして、「BOOK III」「The Emotions」を抄訳するという特殊な構成になっていて、引用箇所の原文は「For a knowledge of the feelings of others, we must trust to external signs, interpreted by our own consciousness. The signs are (1) the Expression, (2) the Conduct, and (3) the indications of the Course of the Thoughts.」（p. 221）がそれにあたる。したがってベインの心理学では、「外面ニ発現スル徴候（external signs）」によって他者の「感応（feelings）」を認識することができるという、生理的な視点が基本となっていた。このとき「表識（Expression）」とは「容貌、音声、動作等（features, voice, gestures）」、「行状（Conduct）」は「快楽苦痛ノ強弱ヲ示ス者（an indication of the strength of the feelings, especially as regards pleasure and pain.）」とあるため、快楽や苦痛に伴って現れる体の動きを指し、そして

「思想ノ経過（Course of the Thoughts）」とは人間の「知力」の鍛錬（intellectual trains）によって感情そのものを抑制しようとするはたらきを指している。

逍遥がこのように「有形(いうけい)なる態度(たいど)」として可視化された領域に対して「無形(むけい)なる情緒(じやうちよ)」を想定していたとすれば、これは人間の表面に現れた感情と、秘匿された人間の内奥とを切り分けて、後者のほうを描き出すことに小説としての新しさを見いだそうとしたものと読める。逍遥は結局『一読三嘆 当世書生気質』で、実作では「無形(むけい)なる情緒(じやうちよ)」の記述まで及ばなかったわけだが、一方で理論としてはどのように想定していたのか。この問題については、『倍因氏 心理新説』での「情緒」という用語の扱いを手がかりにすることができる。

まず「情緒」については、「凡ソ感応ハ、感覚情緒ノ二大部分ニ分ツ者ナルガ、今此ニハ情緒ノミヲ論ゼントス、然ルニ之ヲ論ゼンニハ、先ヅ感応ノ資性ヨリ始ムルヲ便ナリトス」（前掲『倍因氏 心理新説』巻之三、一丁オ）とした『倍因氏 心理新説』の用語に従うのであれば、この原文は「Of the two great divisions of the Feelings ——Sensations (with muscular feelings), and Emotions—— the second has now to be entered upon. As a preparation, it is expedient to resume the characters of Feeling in general」(p. 215) であることから、「感覚」が「Sensations (with muscular feelings)」、「情緒」が「Emotions」、「感応」が「Feelings」の翻訳語であることがわかる。したがって、「情緒(Emotions)」について述べた部分が問題となる。

情緒ハ、感覚ノ如ク、初発ノ感応ニアラズシテ、派生、即チ複雑ノ感応ナリ、

（前掲『倍因氏 心理新説』巻之三、十丁ウ）

『倍因氏 心理新説』の「情緒」についての翻訳部分は非常に省略が多く、論理が通っていない箇所もあるが、引用は「The Emotions, as compared with the Sensations, are secondary, derived, or compound feelings.」（p. 226）を訳したものだろう。「感覚（Sensations）」は巻一で翻訳されていた「味覚（tastes）」「嗅覚（smells）」「聴覚（sounds）」「視覚（sights）」といった、外的な刺激によって生じる身体の反応を指している。これに対して「情緒（Emotions）」は「感覚（Sensations）」が認識された結果、感情や思考という位相まで多層化し、「複雑（compound feelings）」になったものだと位置づけられている。

それぞれの具体的な「情緒（Emotions）」は『倍因氏 心理新説』でも大部分が翻訳されていて、「相対（Emotions of Relatively）」「恐怖（Terror）」「柔和（Tender Emotions）」「主我（Emotions of Self）」「権勢（Emotion of Power）」「憤恚（Irascible Emotion）」「追究（Emotions of Action —Pursuit）」「知力（Emotions of Intellect）」「同情（Sympathy）」「理想（Ideal Emotion）」がそれにあたり、それぞれの「情緒（Emotions）」について具体的な解説がなされている。一方で、原書にありながら『倍因氏 心理新説』で翻訳されなかった項目として、「Æsthetic Emotions」などがある。

ここから想起されるのは、先述の『小説神髄』「小説総論」「小説の主眼」で「人情（にんじやう）」が「情欲（ぱつしよん）」、あるいは「喜怒愛悪哀懼欲（きどあいをあいくよく）」の「七情（しちじやう）」に置き換えられていたという点だろう。この発想は、『倍因氏 心理新説』の抄訳からは判断することが難しいものの、原書のほうで確認することができる。

An outburst of feeling passes through the stages of rise, culmination, and subsidence.

What we call a state of feeling, or emotion, is a transitory outburst from a permanent condition approaching to indifference. There is every variety of mode as respects both degree and duration. A feeble stimulus can be continued longer than a powerful one; while every intense display must be rendered short by exhaustion.

Practically, the moment of culmination of feeling, or passion, is the moment of perilous decisions and fatal mistakes.

（*Mental and Moral Science: A Compendium of Psychology and Ethics*, 1868, p. 224.）[8]

「The Development of Feeling」の項目で、ベインは「感情（feeling)」が高まり、それが身体に表象される瞬間について述べている。外部からの刺激によってそれが生じるとき、「feeling, or passion」とされているように、「feeling」は「passion」と呼ぶべき状態となり、その作用が人間の認知や判断に影響を及ぼすものと位置づける。このときに問題となるのが「moral」と「feeling」との関わりである。

The Moral Acquirements come under the general conditions of Retentiveness.

In heightening, or in detracting from, the natural strength of feelings and volitions, we are aided by all the circumstances enumerated in regard to the attainments of the intellect.

(*Mental and Moral Science: A Compendium of Psychology and Ethics*, 1868, p. 385.)[9]

ベインの心理学は倫理学と一体となっていて、「Moral Habits」の項目は、知性(Intellect)の獲得によって倫理的な習慣を身につけることで感情(feeling)をコントロールできること、そしてそうした人間の発達が時代、時間を経て発達していくという進化論の枠組みが全体を覆っている。こうした発想を踏まえると、『小説神髄』の「人情」論が、これをたどったものであることが見えてくる。

真の小説稗史(那ベル)はいかなる時世に現はるゝぞ其奇異譚と異なる所以はそもまた何等の辺にあるや曰く那ベル即ち真成の小説の世に行はるゝは概ね演劇衰微の時にあり其故はそもいかにといふに総じて文化の浅かりける未開蒙昧の世にありては人皆皮相の新奇をよろこび眼のつけどころ密ならねば何にてもあれ異常にして稍々注目を促がすべき新奇の性質あるものありなば競ふてこれをもてはやして面白きものと思ふは常なり且また此比の人の情は今の人情とはおなじからで怒りても喜びてもまた哀みても楽みても総じて頗る激切なるから七情おのづから其挙動と其顔色とに見はれつゝ隈なく人にも見られしなり是併ながら道理力の作用きはめて微なりしからに一時一旦の情欲をば抑へ止むることかなはで心に思ふことをさへにあらはに外面にうちいだしつまたは挙動にも見えたるなり

（『小説神髄』上、第二冊、「小説の変遷」、十四丁オ）

逍遥が「moral」もしくは「intellect」を「道理力」と翻訳していたとすれば、逍遥の論理とベインの論理はほぼ完全に重なり合う。そのうえで逍遥は、「那ベル即ち真成の小説」を「演劇」が衰退したあとの時代に登場し、そのために進化したものと捉える。「演劇」の時代ではまだ「道理力」が十分に進化していなかったために「情欲」（情欲）を抑えることができず、したがって作中人物の感情も人間の身体に現れるかたちで表現することができていたという。逆に言えば、現代の人々は「道理力」が発達していてそれを抑えることができるため、「人情」が表に見えてこない。したがって、「那ベル」では、それを描き出さなくてはいけないという論理である。

また、ここでも「人情」が「七情」すなわち「喜怒愛悪哀懼欲」と置き換えられていることに注目したい。この部分がベインを踏まえたものだったとすれば、「人情」を「七情」という『礼記』「礼運」の枠組みで理解したのは『英和字彙』で「Passion」の翻訳語として「情（喜怒愛楽哀悪欲）」（八一七ページ）とあるのを基に訳したものだろう。したがってこれは逍遥の発案ではなく、同時代にすでに定着していたものである。そのうえでベインが「feeling」を「相対（Emotions of Relatively）」「恐怖（Terror）」以下さまざまに分類していたことを参照し、そうした「feeling」を同じように分類した『礼記』の枠組みに置き換え、理解していたものだと考えると筋が通る。

そして重要なのは、『倍因氏 心理新説』では翻訳されなかった「The Development of Feeling」の項目に、「feeling」を描くことができる最たるものを、文学、そしてその書き方を学ぶ修辞学に見いだそうとする論理が含まれていたことである。

> The wide department of Æsthetics, in like manner, supposes a knowledge of the laws and varieties of feeling. The Poetical and Literary Art, for example, is amenable to improvement, according as the human emotions are more exactly studied. The science of Rhetoric, for the time being, contains the application of the science of mind in general, and of the feelings in particular, to literary composition.
>
> (*Mental and Moral Science: A Compendium of Psychology and Ethics*, 1868, p. 225)[10]

ここでは「Æsthetics」の一領域として「Poetical and Literary Art」が位置づけられていて、それらが人間の感情をより正確に研究し、人間を進化論的に改良していくことが可能になるジャンルだと論じている。また修辞学は、文章の書き方を学ぶことで、人間の感情をどのように文学として表現することができるのかという領域に関わるという。

さらに引用箇所の直後の部分では、「The Interpretation of Human Character, the understanding of men and their motives, will grow with the improved knowledge of the feelings.」(p. 225)とあり、人間の性格の解釈や、その行動についての動機の理解は感情についての知識によってもたらされるものであり、それを実現できるのが「poet or artist」であるとする。

亀井秀雄は逍遥が『小説神髄』の執筆にあたって参照していた英語圏の修辞学や『百科全書修辞

及華文』(菊池大麓訳、文部省、一八七九年〔明治十二年〕)を参照しながら、「逍遥は「美術」なる言葉がようやく日本の知識人の間に定着し始めた時期に、徂徠の「人情」や宣長の「もののあはれ」を導入して自分なりの用語とした[11]」と位置づけた。また、拙著でも指摘したように、たしかに修辞学では小説が小説であることの根拠は「plot」の存在に置かれていて、人間の心理を詳述できるという要素については議論されていない[12]。しかし、「小説の裨益」での記述と逍遥が「心理学」を参照していたことを踏まえれば、『小説神髄』の「人情」論は第3部第9章で考えたとおり本居宣長の『源氏物語』解釈を理解の手助けとしながら『倍因氏 心理新説』で翻訳がなされなかった部分に基づいていて、逍遥は原書でこれを読んで自身の論に取り込んでいたと考えるのが妥当である。

3 キャラクターからの離脱

以上のような「人情」論の位置づけを確認したうえで、『小説神髄』「主人公の設置」の論理を見ていきたい。「主人公の設置」の論理の特徴は、小説が「人情」を描くものであるということのような枠組みを土台にしたうえで、何を、どのように描くかを分類し、その分類に位相差を見いだしていることである。

主公を造作するに二流派あり一を現実派と称し一を理想派と称す所謂現実派は現にある人を

主公とするにあり現に在る人を主公とするとは現在社会にありふれたる人の性質を基本として仮空の人物をつくることとなり為永春水をはじめとして其流を汲む人情本作者はみな此流派の者なるべし所謂理想派は之に異なり人間社会にあるべきやうなる人の性質を土台として仮空の人物を作るものなり

（『小説神髄』下、第九冊「主人公の設置」、四十三丁ウ）

前章では「現実派」を『小説神髄』での『源氏物語』の位置づけの問題として見たが、それではそれに対する「理想派」はどのように捉えられるのか。「現実派」とは現実の世界に生きている人間を小説の「主人公」「主公」として作ること、現実に生きている人間を小説のなかで言語上の表現として再現することをいう。これに対する「理想派」は、現実世界には存在しないような、理想上の作中人物を作り上げることと言えるが、このとき「理想派」の具体的な事例として挙げられたのが馬琴の『南総里見八犬伝』だった。

然り而して在べきやうなる人質を作るにもまたおのづから二方法あるべし所謂先天法（演繹法）と後天法（帰納法）となり先天法とは已に定断せる理想上の性質をば仔細に分析解剖して以て篇中にあらはれたる主公の性質を造ることなり曲亭翁の主人公は此法によりて成りたるもの多し八犬伝の八犬士并に巡島記の三傑の如き最も著明き例なるべし何となれば八犬士は仁義礼智忠信孝悌といふ形而上の性質をば細に解剖分析して形而下の場合に応用なししかして作りたる人物なり

（『小説神髄』下、第九冊、「主人公の設置」、四十三丁ウ—四十四丁オ）

あらためて言うまでもなく、逍遥が実際に批判の対象としていたのは、馬琴そのものというよりも「馬琴に心酔せる」（下、第六冊、「文体論」、十八丁ウ）江戸末期から明治初期にかけての作家であり、馬琴の小説を模倣していながらそれが十分にできていないために粗悪な模造品にすぎないものとなっていた小説群だった。したがって引用部分は単純に「理想派」としての馬琴を否定したものではなく、その人物造形の方法を分析的に記述したという側面もある。

そのなかで逍遥は、「理想派」の人物造形を、さらに「先天法（演繹法）」と「後天法（帰納法）」とに分類する。このとき「先天法（演繹法）」の代表として挙げられるのが『南総里見八犬伝』の「八犬士」であり、八人それぞれが「仁義礼智忠信孝悌」という観念を背負わされ、「仁」の珠をもつ犬江親兵衛、「義」の珠をもつ犬川荘助というように、それぞれの作中人物が仁義八行のそれぞれに基づいてステレオタイプ化して造形されていることを述べている。こうした方法によって作られる「主人公」は「人間に似て人間ならざる異様の怪物」となっていく。

一方の「後天法（帰納法）」は、こうした観念性と作中人物との関係性の差異によって析出される。

> 後天法（帰納）は前とおなじからず作者が想像の力をもて此人界にあるべきやうなる種々の性質をば撰集めて程よく之を調合なし以て人物を造るの法なり故に此法を用ふる作者は主に実験と観察とを其必須の手段として人の性質の原素となるべき種々の性情をば造れるから前の先

> 天派の作者の如くにあまりに極端なる空理にはしりて人らしくもなれ人間をばつくる程にはいたらぬなり英の数コット翁をはじめとして十八世紀の小説家はおほむね此派の者なるべし笠頓翁の如きも頗る此流を汲むものに似たり
>
> （『小説神髄』下、第九冊、「主人公の設置」、四十四丁ウ―四十五丁オ）

ここでの論理に従えば、「後天法（帰納）」は、現実世界に生きている人間を「観察」した結果、現実の人間がもっている多様な要素をステレオタイプ化、様式化し、組み合わせていくことで、一人の作中人物を構造化していくという方法である。また、「笠頓翁の如きも頗る此流を汲む」と述べていることから、「先天法（演繹法）と後天法（帰納法）」とを進化論的に位置づけ、「後天法（帰納法）」のほうがよりあとの時代に現れた、近代的な方法により近いものとして位置づけていることがわかる。

一方で、「先天法（演繹法）」「後天法（帰納法）」はともに「理想派」であり、現実世界に生きている人間そのものではないという点では共通している。したがって、「種々の性情」を描いていたとしてもそれはあくまで作中人物にはめ込まれた要素のなかで、物語の場面によってどの部分を前景化させるのかによって選び取られ、そのときに表出する要素の様式に沿って描かれたものになる。言い換えれば、「理想派」の小説にたとえ「人情」が書かれていたとしても、それはあくまで人間の要素として様式化されたものであり、だからこそ「現実」そのものではないということになる。そのなかで、特に「理想派」の特徴となるのは、作中人物の容姿に関わる領域であるという。

醜美善悪曲直正邪総じて作者が理想になり且其工夫にいづるがゆゑにまづあらかじめ独断もて醜美の標準を定めおきて扨善悪の人物をば作り設くるを必要とす

(『小説神髄』下、第九冊、「主人公の設置」、四十五丁オ—四十五丁ウ)

逍遥の考えでは、「理想派」では作中人物を造形する際に、人物像をどのように形作るかだけでなく、人物の容姿についても「作者」の「理想」が機能する。この場合、たとえば勧善懲悪の物語で「善」にあたる人物は「美」、「悪」にあたる人物は「醜」というように容姿が決定されたり、容姿が「美」の作中人物ばかりが配置されたりといったことが生じると想定されているはずである。これら二つの「理想派」と対置されるのが「現実派」である。

現実派は前の二派に異なり現にある人を主公とするなり梅暦の丹次郎源氏物語の光君の如き即ち是なり春水翁の時代には丹次郎其人の如きものは幾個も世の中にありしなるべく又式部刀自の時代に於ては彼の光君に似たりし人現に貴紳中にありしなるべしされバこそ曲学の和学者なんどは源氏物語を評論して時世を諷誡せし書ぞといひ其篇中なる男女の如きもみなそれ〴〵に時の人を表せしものぞといひつたへき是はなはだしき誤謬にして彼式部刀自が現実派の作者たりしをしらざるものなり

(『小説神髄』下、第九冊、「主人公の設置」、四十五丁オ)

為永春水『春色梅児誉美』の丹次郎が江戸時代に、『源氏物語』の光源氏が平安時代に「似たりし」人間が実在していたのかはさておき、ひとまず逍遥の発想ではこれらを「現実派」が「似たりし」を物語世界に再現した作中人物だと位置づけられている。そのため、引用直後の箇所で「人間の形を画き得る」と述べるように、現実に生きている人間そのものをどのように描いていくかが重要となるのであり、「人情」も当然そのなかに含まれることになる。この「現実派」こそが、逍遥が「主人公の設置」で求めたものだった。

『小説神髄』が進化論的発想をもつ戯作改良論だったとすれば、「為永派」の人情本を改良することによって明治の世にふさわしい「小説」が達成できるとしているのは、逍遥が「為永派」を「現実派」であり、「理想派」の「後天法（帰納法）」よりもさらに進化したものだと捉えていたことに由来する。「為永派」は「現実派」だからこそ、現実に生きている人間がもつ「人情」を「心理学」に基づいてより分析的に記述できるという位置づけになっているのである。

これまで見てきたように、『小説神髄』「主人公の設置」は、特に作中人物の造形の方法を分類・分析し、どういう小説の書き方が新しい「小説」にとってふさわしいかを明瞭に示している。また、『小説神髄』を日本で最初の近代的な小説論であるとするならば、「主人公の設置」での「理想派」をめぐる議論は、間違いなく日本で最初に小説で作中人物としてのキャラクターをどのように構築するかについて議論したものとして位置づけられるものだろう。

逍遥は「主人公の設置」で、最終的に「作者の性質を掩ひ蔵して之を人物の挙動の上に見えしめざるやうする事なり」（下巻第九冊、四十五丁ウ）「作者の感情思想を外に見えざるやう掩ひ蔵して」(同、四十六丁ウ)と、いかに実態としての小説の「作者」の「挙動」が読者に見えないようにするかを繰り返し論じて主張することになる。こうした批判は「理想派」を念頭に置いたものである。したがって現代風に言えば、これは作中人物としてのキャラクターに作者自身や、その想念が反映されることを批判したものであり、そのようなキャラクターの方法から離脱した小説を作っていくことに、明治の世にふさわしい小説の新しい姿を見いだしていたと言える。

4　逍遥による円朝の評価

以上の点を確認したうえで、逍遥が『怪談 牡丹灯籠』第二版に寄せた序文で、円朝をどのように評価していたのかを見ていきたい。

まず、逍遥は円朝の落語を「人情の随を穿ちてよく情合を写せば」という点で高く評価していて、それに対置されるのが「婦女童幼に媚むとする世の拙劣なる操觚者流は」だった。

「婦女童幼」に向けた小説を批判する主張は、『小説神髄』でも繰り返し現れる。たとえば、「小説をもて婦女童蒙の玩具と見做して」(「小説の裨益」上、第三冊、三十丁ウ)、「艸冊子といへるものは専ら幼童婦女子輩の玩弄ぐさに供せしものゆゑ」(「文体論」下、第六冊、十九丁オ)のように、小説、特に草双紙が女性や子どもの手慰みとして扱われてきたという文脈であり、また、「小説の寓意なる者は婦女稚童のためにまうけたるものにあらざれば遊惰放逸に日をくらせる凡庸の徒のためにせしならん」（「小説の裨益」上、第四冊、三十四丁オ―三十四丁ウ）のように、だからこそ小説が「寓意」によって作られてきたという文脈である。このときの「寓意」とは、その直前に「小説に寓する勧懲の意」と規定されているが、小説で勧善懲悪の物語を描くことだけでなく、「主人公の設置」で述べられていたように、その物語を語るために作中人物が「理想派」の方法によって形作られ、結果として美男美女の現実では存在しないようなキャラクターや、あるいはたとえ作中人物の心情が語られていたとしても、それが作中人物の背負っているステレオタイプ化された要素を前提として描かれているような状態を指していたと考えられる。

こうした小説の現状に対して、逍遥は「将来の小説」を想定している。

夫れ将来の小説は従来の小説とはおなじからず婦女童幼に媚ぶるよりはむしろ具眼者に訴ふるを其本分ともなす事ゆゑよしや詼謔の小説なりとも美術家たるの資格に恥づべき脚色を忌むべきは勿論なり譬ば巧妙なる絵画といへども親子相ならびて観るに堪へざる鄙猥の形容を写したらんには之を美術なりといふべからず小説に於るもまた之にひとしく親子相ならびて巻をひらき朗読するに堪へざるごときは真成の小説とはいひがたかり世人あるひは論をなしていへらく世に鄙猥なる著作のいづるは之を売る者あるが故なり之を売る者の世にいづるは之を読むものあるが故なりかゝれば小説の鄙猥なるは其著作家の罪にはあらで之を読むものゝ罪ともいはなん作者は時世に相応じて其情態を模写するのみ

（『小説神髄』下、第七冊、「脚色の法則」、二十七丁ウ）

逍遥が求めた「将来の小説」は、引用箇所でも「婦女童幼に媚ぶる」ような従来の形態ではないことが前提となっていた。そうした現状の小説に対して、「鄙猥」な記述がなく「親子相ならびて巻をひらき朗読するに堪へ」る小説、そして、「時世に相応じて其情態を模写する」小説を求めていたのであり、したがって「主人公の設置」の論理でいえば、それは「理想派」のような小説ではなく「現実派」の小説であるということになる。

ここで、「人情」論で逍遥が「有形なる態度」に対して「無形なる情緒」を小説に求めていた問題を想起したい。逍遥は「有形なる態度」として作中人物の「人情」を描くことを批判的に記述していた。一方で、「無形なる情緒」をどのようにしたら描くことができるのかについては具体的に言及していない。

しかし、「将来の小説」をめぐる議論が「現実派」と結び付いていることや、「理想派」のような主人公の造形では「将来の小説」にならないという発想から考えると、逍遥は「無形なる情緒」を描くことは、「現実派」の方法によってだけ達成されると考えていたと読むことができる。言い換えれば、「理想派」がもつキャラクターの方法によってではなく、「現実派」のように現実に生きている人間を小説で言葉によって再現していくという方法が採られた場合にだけ、「無形なる情緒」としての「人情」を、たとえば「心理学」に基づく分析的な方法によって描くことができると考えていたことになる。

以上のような論理と、逍遥が『怪談 牡丹灯籠』の序文で記した論理とが重なり合うものであれば、逍遥が円朝の落語に見いだしていた「人情の随を穿ちてよく情合を写せば」という評価にも、円朝の落語の作中人物が「現実派」の方法に基づいているという判断があったことになる。

こうした評価は、円朝の落語が「将来の小説」にふさわしい方法をもっていることを示唆するものと読むこともできるが、一方で、逍遥の論理で「現実派」には「為永派」による人情本が含まれていたことは、注意を要する。

円朝の叟の如きはもと文壇の人にあらねば操觚を学びし人とも覚えずしかるを尚よく斯の如く一吐一言文をなして彼の為永の翁を走らせ彼の式亭の叟をあざむく

（春のやおぼろ「牡丹灯籠序」、『怪談 牡丹灯籠』第二版）

ここまで見てきた論理からすると、『怪談 牡丹灯籠』の序文での「彼の為永の翁を走らせ」という表現は、ここでの逍遥の円朝に対する評価が、「為永派」すなわち「現実派」よりもさらに進んで、『小説神髄』で「将来の小説」としていたような、現実の人間をそのまま再現したような作中人物として表現することができているというものだったことを示している。すなわち、逍遥は「為永派」の人情本から円朝の人情噺への連続性を見いだし、なおかつ円朝の人情噺が「野卑」「鄙猥」ではないという視点から、「将来の小説」により近い形態をもつ物語であると判断していたことになる。

おわりに

もちろん序文で書かれた内容は、そのまま受け取ることができるものではなく、少なからず文章のなかに出版された本の内容を称揚する要素が入り込んでくる。したがって、こうした逍遥の発言を、字面どおりに受け止めることはできない。

一方で、本章で考えてきたように、逍遥の「人情」論は決して『小説神髄』前半の理念的な論だけで考えることができるものではない。むしろ、あまり論じられることがない後半の小説を書くうえでのハウツーとも言える内容との関わりから再読をしていく必要がある。

このとき、逍遥がもっていたリアリズムの発想が、現代でいうキャラクター的な方法を脱却し、現実に生きている人間を小説で再現することで「将来の小説」を達成しようとするものだったことは、明治期以降の近代の小説について考えていくうえでの重要な視座になる。

たとえば柄谷行人『日本近代文学の起源』（講談社、一九八〇年〔昭和五十五年〕）に典型的に見られるように、『小説神髄』の「小説の主眼」や「文体論」だけの観点から見るとどうしても「人情」としての人物の〈内面〉が描かれているかどうかによって〈近代文学〉の達成を見てしまうことになるのだが、「小説の裨益」や「主人公の設置」の論理から考えれば、〈近代文学史〉はこれとは大きく異なる様相を呈するはずである。

一方で、明治期の大衆文化は、読本、合巻と地続きの講談がその中心にあった。そのなかで、明治二十年代後半からの村上浪六による撥鬢小説が生まれたことはもちろん、赤本として刊行された講談本や、講談が速記を拒否したことで全盛を誇った新講談、書き講談は、そこから時代小説や子ども向けの「立川文庫」に接続していくことになる。また、大日本雄弁会講談社が刊行していた「講談倶楽部」から「キング」「少年倶楽部」へと続く大衆文化路線のなかで、少年向けの講談や少年小説がもっていた作中人物と物語とを図像化していくことで漫画が生み出され、同じメディアに掲載されるようになっていく。すなわち、明治期から昭和初期にかけての大衆文化は、まさに逍遥が否定した「理想派」の人物造形としてのキャラクターの方法と、それを用いた物語の方法を一貫して保持し続けていたのである。

また、明治期の小説に目を戻せば、尾崎紅葉『金色夜叉』（春陽堂、一八九八―一九〇三年〔明治三十一―三十六年〕）や菊池幽芳『己が罪』（春陽堂、一九〇〇―〇一年〔明治三十三―三十四年〕）、徳冨蘆花『不如帰』（民友社、一九〇〇年〔明治三十三年〕）の例を挙げるまでもなく、これらの小説がもつ人物造形の方法はむしろ「理想派」であり続けたとも言えるだろう。したがって、明治期の文学について再考していくためには、「理想派」の小説の様相と大衆文化のあり方、そして双方の関わりについて分析していく必要がある。この問題については、今後、稿を改めて考えていきたい。

注

（1）前掲「三遊亭円朝の流通」四ページ

（2）中村光夫『二葉亭四迷論』進路社、一九四七年、八〇ページ

（3）山本正秀『近代文体発生の史的研究』岩波書店、一九六五年。山本は「二葉亭四迷の言文一致活動」の注釈（五一五ページ）のなかで、坪内逍遥「言文一致について」（「文章世界」一九〇六年〔明治三十九年〕六月号、博文館）に触れ、逍遥が四迷の発言を打ち消したことを指摘している。

（4）十川信介『二葉亭四迷論』筑摩書房、一九七一年、同『明治文学――ことばの位相』岩波書店、二〇〇四年

（5）たとえば、高橋修は『主題としての〈終り〉――文学の構想力』（新曜社、二〇一二年）一六―七一ページなどで、「浮雲」を「未完」とする見方そのものについて検討している。

（6）前掲『「小説」論』一三ページ

（7）富塚昌輝『近代小説という問い――日本近代文学の成立期をめぐって』翰林書房、二〇一五年、四三ページ

（8）〔訳〕「感情の爆発は、高まり、絶頂、沈降という段階を経る。
私たちが心境、感情と呼ぶものは、無関心に近い持続的な状態からの一過性の高揚である。その程度や持続時間に関しては、あらゆる様態が存在する。弱い刺激は強力な刺激よりも長く続けることができ、一方、どんな激しい刺激も疲労によって短くなってしまう。

（9）〔訳〕「道徳的な学びは、「保持性」の一般的な条件のもとにある。
実際、感情や情動が頂点に達する瞬間とは、危険な決断や致命的な誤りを伴う瞬間なのである」

自然な感情や意志の強さを高めたり、あるいは弱めたりする際には、私たちは知性の達成について挙げられるあらゆる状況によって助けられる」

（10）〔訳〕「⑶広範な領域である美学も、同様に感情の法則と多様性に関する知識とを前提としている。たとえば、詩的・文学的な芸術は、人間の感情をより正確に研究することによって改善することが可能なのである。修辞学という学問は、現状で、心理や感情の一般性を文学作品に応用することを含んでいるのである」

（11）前掲『「小説」論』四八ページ

（12）拙著『言語と思想の言説（ディスクール）——近代文学成立期における山田美妙とその周辺』笠間書院、二〇一七年、四〇—四一ページ

主要参考文献一覧

●図書

イアン・マッカーサー『快楽亭ブラック――忘れられたニッポン最高の外人タレント』内藤誠／堀内久美子訳、講談社、一九九二年
イ・ヨンスク『「国語」という思想――近代日本の言語認識』岩波書店、一九九六年
大西信介『落語無頼語録』芸術出版社、一九七四年
小野秀雄『日本新聞発達史』大阪毎日新聞社／東京日日新聞社、一九二二年
小川公代／村田真一／吉村和明編『文学とアダプテーション――ヨーロッパの文化的変容』春風社、二〇一七年
興津要解説、興津要／前田愛注釈『明治開化期文学集』（「日本近代文学大系」第一巻）、角川書店、一九七〇年
越智治雄『近代文学成立期の研究』岩波書店、一九八四年
怪異怪談研究会監修、一柳廣孝／大道晴香編著『怪異と遊ぶ』青弓社、二〇二二年
片岡良一監修、小田切秀雄編集『日本近代文学の成立――明治 上』（「講座日本近代文学史」第一巻）、大月書店、一九五六年
三代目桂米朝『落語と私』（ポプラ・ブックス）、ポプラ社、一九七五年
亀井秀雄『「小説」論――『小説神髄』と近代』岩波書店、一九九九年
鏑木清方『こしかたの記』中央公論美術出版、一九六一年
川勝麻里『明治から昭和における『源氏物語』の受容――近代日本の文化創造と古典』（研究叢書）、和泉書院、二〇〇八年
河竹繁俊『河竹黙阿弥』（人物叢書）、吉川弘文館、一九六一年
柄谷行人『日本近代文学の起源』講談社、一九八〇年
金水敏『ヴァーチャル日本語 役割語の謎』岩波書店、二〇〇三年

芸能史研究会編『寄席――話芸の集成』(「日本の古典芸能」第九巻)、平凡社、一九七一年
河野真理江『日本の〈メロドラマ〉映画――撮影所時代のジャンルと作品』森話社、二〇二一年
小島貞二編『落語三百年――明治・大正の巻』毎日新聞社、一九六六年
――『快楽亭ブラック――文明開化のイギリス人落語家』国際情報社、一九八四年
――『決定版 快楽亭ブラック伝』恒文社、一九九七年
小島政二郎『円朝』上・下、新潮社、一九五八―五九年
小二田誠二解題・解説『死霊解脱物語聞書――江戸怪談を読む』白澤社、二〇一二年
齊藤美野『近代日本の翻訳文化と日本語――翻訳王・森田思軒の功績』ミネルヴァ書房、二〇一二年
ジェラール・ジュネット『パランプセスト――第二次の文学』和泉涼一訳(叢書記号学的実践)、水声社、一九九五年
ジュリア・クリステヴァ『記号の解体学 セメイオチケ1』原田邦夫訳、せりか書房、一九八三年
――『記号の生成論 セメイオチケ2』原田邦夫/中沢新一/松浦寿夫/松枝到訳、せりか書房、一九八四年
須田努『三遊亭円朝と民衆世界』有志舎、二〇一七年
関根黙庵編『江戸の落語』古賀書店、一九六七年
関山和夫『安楽庵策伝――咄の系譜』青蛙房、一九六一年
高橋修『主題としての〈終り〉――文学の構想力』新曜社、二〇一二年
立川談志『江戸の風』dZERO、二〇一八年
谷川恵一解説『通俗伊蘇普物語』渡部温訳(東洋文庫)、平凡社、二〇〇一年
暉峻康隆『落語の年輪』講談社、一九七八年
同好史談会『漫談明治初年』春陽堂、一九二七年
十川信介『二葉亭四迷論』筑摩書房、一九七一年
――『明治文学――ことばの位相』岩波書店、二〇〇四年
富塚昌輝『近代小説(ノベル)という問い――日本近代文学の成立期をめぐって』翰林書房、二〇一五年

永井啓夫『三遊亭円朝』（青蛙選書）、青蛙房、一九七一年
永嶺重敏『明治の一発屋芸人たち――珍芸四天王と民衆世界』勉誠出版、二〇二〇年
中村光夫『二葉亭四迷論』進路社、一九四七年
――『明治文学史』（筑摩叢書）、筑摩書房、一九六三年
成瀬正勝『明治の時代』（講談社現代新書）、講談社、一九六七年
延広真治『江戸落語――誕生と発展』（講談社学術文庫）、講談社、二〇一一年
――『落語はいかにして形成されたか』（叢書演劇と見世物の文化史）、平凡社、一九八六年
野村剛史『日本語スタンダードの歴史――ミヤコ言葉から言文一致まで』岩波書店、二〇一三年
波戸岡景太『映画原作派のためのアダプテーション入門――フィッツジェラルドからピンチョンまで』彩流社、二〇一七年
正岡容『円朝』三杏書院、一九四三年
――『寄席行灯』柳書房、一九四六年
ミシェル・フーコー『知の考古学』中村雄二郎訳（現代思想選）、河出書房新社、一九八一年
三好行雄編『近代文学史必携』（別冊国文学）、学燈社、一九八七年
佐々木みよ子／森岡ハインツ『快楽亭ブラックの「ニッポン」――青い眼の落語家が見た「文明開化」の日本と日本人』（二十一世紀図書館）、ＰＨＰ研究所、一九八六年
矢崎弾『近代自我の日本的形成』鎌倉書房、一九四三年
柳田泉／勝本清一郎／猪野謙二編『座談会 明治文学史』岩波書店、一九六一年
柳田泉『明治初期の文学思想』上（「明治文学研究」第四巻）、春秋社、一九六五年
――『明治初期翻訳文学の研究』（「明治文学研究」第五巻）、春秋社、一九六一年
柳父章／水野的／長沼美香子編『日本の翻訳論――アンソロジーと解題』法政大学出版局、二〇一〇年
山内洋一郎／永尾章曹編『近代語の成立と展開』（研究叢書）、和泉書院、一九九三年
山田俊治／十重田裕一／笹原宏之編著『山田美妙『竪琴草紙』本文の研究』笠間書院、二〇〇〇年

山田有策『幻想の近代——逍遥・美妙・柳浪』おうふう、二〇〇一年
一竜斎貞水／林家正雀口演、山本進編『怪談ばなし傑作選』立風書房、一九九五年
山本正秀『近代文体発生の史的研究』岩波書店、一九六五年
山本良『小説の維新史——小説はいかに明治維新を生き延びたか』風間書房、二〇〇五年
横山邦治『読本の研究——江戸と上方と』風間書房、一九七四年
吉武好孝『翻訳事始』（ハヤカワ・ライブラリ）、早川書房、一九六七年
リンダ・ハッチオン『アダプテーションの理論』片渕悦久／鴨川啓信／武田雅史訳、晃洋書房、二〇一二年
ロラン・バルト『物語の構造分析』花輪光訳、みすず書房、一九七九年
度会好一『明治の精神異説——神経病・神経衰弱・神がかり』岩波書店、二〇〇三年
『岩波講座 日本文学史』第十二巻、岩波書店、一九五八年
Gérard Genette, *Palimpsestes: La Littérature au second degré*, Seuil, 1982.
Ian McArthur, *Mediating Modernity Henry Black and narrated hybridity in Meiji Japan*, University of Sydney, 2002.
Julia Kristeva, *Sémèiôtiké. recherches pour une sémanalyse*, Seuil, 1969.
Linda Hutcheon, *A Theory of Adaptation*, Routledge, 2006.
Michel Foucault, L'archéologie du Savoir, Gallimard, 1969.

●辞典、事典、全集、叢書など

『百花園 明治期落語・講談速記雑誌デジタル復刻版』日外アソシエーツ、二〇一四年
倉田喜弘／清水康行／十川信介／延広真治編『円朝全集』岩波書店、二〇一二—一六年
小島政二郎／池田弥三郎／尾崎秀樹『三遊亭円朝全集』角川書店、一九七五—七六年
子どもの本・翻訳の歩み研究会編『図説 子どもの本・翻訳の歩み事典』柏書房、二〇〇二年
三遊亭円朝、鈴木行三編『円朝全集』春陽堂、一九二六—二八年
時代別日本文学史事典編集委員会編『時代別日本文学史事典 近世編』東京堂出版、一九九七年

瀧口雅仁『古典・新作落語事典』丸善出版、二〇一六年

土屋礼子編集・解説『日本錦絵新聞集成』文生書院、二〇〇〇年

暉峻康隆／興津要／榎本滋民編『明治大正落語集成』（全七巻）、講談社、一九八〇―八一年

東大落語会編『増補 落語事典』青蛙房、一九九四年

「山田美妙集」編集委員会編『山田美妙集』第二巻、臨川書店、二〇一二年

●雑誌論文など

相澤奈々「円朝と明治の仇討――『怪談乳房榎』論」、跡見学園国語科研究会編「跡見学園国語科紀要」第四十七号、跡見学園国語科研究会、二〇〇四年

石崎敬子「「怪談乳房榎」をめぐる伝承――フィクションから世間話へ」「いたばし区史研究」第四号、板橋区、一九九五年

石堂彰彦「1870年代の新聞投書者の動向に関する一考察」、成蹊大学文学部学会編「成蹊大学文学部紀要」第四十九号、成蹊大学文学部学会、二〇一四年

礒部鎮雄「怪談乳房榎の地理考証として」、『円朝考文集』第一巻所収、円朝考文集刊行会、一九六九年

磯谷英夫「想実論の展開――忍月・鷗外・透谷」、広島大学国語国文学会編「国文学攷」第二十八号、広島大学国語国文学会、一九六二年

板坂耀子「案内記と奇談集――江戸時代の紀行における写本と版本」、日本文学協会編「日本文学」二〇一四年十月号、日本文学協会

入口愛「二人の幽霊、二つめの怪談、怪談の行方――三遊亭円朝『怪談牡丹灯籠』を読む」「愛知淑徳大学国語国文」第三十号、愛知淑徳大学、二〇〇七年

大屋多詠子「馬琴の「人情」と演劇の愁嘆場」、東京大学文学部国文学研究室編「東京大学国文学論集」第二号、東京大学文学部国文学研究室、二〇〇七年

越智治雄「円朝追跡」、東京大学国語国文学会編「国語と国文学」一九六八年四月号、明治書院

――「もう一人の塩原多助」『文学』一九六九年五月号、岩波書店
片岡良一「現代文学諸相の概観」、東京大学国語国文学会編『国語と国文学』一九二九年四月号、明治書院
亀井秀雄「円朝口演における表現とはなにか」、日本文学協会編『日本文学』一九七四年八月号、日本文学協会
神林尚子「三遊亭円朝遺稿・円喬口演『烈婦お不二』――もう一つの「操競女学校」」、鶴見大学日本文学会編『国文鶴見』第五十五号、鶴見大学日本文学会、二〇二一年
――「解題『女達三日月於僊』」、鶴見大学図書館『草双紙の諸相――絵と文を読む江戸文芸』第百四十回鶴見大学図書館貴重書展、二〇一五年六月
小二田誠二「実録体小説は小説か――「事実と表現」への試論」、日本文学協会編『日本文学』二〇〇一年十二月号、日本文学協会
近藤弘幸「探偵小説と諷刺錦絵と『リア王』――条野伝平『三人令嬢』」『人文研紀要』第九十四号、中央大学人文科学研究所、二〇一九年
佐藤香織「『真景累ヶ淵』試論――新吉と四人の女」、宮城学院女子大学大学院編『宮城学院女子大学大学院人文学会誌』第五号、宮城学院女子大学大学院、二〇〇四年
佐藤かつら「「御狂言師」の誇り――『ラ・トスカ』と三遊亭円朝『名人競』をめぐって」、青山学院大学比較芸術学会委員会編『パラゴーネ』第一号、青山学院大学比較芸術学会、二〇一四年
――「円朝作品の劇化――五代目菊五郎以前」『鶴見大学紀要』第四十五号、鶴見大学、二〇〇八年
――「舞台の塩原多助」『文学』二〇一三年三・四月号、岩波書店
佐藤至子「円朝と類型」『文学』二〇一三年三・四月号、岩波書店
――「円朝の噺における夢と怪談」『文学』二〇一四年七・八月号、岩波書店
――「三遊亭円朝『七福神参り』の白鼠について――動物の擬人化に関する考察」、東海近世文学会編『東海近世』第二十八号、東海近世文学会、二〇二一年
髙木元「切附本瞥見――岳亭定岡の二作について」『日本文学協会近世部会会報』第八集、日本文学協会、一九八六年

――「末期の中本型読本――所謂「切附本」について」、日本近世文学会編「近世文芸」第四十五号、日本近世文学会、一九八六年
塚本和夫「真景累ヶ淵」「早稲田大学高等学院研究年誌」第四十号、早稲田大学高等学院、一九九六年
土谷桃子「明治期における異文化受容の一例――採菊の西洋小説の翻案の場合」、お茶の水女子大学日本言語文化学研究会編「言語文化と日本語教育」第五号、お茶の水女子大学日本言語文化学研究会、一九九三年
土屋礼子「初期の『都新聞』と『やまと新聞』について」、大阪市立大学大学院文学研究科編「人文研究――大阪市立大学大学院文学研究科紀要」第五十一巻第九分冊、大阪市立大学大学院文学研究科、一九九九年
中丸宣明「幽霊たちの時間――円朝怪談咄試論」「文学」二〇一三年三・四月号、岩波書店
西本喜久子「『ウイルソン・リーダー』の編纂者 Marcius Willson に関する研究」、全国大学国語教育学会編「国語科教育」第七十巻、全国大学国語教育学会、二〇一一年
延広真治「大江戸曼陀羅32――円朝の江戸」、朝日新聞社編「Asahi Journal」一九八七年八月十四日号、朝日新聞社
――「三遊亭円朝作「粟田口霑笛竹」」、東京大学教養学部編「東京大学教養学部人文科学科紀要」第九十七輯、東京大学出版会、一九九三年
――「咄における継承と創造――二代目円生から円朝へ」、東大比較文学会編「比較文学研究」第七十号、すずさわ書店、一九九七年
服部仁「馬琴と人情」「同朋大学論叢」第三十六号、同朋学会、一九七七年
日置貴之「三遊亭円朝「英国孝子之伝」の歌舞伎化」、日本近世文学会編「近世文芸」第九十五号、日本近世文学会、二〇一二年
閑田朋子「三遊亭円朝による翻案落語「蝦夷錦古郷の家土産」種本の同定――Wilkie Collins 作 The New Magdalen」、日本大学文理学部人文科学研究所編「研究紀要」第九十六号、日本大学文理学部人文科学研究所、二〇一八年
幣旗佐江子「三遊亭円朝『真景累ヶ淵』の研究――豊志賀を中心に」「比較文化研究」第百二十一号、日本比較文化学会、二〇一六年

堀口修「末松謙澄の英国帝室諸礼調査について――宮内省による近代皇室制度調査によせて」、明治聖徳記念学会編「明治聖徳記念学会紀要」第二十八号、明治聖徳記念学会、一九九九年
前田愛「怪談牡丹灯籠まで」、学燈社編「国文学――解釈と教材の研究」一九七四年八月号、学燈社
――「三遊亭円朝」、至文堂編「国文学――解釈と鑑賞」一九六九年一月号、ぎょうせい
三浦正雄「三遊亭円朝『真景累ケ淵』の怪異観――日本近現代怪談文学史（8）」「埼玉学園大学紀要」第十三号、埼玉学園大学、二〇一三年
壬生幸子「三遊亭円朝『怪談乳房榎』の構想――『記』『紀』の受容と『奇疾便覧』の援用」、全国大学国語国文学会編「文学・語学」第百八十三号、全国大学国語国文学会、二〇〇六年
宮信明「嫉妬する女／しない女――三遊亭円朝『名人競』論」、立教大学日本文学会編「立教大学日本文学」第百六号、立教大学日本文学会、二〇一一年
――「素噺との出会い――三遊亭円朝『真景累ヶ淵』論」、立教大学日本文学会編「立教大学日本文学」第百三号、立教大学日本文学会、二〇〇九年
――「三遊亭円朝と落語の「近代」」立教大学博士論文、二〇一一年
――「長編人情噺時代の話法――円朝・燕枝・柳桜」、立教大学日本文学会編「立教大学日本文学」第百二十六号、立教大学日本文学会、二〇二一年
森岡健二「口語史における心学道話の位置」、日本語学会編「国語学」第百二十三号、日本語学会、一九八〇年
山田俊治「三遊亭円朝の流通――傍聴筆記の受容と言文一致小説」、日本文学協会編「日本文学」二〇一二年十一月号、日本文学協会
――「新聞改良と円朝速記」「文学」二〇一三年三・四月号、岩波書店
山田有策「美妙ノート・3　口語文体の発想とその理論――円朝・逍遥・美妙」、「文学史研究」編集委員会編「文学史研究」第三号、「文学史研究」編集委員会、一九七五年
山本進「談洲楼燕枝（初代）――柳・三遊全盛時代をもたらす」、至文堂編「国文学――解釈と鑑賞」二〇〇三年四月号、ぎょうせい

Roland Barthes, *The Death of the Author*, Aspen, no. 5–6, 1967.

初出一覧

序章
初出：本書のための書き下ろし。

第1部　人情噺と怪談噺のあいだ
第1章　「人情」を語る怪談——三遊亭円朝「怪談 牡丹灯籠」
初出：「文体様式としての「人情噺」——三遊亭円朝『怪談／牡丹灯籠』と坪内逍遥『小説神髄』「文体論」との関係」、東海学園大学日本文化学会編「東海学園言語・文学・文化」第十七号、東海学園大学日本文化学会、二〇一七年
第2章　「幽霊」と「神経病」——三遊亭円朝「真景累ヶ淵」
初出：「「幽霊」と「神経病」——三遊亭円朝『真景累ヶ淵』の再編成」、一橋大学大学院言語社会研究科紀要編集委員会編「言語社会」第十三号、一橋大学大学院言語社会研究科、二〇一九年
第3章　「見えがたきもの」を見えしむる——三遊亭円朝「怪談乳房榎」
初出：「「見えがたきもの」と病——三遊亭円朝「怪談乳房榎」」、全国大学国語国文学会編「文学・語学」第二百三十三号、全国大学国語国文学会、二〇二二年

第2部　落語と小説のあいだ
第4章　メロドラマの翻案——三遊亭円朝「錦の舞衣」

初出：「『やまと新聞』における「小説」と「メロドラマ」の翻訳——三遊亭円朝「錦の舞衣」をめぐって」、東海学園大学日本文化学会編「東海学園言語・文学・文化」第十九号、東海学園大学日本文化学会、二〇一九年

第5章　小説を落語にする——三遊亭円遊「素人洋食」

初出：「落語化する「素人洋食」——山田美妙原作から三遊亭円遊口演へ」、東海学園大学日本文化学会編「東海学園言語・文学・文化」第十八号、東海学園大学日本文化学会、二〇一八年

第6章　講談・落語・小説の境界——快楽亭ブラック「英国実話 孤児」

初出：「講談と落語のあいだ——初代快楽亭ブラック「英国実話／孤児」が示すもの」、東海学園大学日本文化学会編「東海学園言語・文学・文化」第二十号、東海学園大学日本文化学会、二〇二〇年

第7章　落語を「小説」化する——談洲楼燕枝「西海屋騒動」

初出：「解説」（柳亭左龍監修、谷津矢車『小説 西海屋騒動』二見書房、二〇二一年）を加筆。

第3部　「人情」と言文一致

第8章　翻訳と言文一致との接点

初出：「翻訳と言文一致との接点——坪内逍遥・山田美妙・森田思軒」「iichiko」第百四十八号、日本ベリエールアートセンター、二〇二〇年

第9章　『源氏物語』と坪内逍遥の「人情」論

初出：「桐壺「人情」は〈近代〉のものか？——明治期における『源氏物語』受容と坪内逍遥『小説神髄』」、久保朝孝編『源氏物語を開く——専門を異にする国文学研究者による論考54編』所収、武蔵野書院、二〇二一年

第10章　キャラクターからの離脱——坪内逍遥『小説神髄』「小説の裨益」「主人公の設置」

初出：二〇二二年度日本近代文学会秋季大会（二〇二二年十月二十三日、場所：同志社大学今出川キャンパス）での口頭発表に基づき、本書のために書き下ろした。

おわりに

本書は、二〇一七年から二二年にかけて雑誌などで発表した明治初年代から二十年代を対象にした学術論文に、書き下ろしと口頭発表を含めてまとめた論集である。

総合研究大学院大学に提出した博士学位論文をもとにした研究書としての前著『言語と思想の言説(ディスクール)——近代文学成立期における山田美妙とその周辺』（笠間書院、二〇一七年）を上梓した際、書籍という形態にまとめたことで、むしろさまざまな課題が浮かび上がってきた。松木博先生による書評（「日本近代文学」第九十九集、日本近代文学会、二〇一八年）でもご指摘をいただいたが、山田美妙を扱っているにもかかわらず明治期の新体詩受容についてほとんど言及がなかったという点や、取り上げた小説が時代物に偏ってしまい世話物を扱うことができなかったこと、美妙の言文一致の位置づけについて最終的な結論を出すことができなかった点などが挙げられる。

そのなかで最初に手を付けようと思ったのが、世話物の問題である。しかし、これらの問題について考えていくためには、「風琴調一節」の冒頭部分を「以良都女」の創刊号（成美社、一八八七年〔明治二十年〕七月九日）に掲載した「風琴調一節」の「緒言」で、「円朝子(えんてうし)の人情噺(にんじやうばなし)の筆記(ひつき)に修飾(しうしょく)を加(くわ)へた様(やう)なもの」とある一文をどのように捉えればいいのかについて考える必要がある。この一文は坪内逍遥が『怪談 牡丹灯籠』第二版に寄せた序文を意識したものと考えられ、したがって円朝の落語と逍遥の『小説神髄』との関わりについても、再考していく必要があるように思われた。

そのときに目に留まったのが、二〇二一年三月まで所属していた東海学園大学の図書館蔵書だった。かつて関山和夫先生が在職されていたことがあり、そのときに購入されたらしい資料が数多く残されていたのである。それまで落語はあくまで趣味として寄席に行き、あるいは動画で見るなどしていただけだった。しかしそれらの資料をひもといているうち、落語について論じるというのは野暮だとは承知してはいたものの、落語そのものを論じるだけでなく、明治時代の落語がさまざまなメディアのなかでどのような位置にあったのかについて考えていくことで、落語が日本の文学のなかでもっていた価値や位置づけを考えるのなら意味があることだろうかと思い、ひとまず一本書いてみようということにした。

しかし、円朝の研究を進めている江戸文学、歌舞伎、演芸の近年のものについては、大学院の博士課程に在籍していたときに師である谷川惠一先生が進められていた「開花期戯作の社会史研究」のお手伝いをしていたくらいだった。そのため、前著と同様に、まずは言説研究の手法から出発して、無数の資料の森を搔き分けていくような作業を進めることになった。

一方で、ライトノベル研究会、メロドラマ研究会、ヒーロー研究会、アダプテーション研究会、メタモ研究会といったさまざまな研究会に参加させていただいているなかで、近代文学研究の現在の動向や、アダプテーションの問題は避けて通れないと思うようになった。特に現代のサブカルチャーと明治期の文学との両方の研究を進めていると、双方がどのように関わっているのかについて問われることも多い。しかし序章で述べたとおり、実際に研究を進めていくと、自分でも驚くほど連続性をもっている。たとえば、ウェブ版「現代ビジネス」で小説投稿サイト「小説家になろう」についてのコラムを二度寄稿したが、その最初の記事（「「異世界モノ」ライトノベルが、現代の「時代劇」と言えるワケ」「現代ビジネス」二〇一九年九月十四日〔https://gendai.ismedia.jp/articles/-/67125〕）で「なろう系」と呼ばれる現代の小説が、物語の様式という観点で考えるとかつての「時代劇」のような位置づけで見ることができると論じたのは、ちょうどこの時期に本書の人情噺の様式性についての部分を書いていたことに端を発している。

こうして研究を進めるうち、さまざまな問題が気にかかり、論文を重ねていくことになった。そのため自身としては、「素人洋食」に関する調査をしているころから、もちろん実際に学位論文として申請はしないものの、考え方としては「二本目の博士論文」のつもりで書き進めることにした。

今後は落語と世話物の小説との関わりのほか、終章となる第3部第10章で触れたように、講談の作中人物の様相と時代小説との接続についても視野に収めて研究を進めていきたいと考えている。その過程となる本書では手探りで進めてきた部分も多くあるため、忌憚のないご意見や誤解の訂正などをたまわることができれば幸いである。

本書に収めた研究を進めるにあたっては、多くの方のご指導とご支援をいただいています。先に述べた研究会でお世話になっている先生方をはじめ、多くの方からご指導をたまわりました。大学院生のころにお世話になった谷川惠一先生、小林幸夫先生、高橋修先生からのご指導をさまざまな場面で思い起こすことになりました。記して感謝を申し上げます。また、博士論文で主査を務めてくださった青田寿美先生が、二〇二三年一月五日に亡くなられたことに対し、心より哀悼の意を表します。このほか、すべての方のお名前を挙げることは紙幅の都合上できませんが、深く感謝を申し上げます。

　また、研究として落語を取り上げることになったことで、二見書房から刊行した「小説 古典落語」のシリーズにも関わることができたのは思いがけずうれしい仕事でした。奥山景布子先生や編集担当の福ヶ迫昌信さんには、たいへん貴重な機会をいただいたほか、『小説 牡丹灯籠』で柳家喬太郎師匠に監修をお願いできたことは、このうえない経験だったように思います。ありがとうございました。

　本書をまとめていくにあたり、そしてなにより本書の出版を快く引き受けてくださった青弓社と編集者の矢野未知生さんに心からのお礼を申し上げます。

　最後に、文学に携わり、文章を書く仕事をするうえでのパートナーでもある妻と、日々の生活に刺激と潤いを与えてくれる愛猫にも、深く感謝します。

　なお本書は、第1部第2章と第3章は日本学術振興会の科学研究費補助金19H01234、第2部第4章は同補助金19K00350、第3部第10章は同補助金22K00132と、それぞれ個別の研究課題として進めたものを最終的に一冊にまとめています。また、本書の出版にあたっては勤め先である成蹊大学学術研究成果出版助成をいただいています。ここに深く感謝を申し上げます。

【た】

【な】

【は】

【ま】

【や】

【ら】

事項索引

【な】

【は】

【ま】

【や】

【ら】

【わ】

人名索引

［著者略歴］
大橋崇行（おおはし たかゆき）
1978年、新潟県生まれ
作家、成蹊大学文学部准教授
専攻は日本近代文学
小説に『遥かに届くきみの聲』（双葉社）、『小説 牡丹灯籠』（二見書房）、著書に『言語と思想の言説（ディスクール）――近代文学成立期における山田美妙とその周辺』（笠間書院）、『中高生のための本の読み方――読書案内・ブックトーク・PISA型読解』（ひつじ書房）、共編著に『ライトノベル・フロントライン』全3巻、『小説の生存戦略――ライトノベル・メディア・ジェンダー』（いずれも青弓社）など

落語（らくご）と小説（しょうせつ）の近代（きんだい）　文学で「人情」を描く

発行――2023年2月24日　第1刷
定価――2800円＋税
著者――大橋崇行
発行者――矢野未知生
発行所――株式会社青弓社
〒162-0801 東京都新宿区山吹町337
電話 03-3268-0381（代）
http://www.seikyusha.co.jp
印刷所――三松堂
製本所――三松堂

ISBN978-4-7872-9272-8　C0095